九歌112年小說選

黃崇凱 主編

得獎感言

高翊峰〈T.E. 2073：莫卡卡與賽克洛普斯〉

在慢寫與慢讀之後，慢跑與慢行也成為我這幾年的現實敘事。

慢，慢慢成為了日常，凝視這島這國的眼睛，也因慢，緩緩變幻。爾後，我能重新審視過去被自己忽略的歷史。有關這座島慢慢形成一個國的軌跡，我以為自己曾經親臨，但試著活穩的白光，有時令人雪盲。直到我緩慢跑上淡水河岸步道，緩慢走入中央山脈群山野徑，內觀才觸碰到島國肉身。

一座島國如何走向近未來？這是蕞爾之地的龐鉅問題。直視如此現實，複雜詰問，我常感無力，只能虛構以對——或許，這也是我僅有的方式。

我逆行誕生的七〇年代，作為個人過去的起點。「過去的真實畫面稍縱即逝。過去只在它作為閃現的意象才可能被抓住。在這一瞬間它被指認，並不再重現。」班雅明在《歷史哲學論綱》的內審與懷疑論述，時常讓我低吟，也思索島國歷史介入小說橋墩的風景。班雅明接續轉化實證歷史學家蘭克（Ranke）而描述，「歷史地描繪過去，並不以『它真正存在的方式』去確認它。它意味在危險的瞬間消逝之時，抓住了記憶。」

閱讀如是，讓我懷有浪漫。這或也是「歷史若文學」（海頓・懷特）給予的敘事自由。藉此，我才擁有以寫於半空踏步的勇氣。以科幻引渡歷史，確是一條危險的空中鋼索。我成為走鋼索的寫者，即便微風都能搖晃軀體。想想剩餘時光，呼吸的終點還在前方，但願小說能領我緩慢移動下一步，引我前往獨自慢行的路途。

僅以此文，向長年耕耘短篇小說的九歌小說選，表達感謝；也向靜靜同行小說路上的編選者黃崇凱，表達敬意。

目錄

《九歌112年小說選》編序

像一篇小說那樣看

——黃崇凱

小說是奇怪的東西。小說似乎自由到可以敘述一切，同時也受到各種因素限制。當你看一篇小說，你明確知道這是某人以文字寫就。小說文本通常有個穩定的敘事角度（第一人稱或第三人稱，有時第二人稱），敘述某些事情。

小說會教你怎麼看。你沿著敘述的指引，經過某些名字、事物和動作，約略能知道發生什麼事，也能從出場的角色、情節，推測這是篇怎樣的小說。你看得愈多，愈能識別不同小說的質地。

篇幅意味著容量。如果是一個短篇，你大約無法期待角色、情節和事件源源不絕登場。因為讀者的注意力有限，也因為作者必須在有限篇幅布置一種主從秩序，組織所有文句字詞，呈現一些特定時空場景下的角色行動、想法和感受。

作品是作者意志的顯影。如果把小說視為建制，我們會察覺作者在文本內部的綿密掌控，換句話說，作者是隱而不顯的獨裁者。

小說渴望呈現，渴望讓可見和不可見的事物都變得可見。小說的「可見」是二維平面的觀看和顯現，而我們知道，把三度空間的事物投射到二維平面，必定產生變形、失真。此時就需要讀者透過「看」小說，以想像補位，製造第三維度來輔助小說的成立。

二戰後，美國的大學院校興起創意寫作課程，業經多年積累，大致可歸納出三大法則：「寫你知道的東西」（Write what you know）、「呈現而非講述」（Show, don't tell）、「找到你的聲音」（Find your voice）（註❶）。這套辦法能讓初學者快速上手，學習如何完成一篇夠水準的敘事。但小說不是科學，也不僅是說故事。好的小說常常在遵循法則之時也打破法則。因為小說渴望自由。

小說的奇怪在於，它既是極度要求組織、秩序的建制，也想要從嚴密監控的布局中逃逸。小說模擬一個完足封閉的小世界，有時開放邊界，讓更多異質的可能性自由流動。小說像一個聚落，小說也像一種無政府狀態。小說是極權統治的藝術，也是不受統治的藝術。小說總在矛盾的追求中產生巨大張力。

關於小說的趨勢

過去一年，世界如常發生不少大事。烏俄戰爭延長戰線、以色列與巴勒斯坦爆發數十年來最激烈的衝突、全球疫情後的復甦、人工智慧ChatGPT華麗登場；台灣則有掀起波濤的Me Too運動、總統大選攻防戲碼等等。正如事件不會自動依循日期、國界畫分，當代小說有自身場域的美學演變韻律，不一定與外部世界相對應。這裡試著從個人閱讀所及，提出近年趨勢的觀察。

首先是實驗性作品的稀缺。一九六〇至七〇年代的現代主義小說以反叛之姿登場，數十年來已獲學院典律認證。現代主義的技法、理念大多在時間中被吸收、消化成當代小說的基礎教材。當年以「破中文」或「小兒痲痺體」衝撞小說語言、形式的破壞性創新精神，沒有多少後來者。八〇至九〇年代興盛一時的後現代主義及後設小說，同樣後繼乏人。小說家似乎不再著迷於形式、結構乃至典故的文字遊戲。不過，當前方興未艾的母語書寫，也許正在鑄造新語感。例如外國經典文學的台語譯本漸次產出，或將拓展台語文書寫更多想像空間。（放諸其他領域，比如現今饒舌、客語、台語、原住民語音樂創作，已顯現充沛的創新能量。）

其次，寫實取向的公約數。寫實一向是小說寫作的基本功，關係到能否再現出讓讀者沉浸其中的世界。如何找到適切的敘事視角和聲腔，往往決定一篇小說的成敗（想想三大法則）。當前的小說似乎處在諸種題材的軍備競賽。題材如具特異性或對應特定價值、議題，常可吸引更多關注。例如往昔被壓抑的歷史事件、族群記憶，受忽視的自然生態，以及落在共同體邊緣位置的社群。或許書寫這類題材，不時得背負閱聽中介的責任，作者時常得強調「田野調查」的勞動和可信度，而作品以「好好說故事」為重，調降對於語言和形式實驗的追求。寫實取向成為務實的最大公約數。

第三，類型小說的借取。一般常以（純）文學小說與類型小說為兩大類別。類型小說含括推理、驚悚、科幻、奇幻、武俠、言情等類別，不同類型內部有各自的演化脈絡，有時相互交匯。類型就像標籤，分類需求是為了在大量出版品中被迅速歸類，以便瞄準特定讀者群。一九九〇年代後期以降，大量翻譯文學被引入，年年有席捲市場的翻譯小說（通常是類型小說），像是強勢外來種，漸漸融為在地文學生態的一環。當類型作品成為作者養分來源之一，挪用類型元素也變得稀鬆平常。況且類型的邊防一向鬆散。如果一本純文學小說借取某些類型元素，通常也會被列入那個類型，反過來卻不一定成立（純文學小說的邊境控管較嚴格，關卡警衛眾多）。

近十數年最顯著的趨向是借取科幻元素。賀景濱、駱以軍、吳明益、伊格言、高翊峰、陳栢青、洪茲盈、林新惠等，皆或多或少披上科幻外衣，骨子裡仍是純文學。類型轉向的生發，也與外部文化環境有關。類型小說有其內在邏輯，小說先要達成類型要求，在地文史或社會脈絡並非必要條件。也就是說，剔除掉讀者的閱讀背景負擔，類型相對有利於對外接軌、傳播及轉譯。此外，近年影音串流平台的興盛，引發內容的巨量需索，帶動影視娛樂產業尋找改編標的。而類型小說容易被辨識、簡報重述的特質，成為焦點所在。

以上粗略勾勒的三個現象，環環連動：由於著重挑戰、追問小說本質的實驗研發有限，寫實、再現的作品持續穩居主力區位。小說於是傾向追尋特殊題材甚或搭載類型標籤，以期望獲取更多受眾，超克市場考驗。

這裡需要說明的是，熱中文學實驗的作者本就稀少。實驗作品也不利於發表和競賽。實驗並不自動等於創新或衝擊，有想法也不等於執行得到位。實驗通常是個案，只有極少數能散播推展，形成風潮。實驗亦不必然外顯於形式，唯有保持實驗的內在精神，才可能做出一點不同的東西。當然小說也不是非得這麼嚴肅、講求創新。

小說有可能只靠做好一件事，從生存戰場活下來：個人風格。風格指向區隔，帶來辨識度。有時風格恰好應對乃至塑造需求，有些故事、感受似乎就得用那些特定方式來說，甚至引發模仿衝動。大多時候，風格類似一種微小、頑強的抵抗，一種畫定個人話語領地的必要存在。

關於選擇的說明

雖然當今網路自媒體、社群媒介發達，類型小說線上平台盛行，文字如瀑流，到處都能撞見小說。以往的年度小說選，主要從報紙副刊、文學雜誌及文學獎得獎作品作為選取範圍。因為這些發表空間給稿費且保有一定程度的專業篩選機制，也因為它們仍是現今文學生態的重要組成，長年持守一方園地，理當重視。

關於小說發表空間的縮減，早在詹宏志編選爾雅版《六十九年短篇小說選》的序言即已提及。四十多年來，隨著媒體環境的轉變，情況只有更艱難。與此相對的是新世紀前後，各地方文學獎紛紛開辦，吸納不少小說產能。但這類小說由於獎項個別限制或規定，好些刻意採擷地方文史、地景的書寫，有時抽換材料也能成立。地方、校園文學獎小說普遍能見度不高，卻總是小說得以發表的機會，合計起來的數量難以忽略。儘管競賽有其利弊，起碼也經過寫作同行的鑑別。我從中選取了九篇文學獎小說。

十六篇小說的選取，來自一整年閱讀之後，一個瞬間的定奪。這份名單依編者不同心境有所浮動，但時間不允許我無限制地考量、猶豫下去。我的選擇偏向布賀東（André Breton）所說的：「要先去愛，以後會有時間了解為什麼愛。」（註❷）我不打算強加這批小說一個整體解釋，也無法徹底解釋這些小說的所有面向。我傾向透過它們，多思考一點、多感受一些。

關於十六篇小說

高翊峰的寫作歷程是一部超微縮戰後台灣小說史。最初《家，這個牢籠》聚焦在本土家族內核、客語書寫，到《肉身蛾》散發濃郁的現代主義與城市氣味，再到確立風格的《幻艙》以一層薄薄的科幻盔甲包裹現代主義式的存在叩問，《泡沫戰爭》則穿上幻想外套說起寓言故事。前幾年的《2069》可視為近年科幻浪潮的代表作之一。小說設定二〇二九年悠托比亞島發生裂島強震，受到四國共同託管五十年，卻在期限倒數十年，意外冒出自體演化的ＡＩ新智人。站在這個科幻宇宙延長線的四年後，〈T.E. 2073：莫卡卡與賽克洛普斯〉寫藝術家賽克洛普斯在退役的核電一廠駐園創作。全篇登場角色、對話，皆如器械擬造般生硬、淡漠。僅存的人性溫柔發生在賽克洛普斯與實驗猴莫卡卡之間。

藝術家以繁複的積體電路、金屬骨架打造名為「悠托比亞時間」的裝置。材料回收自人造巡護員殘體零件。賽克洛普斯正如其名，重演獨眼巨人在神話中吞吃人類。只是這一次，他使用的是在鎮壓革命行動中壞毀的人造人。充滿大小晶圓、齒輪管線交疊的作品，彷彿獻祭。完工後，賽克洛普斯往外尋找實驗猴。小說收束在藝術家像猴子那樣四肢著地，快速奔跑起來，暗示著猴與人也許相距不遠。小說英文篇名Macaca & Cyclopis，拿掉中間像是晶圓裝置的連接號，就是學名Macaca Cyclopis的台灣獼猴。

高翊峰像個專注的鐘錶老師傅，執迷於打磨不同時間形態的精巧構造，細細琢磨那一切微小、精密的零組件，使得小說本身就像精緻工藝品。整篇小說像在探問：即使你如何處心積慮調整、重組、凝結時間，最終時間仍會吞噬你曾有的抵抗和叛逆，軟化堅硬意志，讓你從理性到近乎機械的狀態，復返到感性乃至獸性的那一端。演化不一定朝向直立，也可能四肢著地。

林冠彣的〈SW33T REVE-793.AVI（本文由ChatGPT產生）〉帶來激爽的視覺奇觀。起初只是肥宅在清明掃墓空檔，躲進公廁看片尻槍，遭到無端降下的鐵捲門關便所。詭譎氣氛急轉髮夾彎，一路奔向爆漿橫流的極致唬爛。這是篇讓讀者吶喊「我他媽的到底看了什麼」的小說，也是篇混合後設、科幻與末日色調的小說。儘管這類「我意識到我被更高存在所操控」的哏並不少見，但對應當前生成式ＡＩ的快速普及、人們檢索關鍵詞的習性，小說展演一種逆反情境：字詞標籤倒過來控制了我們，娛樂了更高存在的祂們。覺醒的自我意識，困在高潮過後的末日孤獨，試圖尋找反擊方法。讀者千萬別給滿載褻瀆、下流的詞組遮蔽——搜尋是採集本能的電子形式，而情慾是繁殖的糖衣。色情多到爆炸反而減低了色情感。小說不僅以大量關鍵字訓練另一次元的神，其實也在訓練讀者習慣、趨於無感。於是小說的內核袒露出來：渴望結合，渴望有所連接，渴望情感和肉身同步。既然不被了解，只能怒嗆一死，結束這一輪。

關於不被了解的孤寂，陳莉文〈安靜的轟鳴〉近乎完美演繹了當代的頹廢狀態。這句判斷有語病：我怎麼知道當代的頹廢是什麼狀態？但這篇小說寫到讓我「覺得」對那樣的狀態有所體會。敘事者「我」渾渾噩噩混到大五延畢，只想躺在狗窩般的房間，就連尿意上漲也要沒意義的忍到不能忍為止。明明沒什麼事也什麼都不想做，卻一直覺得很累很煩很厭倦。一種近乎憂鬱症的癱瘓心態。

「我」並非一開始就是如此。她曾經為了一個偶然的眼神而燃燒自己、精神奕奕過一段時間。只是人無法靠著不斷回憶那想像出來的微小火花，持續揮霍積極起來的動力。廢材宅女鎮日窩在房間，滑手機消耗光陰也可以叫外送填飽肚腸，還裝死不回訊息。如此完美小世界，卻意外破了洞。她從洞口望見自己與他人的落差，湧出恨的能量。小說並不認真指控原生家庭的創傷，而是迂迴地透過世故、尖刻自嘲，來鑽破名為自我的硬殼。

小說似是郁達夫〈沉淪〉相隔百年的遙遠回聲。也像宅男小說家森見登美彥一再演示的：所有妄想都在腦中發生和完成了，只是沒有行動。沒有見證者的生活像是不存在，最終「我」走出了房間：「我不要再這樣下去了。」

李金蓮以〈許老師的閱讀史〉寫出愛慕的似有若無。小說中的許老師長年默默承受著生活。許老師這個稱謂帶有疏遠的距離，像她在母姊眼中，沉默而古怪。她曾是代筆寫手，以姊姊的第一人稱對未來的姊夫說話，不知不覺把某些心意編織到書信裡。小說寫及閱讀與愛情的相似。擁有一本書，會產生占有一本書的錯覺。只有透過閱讀，才會真正占有書。那是排他性的占有，類似愛情的獨占。那是有一隻手從字句間伸出來跟你握手，在文字間交談，情愫發生。寫信和收信兩造是彼此的讀者和作者，他們需要互相對照、查閱才能理解對方。有時，這樣深刻的理解，必須存放在一個誰也看不到的深處。然而含蓄、節制的情感，在時間深處悄然生長，重到許老師難以承受。幸好她已經花了大半輩子在練習承受生活。

張嘉真的〈棄兔〉也與「代筆」有關。對照今年從政治幕僚職人劇《人選之人——造浪者》引爆的Me Too運動，這篇小說飽含曖昧、模稜兩可的思慮。小說透過兩種字體交叉編組，也在第一人稱「我」與第三人稱「她」之間往返，造就後設意味的懸疑：究竟這個讀著「我」的敘述，且跟朋友夾敘夾議的「她」是否同一人？

師生關係放在校園場域，總有權力關係不對等的傾斜。在小說推演過程，卻不見得必然倒向看似握有更大權威的師長。受害者與加害者並非截然二分，有時亦會顛倒。儘管最終作者給出確切的謎底，但小說的形式設計上，其實提示了逆讀的可能：「她」也可能是書寫著「我」的人。她也許是虛構老師假冒她寫部落格，而虛構的復仇故事。因為我們知道作者是寫下「她」和「我」的故事的人。

黎紫書帶來重層虛構的〈一個陌生女人的來信〉。標題致敬小說家褚威格（Stefan Zweig）同名小說，也同樣以書信作為小說主體，述說一個來自過去的幽靈，也許是小說的幽靈，上門追討債務。小說大意是某美國華裔女作家收到一封以打字機打出的英文長信，引發作家的信心危機。因為這個陌生女人與她細細討論了她山寨鍾芭．拉希莉（Jhumpa Lahiri）的中文短篇小說。小說以第二人稱「你」起始，把第一人稱「我」交給寫信的猶太老婦，形成微妙錯置。來到小說後半，「你」與「我」的換位，張力加劇。小說藉老婦滔滔之口，洩漏小說家如何拆解文本的工夫，也顯露小說家如何反思自身的寫作。小說曲折透過兩個小說真假文本（實際存在的鍾芭．拉希莉作品vs.僅在小說中轉述的山寨版），直指文化挪用、語言壁壘的弊病，探問跨語剽竊的倫理問題。小說不止如此，它更進一步逼問著寫作的本質。而這，就像小說中凝視著自我的監視器鏡頭，揮之不去。

同樣是書信小說，林佩妤的〈桃子〉指向一個收信者暫時缺席的獨語狀態。底層女性可以說話嗎？這篇小說大膽冒著僭越代言的危險，讓她們述說自己的故事。小說以第一人稱而不以第三人稱，凸顯敘事者「我」的主觀感受。文本雖以華文寫就，文句的簡短、直白，既模擬翻譯腔，也對應印尼籍看護「我」的階級位置和聲音。

小說沿著時序的書信串成，呈現「我」在時光之中的遭遇和感悟。這些不寄之信是「我」的隨想手記。「我」把自己藏在一封封書信裡，謎底漸漸揭露：她與前雇主家庭男性發生關係，懷孕生下孩子，必須寄放在機構中。而她自己則以逃逸移工的身分繼續在另一個家庭工作。「我」的藏匿與封閉，加上疫情肆虐，世界更形內縮。但同時，小說中的「我」並非被動等著事情發生，而是穿行在不同場景，尋找調整命運的可能。

他者的命運可能很久以前就發生過了。朱嘉漢的〈L'oubli〉寫十九世紀末的越南廢帝阮福明被法國殖民者丟包到阿爾及利亞，從此說起了法語，變成一個風景畫家。他一生的功課就是盡可抹消自己的存在。即溶咖啡似的溶入澆頭而來的命運，沉澱在歷史深處。這是一幅怪異的肖像畫，只有簡筆勾勒輪廓的線條、多層疊加的白。然而正是那些刻意的空白，才能顯影阮福明的存在本質。

這篇指向景框外邊的小說，探問著遺忘是什麼。一個被放逐到外國的君主，如何在異鄉，介於人質和瀕危物種的處境下度過餘生。他刻意遺忘自己，人們也在遺忘他。小說使我們停下來思索：我們如何理解他者？尤其是那些被廣漠時間吞噬、消化的他者？身邊的他者有時住在家裡協助你清潔衛生，有時在郊區鐵皮工廠裡揮汗打拚，或在工地鷹架間搏命工作。至於那些看不見的、更遠的他者，我們該如何理解他們與我們之間的關係？

伊森的小說從一開始就認定他人無從理解。〈一坪的森林線〉起始於健身教練和會員時常卸下身分，在小房子裡裸裎歡愛，一對一的教練課。他們內裡包藏著脆弱的心，嫻熟切換日常生活中的自我表演。名字是一道簾幕。身分是另一道簾幕。小說中的城市男女切換角色，俐落得像在切換社群小帳。安於表面、不要追問是基本禮節。日日繁複運作的前後台，難免露出破綻。原本共享部分後台的男女，在其他舞台情境中巧遇，困在多重舞台上的演員不得不敷衍尷尬。而這些與大安森林公園二十四小時實況直播的鳥巢動態形成對照。他們一起看鳥的房子，個別看別人的房子，分享一個暫時的房子。他們曉得，租來的東西，遲早要還。

一個不怎麼了解自己身體的新手學徒，出現在施雅文的〈感官的模具〉。小說的「我」懷抱心事到台東的陶瓷工作室。天寬地闊的悠緩敘述，不經意逐步揭露自身訊息，像是模具的翻製和注漿，一個細節、一個步驟耐心寫出。看似平穩如鏡的敘事聲音，牽引讀者去看、去感受、去觸摸、去嗅聞，像是在跟主角同步體驗這些感官的幽微變化。隱隱有哪些不對勁。讀者可能察覺，小說尾聲精筆細描如夢似幻，大霧充滿的場景，彷彿浮現空中的肺臟胚體，有那麼一瞬超脫現世，像是整座城鎮以「我」為器，澆灌著無以名狀的紛繁感受。小說以人物之口說，土擁有自己的記憶。小說也告訴我們，人可能記得很多，但身體記得更多。就算身體有點壞掉，也要謝謝身體。

Apyang Imiq（程廷）有個關於大腿的故事。〈大腿山〉看似老掉牙的原住民少女下嫁外省老兵敘事，在作者手中有了變形。小說焦點，落在少女面對情慾的扭捏心緒，而把外省老兵壓縮到背景。「大腿」與「山」在太魯閣語都叫Btriq。那是「三角形的山，山的形狀從尖變鈍，從細變寬，寬得必須用手張開來擁抱的地方。」這篇小說的視角亦是如此。不從時代大事談起，而從少女心事切入。所以故事要從少女重返大腿山開始說，從寬變細，從鈍到尖。少女被迫以性換取經濟，在那樣的交換中，她被縮減為充氣娃娃般的存在，無聲而沉默。但她記得身體細微的震顫，不該只有簡化的交合。少女回想起軟玉的溫潤、冰涼，也想起許多尖銳的樂趣。她只是還沒準備好怎麼面對。

也有人面對情慾像沒在面對。偷筆的〈聖水〉筆觸充滿濕黏的蛋白質腐敗味。敘事者「我」跟一起用藥嗨的兼課老師「上動物園」，摔進糾纏不清的性和愛，讓「我」時時處在焦慮。小說動力就在「我」如何掙脫爛生活的焦慮。但焦慮和浮躁，透過生物教科書式的描寫，有如「動物星球」頻道的旁白，四平八穩，反倒讓焦慮無所不在。尋找「聖水」的行動包含神聖和褻瀆。為了尿檢過關，找人一同發揮獸性，偷取他人尿液（剩水），幾經轉折，受到來自宮廟和家庭的「聖水」淨化。

如果稍微從敘事的「我」退後幾步，讀者也能察覺到，「我」早就淹沒在焦躁和藥癮而不自知，變成一個不太可靠的敘事者。幻覺和執迷在他腦中交互出現，他以為能瞞過他人，其實破綻百出，而他也將被扭送到另一座充滿柵欄的收容所嚴加看管。

陳建佐對宮廟有話要說。〈離島〉坐落在大島旁的小島。島的封閉性時常透過尺度展現，愈是窄小愈是緊縮。如此閉鎖環境，迫使人在過度靠近的關係中摩擦、受傷。小說框出的社區即景，宮廟維持許久以來的中心地位，人際網絡圍繞著信仰依序擴散，而被附身的乩體，多了一層無法測量的神靈，神與人之間的糾葛，也增添人與人之間的糾結。作者萃取在地台語氣口，展示新舊並陳的當代景觀，扶鸞唱乩對照周圍看客手上的智慧型手機，靈附乩身遊於人間，人滑手機上網閒晃，同時出神。

年少的黃宥茹知道酬神慶典是怎麼回事。〈扮仙〉寫高中生「我」以北管嗩吶為引，游移在現實世界與民間信仰的夾層。在這樣的年紀擁抱嗩吶，意味著與其他同輩切分的孤獨。「我」太年輕，尚不知曉許多過去，她只是飄來飄去，跟著身旁的長輩，接受一個沒有北管嗩吶哨片專用盒的文明世界。

因此小說的珍貴品質，在於她縱有矛盾，依然沒有閃躲、直直面向現實。那是宮廟科儀、樂音與不停流動的城市景觀混雜交織的喧鬧現實。那是固著與變遷的地景狐步舞。快慢交替，新舊輪轉。都說「扮仙」是正戲開始前的祝福儀式。對於懷抱著紛雜心緒的「我」來說，之後的人生才正要起步。

族群記憶有時要以特定的語言來說。張郅忻的〈打拳頭〉就是如此。如果這篇小說以全華文寫就，只會是一則練武往事。當客語成為敘述語言，像戴上陌生濾鏡，觀看小說如何透過兩兩成對的練拳少年，呈現客家生活方式幾十年來的變遷。打拳防身、禦敵抗侮曾是拓墾時代客家庄的要事。小說開場的九〇年代，客家拳傳人已是瘦弱長者，眼睜睜看著客家拳從實用變成象徵。回憶在拳腳招式中開展。老人幼時，跟著小叔叔到家族大屋學拳三個月，以便回村傳給其他人。過往務農為主的生活，鄰里家族關係緊密，團結對外。遇有閩客爭端，政府管不了，就得自行靠拳頭解決。然而功夫和農村也抵擋不了社會轉型，皆不分族群沒落了。老人與族兄的宿命，換了個時代繼續在不同後輩身上重演。拳頭仍是拳頭，只是變成繡花嘜頭。

獨特的文體風格像是外語。二十年前，童偉格出第一本小說集之時，彷彿是寫作已久的成熟小說家。近兩年，他在雜誌上連載的專欄「拉波德氏亂數」，近乎不可思議地以每月一篇產出。這系列文字令人想起他十年前的《童話故事》：時而說故事，時而抽象論述，時而文學批評，神奇的是，這些扞格文體鍛造得渾然天成，自成一家。童偉格的語言密度、探索形式和思考極限，乍看澹遠深奧，實則頗為激進。

專欄連載途中，沙林傑、索爾．貝婁、普立摩．李維、阿摩司．奧茲、因惹．卡爾特斯、菲利普．羅斯等猶太作家接踵而至，逐漸收攏在思索「猶太大屠殺」問題。為什麼要看童偉格思考猶太問題？因為只有夠深入理解他人，才能深入認識自我。童偉格出入於作家與作品的虛實之間，探究猶太作者的書寫與存在，專欄最終以出身巴勒斯坦的愛德華．薩依德總結，別具深意。

此篇〈林中空屋〉聚焦在法語猶太小說家依蕾娜．內米洛夫斯基拚命寫著《法蘭西組曲》的最後時光。小說寫著內米洛夫斯基透過速寫契訶夫的一生來觀照自身寫作，簡要擷取她短暫生命的片段，自由穿梭於她作品段落。全篇看似沒發生什麼事，但讀者知曉，恐怖滅絕正在發生、已經發生，那些難以言說的感覺，被定格在最接近滅絕、美得毛骨悚然的林中空屋（註❸）。

拉波德氏變色龍生活在非洲馬達加斯加島，一年一生，有如昆蟲或草本植物。牠們在雨季的短短幾個月間，完成孵化、成長、競爭、交配，然後集體死去。這個物種無法活著看到下一代，但生命持續往赴循環。幾年前，失蹤百年以上的「沃茲考氏變色龍」重現足跡。據說牠們是拉波德氏變色龍的近親，以同樣的生命迴路存在著，以致長期沒有發現紀錄。

小說也是奇怪的物種。小說需索讀者貢獻時間和想像力，協力創造專屬體驗。小說追求差異，難以複製，卻可彼此連結成不同版本的系譜。每年都有巨量小說產出，每年都有一本年度小說選。大多數小說的生命週期短暫，就像這兩種變色龍那樣默默存在，默默死滅。只有極少數小說能抵擋時光的滂沱大雨，留存在讀者心中。但只要你開始看起任何一篇小說，那篇小說就會被喚醒，再度活了起來。

❶：創意寫作的三大法則來自Mark McGrul, *The Program Era: Postwar Fiction and the Rise of Creative*

Writing(Cambridge: Harvard University Press, 2011). 中譯本參見馬克・麥克格爾著、葛紅兵譯，《創意寫作的興起》（桂林：廣西師範大學，2012）。此譯本有大量刪節。

❷：轉引自安妮・艾諾、費德里克－伊夫・吉奈著，許雅雯譯，《如刀的書寫》（台北：啟明出版，2023），頁122。

❸：本篇選文為專欄版本，收在集結成書的同名篇章經過作者重組改寫。全書架構安排、內容也不同於專欄刊載順序。參見童偉格，《拉波德氏亂數》（新北：印刻，2024）。

安靜的轟鳴——陳莉文

有時我坐在一個地方，也許是房間，也許是教室，什麼也不想的坐在那裡，然後聽見一種尖銳的鳴叫，在耳內持續著。那高頻的聲音沒有旋律，沒有起伏，就只是麻木的，機械的，長久的，響著。

直到我必須要去做別的事情之前，我都聽著那尖銳的鳴叫在身體裡迴盪。常常我會在那樣的聲音裡想起很多事，那些事情一旦有了重新開頭的機會，便只能愈發用力地想下去。終於我將滅頂在記憶的泥沼，再也察覺不到耳鳴的持續，又或者，回過神來，耳鳴不知道什麼時候已經停止了，只剩下身旁同學人頭攢動的聲音，從四面八方席捲了耳朵。

我查到網路上的文章說，耳鳴可能是腦瘤的警訊，曾經有幾次我也下定決心掛了耳鼻喉科：「今天無論如何都要看到醫生。」然而用手機臨時掛號，領到的號碼總是一百多，躺在床上不斷刷新當前叫號的網頁，等著等著又覺得好懶，好煩。真的有必要嗎？如果論緊急程度，我也常常吃不下東西，是不是應該先掛腸胃科，再來處理耳朵的問題？

最後我總是又打開臉書或ＩＧ，滑到再次昏睡過去。

大五的日子和前四年一樣無聊，騎車，上課，回來耍廢，除非去外帶超商食物，或者去生活百貨補充垃圾袋和衛生紙，幾乎不會跟任何人說到話。我沒有打工，不參加學生會和社團活動，一個月主動打一次電話回家——每當我說我要打電話回家，指的並不是打家裡的電話，而是用LINE打給我媽。

有次產險業務員不知道為什麼，竟會打到我的手機推銷新的保單，我連聽都沒聽，請業務員直接找我繼父，家裡所有跟錢有關的事情都是他在處理，包括我每個月的生活費。對方接著問我要繼父的電話號碼，我頓時一片空白，最後乾巴巴地報給他我媽的手機。

我才想起來，我甚至沒有繼父的LINE。

後來只要是陌生的號碼我一律不接，當然，偶爾會出現意外。

有一天，系辦打來的電話剛好把我叫醒，是助教，甘道夫（同學私下裡給他取的綽號）跟他說我已經連續四週沒有出席了。基於我已經大五，助教除了關心我的近況，也委婉提醒道：這已經是我第三次重修甘道夫的課，加油一點，不要和老師互相拖磨。

按掉電話之後，我意識到自己又睡過頭，下午的課一點十分開始，接完電話已經八分。真的要去嗎，騎車去學校還要十五分鐘，身體沒有醒來的感覺，像是這張床上的其中一顆枕頭。星期一的學生公寓和我的耳朵都出奇安靜，遠方傳來除草機嗡嗡推動的聲音，對面總是把門打開通風的鄰居也去上課了，午後的光亮穿透窗簾，幾叢樹葉的影子在棉被上游移。

為了接電話而攤開的身體於是又變回蜷曲，我沒有放下手機，而是將ＩＧ打開，滑動食指，讓一張張照片掠過眼前，儘管在看見下一張之前，就已經忘記了上一張。

朋友的新動態很快就滑完了，我的帳號裡並沒有很多朋友。其實真的能稱作是朋友嗎？

不過是一些互相追蹤的帳號，還是大一的時候大家在迎新之夜加的。現在這些同學早就先我一步展開新的人生，不是考上碩班，就是開始工作。在他們剛畢業時，我曾經把刪除這些「好友」的帳號當作興趣，篩選標準只有一個，我問自己：從今往後再也沒有他／她的消息，會不會有一瞬間覺得惋惜？

就這樣百位數的朋友直接砍掉大半，有種掌握著什麼的快感。

沒有好友的新貼文可看，版面隨即被大量動物的幼崽充滿，小貓小狗小嬰兒之類的，軟軟嫩嫩的小東西。只要按過一次愛心，演算法就學會抓住你的眼睛，畢竟誰不會對可愛的事物多看幾眼呢？

有個日本小女孩發出吱吱吱的聲音，嘟著嘴邊肉學小老鼠叫，她把她自己和鏡頭外的母親都給逗笑了。我把這支影片轉發到限動，配上一行粉紅色的字：今天也好想生女兒喔喔喔。

沒有徹底關掉的鬧鐘又響了，一點十五分。

滑著滑著忽然感覺下腹痠脹，尿意從身體深處漸漸浮上來，我翻身到另一邊，喬好姿勢繼續滑動更多照片，更多邊牧、橘貓、柴犬寶寶相繼躍上螢幕，很快便淹沒體內蠢動的暗流。

啊，真的要去嗎。其實我有點頭痛，這不是藉口，我是真的感覺前額隱約有緊繃感，很可能是頭痛的前兆，果然還是不去了吧。每次不去上課我都會在床上小小地拉鋸一陣子，我當然也害怕自己不小心缺席得太誇張，然而甘道夫的必修連續好幾週被我略過，我也不知道為什麼。

是因為前一天剛好都發生一些事嗎？但我連回想昨天的事都有困難。也可能只是很單純的，床真的太好睡——回憶國高中時代每天六點起床的生活，真是不可思議，當年到底是怎麼辦到的呢，現在我連下午的課都會遲到。

我終於去尿尿的時候是三點多，對面的鄰居下課回來後又把門給打開，漸漸有男女說話的聲音和音樂一起傳來。隨著尿液徐徐排出體外，涼意陡然攀上全身的毛孔，我不由得坐在馬桶上發起呆，才忽然想到好像應該要洗頭。

順便刷牙好了。

於是我含著牙刷走出廁所，去拿披在椅背上晾曬的浴巾，就在拿起浴巾之後，又想到其實整個週末幾乎都在床上度過，根本沒有流汗，有什麼非洗不可的必要嗎？

一想到吹頭髮的麻煩，我放下浴巾又折了回來。

原本想撐到正常的晚餐時間再正常吃飯，但刷完牙後我實在渴得不行，所以用手機叫了珍奶，為了湊到起送價格，還點了那間店的鬆餅，菜單在指尖看來看去，莫名的被一小塊切片蛋糕所引誘，今天當然沒有什麼值得吃蛋糕的理由，明天也沒有，但就是忽然好想吃喔。

這些如果都吃完，大概要等到八、九點才會餓了。

我趿著拖鞋去拿外送，在經過交誼廳的時候看見白板上冒出一行字——

二樓冰箱是誰的高麗菜爛了在滴汁，拜託自己拿去丟好嗎！

一絲愧疚划過心裡的湖面，眨眼就不著痕跡。我回到房間，把書桌上亂七八糟的雜物往旁邊推搡，不小心讓位處邊緣的東西劈劈啪啪掉了一地，於是我按捺著油然而生的沮喪，佯裝什麼也沒有發生，給自己騰出一小塊可以用餐的淨土。為了隔絕鄰居的音樂把耳朵插上耳機，搭配YouTuber的開箱影片，吃起今天的第一餐。

那個太久沒洗又占位子的電鍋就待在書桌底下，碰著我的腳尖。

●

這只是我這個時期非常平凡的一天，這個時期，指期中考好像已經結束很久，而期末考尚有逃避的距離，我整日無所事事，就算去學校上課也只會低著頭玩手機，只要我不看老師，老師就不會看我。

我覺得自己好像得到了寶貴的喘息，然而攤開我的生活，肯定沒人會認為裡面有什麼配稱為壓力的東西，但我仍無時無刻渴望著休息，簡直就像從生下來開始就在渴望了。如果有些女孩生來就渴望她生命中真正的王子，為什麼我不能生來就渴望真正的休息呢？

人家都說，休息是為了走更長的路，所以休息的另一種稱呼叫做充電。在長久肅靜的生活裡，我最能感覺到全身心每一個孔隙都吸飽能量的時刻，應該是激烈高潮後的空白。

我習慣的作法是，把枕頭豎起來墊在背後，靠在床頭軟軟地坐著，然後找一部喜歡的A

片，用右手舉著手機，左手揉弄私處。我喜歡快進到抽插的片段，看陽具毫無保留進出陰戶的特寫，等小穴慢慢出了水，便將食指與中指一同探進陰道裡，向上勾起，緩緩攪動。此時，手掌可以正好貼合整個私處，掌紋會緊緊摩擦著挺立的陰蒂，我會幻想著一個男人的聲音，在腦中不斷對我說些直白下流的語句，彷彿他從什麼地方侵入了我的腦，就要透過我的腦操弄我的身體。

一切順利的話，逐步放大的快感會在半小時之內把我逼入絕境，我聽著腦中男人的耳語，看著手機畫面中揮汗交合的肉體，繃緊雙痙攣著，難耐的叫出聲來。高潮那瞬間我好似將自己獻祭給了他，又好像他默默為我取下枷鎖，讓我徹底自由，經過閃逝的峰頂，腦中的男人消失無蹤，只有我一個人失神地喘著氣，感受那空白而爽快的餘韻。

我承認自己常會不自覺地淪陷其中，頻頻追求激烈高潮的瞬間，想把這種滿足的感覺貪婪地含在腿間，就好像一顆故障的手機電池一天要充好幾次電，然而才開幾個分頁就再次耗竭。每當我對自己發誓這次真的尻完就去上課，最後還是會在全身鬆懈之後睡到天色擦黑，那時已經是整棟學生公寓一天中最熱鬧的時候，下課回來和買晚餐回來的人交匯在機車棚，房門與電梯此起彼落、開開關關。世界上沒有人知道我在這裡，又虛度了一天的光陰。

只有陰蒂殘留著搓揉過後的疲倦。

儘管一整天都沒吃東西，身體卻在想到食物時有些輕微的反胃，只覺得非常渴，應該要去裝點水喝。我很可能再次聽見從內耳傳來的嗚叫，那聲音穿插著閃爍的手機，穿梭在未開燈的房間。

如果我在此時又忽然追憶起已經過去的點點滴滴，可能多半是關於腦中的那個男人。

他正在做什麼呢。

很久以前，當我還在剛學會自慰的、少女的年紀，腦中的男人通常不是任何一個具體的對象，是誰都可以，什麼人都無所謂，只要他不顧一切地渴求著我的身體就可以了。後來我遇到了他，便毫不猶豫將他變成我腦中的男人，促使我這麼做的原因當然是想念，當然，是愛情。

我從沒被男人碰過愛過，卻因為他的關係，終於能在人群的邊緣中悄悄觸摸到愛情的邊緣。我相信他本人對此一無所知：他當然不會知道自己曾插入一個素不相識的同學，且插到那樣深的地方。有時我會在半夢半醒時大膽地想，其實他是個迷路的可憐人，他筆直撞進我的心裡來，一回頭卻沒有出口，就這樣永遠地留在了我這裡。

為此我無論如何健忘也要在心裡保留一片球場給他，我第一次見到他的地方。

那是剛進到這間大學時的老舊籃球場，標線褪色，籃框脫皮，再過一年就會圍起鐵皮重新整修。我懷中抱著一個斷了背帶的書包，從旁邊的小路經過，無意間看到他就在那裡席地而坐，光著上身，夜間球場環伺的大燈極其明亮，像十數顆太陽照耀他被汗水浸透而熠熠生輝的背脊，一切到這裡為止還在理智可控的範圍，直到他回頭，他不知道為什麼，朝我的方向看了一眼。

只因為他半秒不到的眼神，我振作了一段，至少在意識中感覺很長的時間。我知道他大概率不是在看我，但無論走到哪裡，我都能感覺到他從遙遠的地方凝視在我身上的視線。我好像沒那麼寂寞了，上課時有他在看，說話時有他在聽，我帶著他看我的視線重新去看我的一切，迸發出一股認真的力氣——有好幾個星期我完全沒缺過任何一堂課，那時甚至是梅雨季。

就好像他在黑暗中伸手轉動了我的發條，那些被重複自慰耗損掉的精力都有了去處，我開始整理房間，洗頭洗衣服的次數也變得緊湊，早晨起床的時候也記得刷牙洗臉了，然後吃一小個三角飯糰搭配蜂蜜牛奶。有一天下課的路上，披著雨衣停在紅燈前面，我在短短幾十秒間決定從今以後都要自己煮菜，就立刻轉彎去買電鍋和食材。

我在手機裡存下他網路上所有能找到的照片，每天我都對自己說：他根本不可能喜歡我——男人都不可能會喜歡我的，對此我深信不疑，所以，不要再浪費力氣去妄想與他靠近的（千百種）可能來折磨自己了。就這樣直到舊球場封起鐵皮，直到他畢業、我延畢，我都只知道他的臉書名字、ＩＧ帳號和球衣的背號。可是這樣真的就已經非常足夠，真的。所有可以許願的場合我都祈禱他快樂，他一定要比我快樂得多，無論女人或別的什麼，我祈禱他總能得到他想要的一切。

遺憾的是，哪怕我對他的感情可以永遠晶瑩透亮，對生命的認真和勤奮卻熬不過一波接一波的寒流。當下一個冬天如同往年一樣摧枯學校的枝葉，當我再一次向別人編造起身體不適的理由，這因為愛情而短暫上緊的發條終究不敵冬天的憂鬱，一點一點停止了轉動。

而此時，天氣再度來到了轉折之際，我的厚重衣物都還收在箱底沒有取出，每次為了對付天亮之前猝不及防的冷，我就把自己全部脫光，縮在床上、用棉被蓋過頭頂，等待身體回暖。

不知道是不是睡得太少，最近我總是感到頭暈。有次我混雜在剛下課的人潮中走去學生餐廳，忽然間天旋地轉，起初我以為是地震，然而看看走在前後的同學，他們的表情絲毫未改，我一度以為自己會向旁邊倒下，但回過神來，雙腳仍在繼續往學生餐廳移動，真像夢遊。

除了頭暈，身體還出現一個新的毛病。連續好幾天我去廁所時都發現內褲上有微量的血跡，但是現在並不是我的生理期啊。我在網路上搜尋關鍵字：「經期沒到」、「少量出血」，找到這種症狀似乎叫排卵期出血，Google建議我先去醫院排除長腫瘤的可能性，沒有大礙的話只要調整作息、注意飲食就會慢慢改善。

我才二十四歲，不用檢查就可以排除掉長腫瘤的可能吧，而且如果掛婦科，醫生肯定會問最近幾次來月經的具體日期是從幾號到幾號，我當然不可能記得這種事。我很快打消了看醫生的念頭，其實排卵期出血什麼感覺都沒有，時間一久也就習慣了，要說唯一有點困擾的地方，就是那些和分泌物一起乾涸在底褲上的血漬比想像中還要頑固，無論我怎麼搓都沒辦法徹底洗乾淨。

把玩到只剩5%的手機接上充電器，看到LINE忽然多出上百則未讀的數字，點開來竟是累積好幾天的群組訊息，原來它們不是一下子跑出來的，明明我每天大部分時間都抱著手機，卻直到現在才發現。

是分組報告的群組。群組裡的那些學弟妹我一個都不認識，除了老師以外，這間學校早就已經沒什麼我認識的人。首先他們@我去投票，主題是：第二次小組討論的時間。

我向上翻找先前的對話紀錄，用力回憶跟他們的第一次討論是什麼時候，才想起那天我訂了五、六個鬧鐘，卻沒有一個成功把我叫醒，恍惚中我連理由都沒有想，直接在群組裡為自己睡過頭而道歉，已讀的數字在眼前一個接一個跳動，很久之後終於有學妹好心地回我：沒關係，下次要記得喔。

不過，缺席討論也有意外的收穫，那次學弟妹已經快速弄出報告架構、排好各自的分工，所以沒參加到的我直接被他們告知了工作內容。我知道另外一堂課的學弟妹在網路上靠北我（都大五了還只會抄維基百科），他們大概也從同屆那裡聽說了我是個雷包，所以他們給我最輕鬆的部分，我只需要為我們的分組報告做個開場，剩下全交給他們發揮。

我已經很擅長吞嚥生活中這些粗糙的石礫，就像我如何習慣耳邊兀自迴響的，安靜的轟鳴。

我沒有細讀所有訊息，其實大部分都是幾個學弟妹在討論他們負責的內容，穿插幾句互相調侃的玩笑，這些都跟我沒有關係，一點關係都沒有，看得太多只會覺得真好，年輕真好。只有大一大二才會想要認真做出精彩的報告，等到大四大五你只會想做一份能過的報告。

我直接拉去最底看最新的訊息，其中一則@我：學姊記得去看共用文件，連結放在公告裡。

已經好累了，明天吧，或者報告前一天再看也可以。

我向他們傳送一個「收到」的貼圖，然後趕快切換回充滿可愛幼崽的ＩＧ世界。

●

鄰近期末，各種作業開始變得咄咄逼人，還要分出一些時間準備考試，我能躺著耍廢的時間被排擠得越來越短，所以總是在應付完這些事情之後彌補自己多滑一點手機，渾然不覺中，窗外就矇矇亮了。有天早上助教不知道為了什麼事又打電話來，這次我沒在睡覺，或該說還沒有睡著，來電顯示打斷玩到一半的手機遊戲，而我只是看著，就只是看著。

天氣終於還是冷到必須要把箱底的衣服拿出來穿。我蹺了半天的課，把它們連同堆積成小山丘的髒衣服抱出房間，分兩趟扔進洗衣機，房東沒有買烘衣機給我們用，所以我只好載著濕衣服來回奔波離得最近的烘乾店，那天我身上已經連一條乾淨的內褲都沒有了，一坐在冰冷的長凳上就開始狂打噴嚏，直到衣服全部烘好，腦子裡還在嗡嗡作響。做完這一切我立刻癱倒在床上，兩籃還有餘溫的乾衣服先放在地上等著有空再摺。明明只是洗個衣服而已，為什麼會這麼累。

從小我就一直畏懼著冬天，冬天的衣服蓬鬆、笨重，覆蓋全身且沒有人會輕易脫下，外婆更加肆無忌憚地打我。後來，對冬天的畏懼之情漸漸轉變成厭惡，畢竟懼怕也沒什麼用，外婆會死，我會長大，冬天還是會若無其事地來，但我可以討厭它，如同我討厭自己。

一到冬天，我的各種機能就無法避免地退化，每當到了上學期的尾聲，我就感覺自己在間歇的睡眠中逐漸退化成一顆卵黃，醒來不是幾分鐘的事而已，醒來是一個漫長的再孵化的過程，大量忘記內容的夢像外層的薄膜將我網羅著，夢結束，痛苦就隨著身體的甦醒，一點點地開始流淌了。

原本我以為大五上學期也要和往年一樣，在隱隱作祟的憂慮、和耳朵裡不時拔高的鳴叫中平淡地結束掉，直到那一天。

期末考週的星期一，我帶著通宵兩天趕出來的報告騎車出門，這是一份早就超過時限的期中書面報告，最後的補交機會是上週五，缺了期中報告我絕對會被他當掉，那一個學期花在這堂課的時間都沒意義了，現在繳交箱應該還放在系辦裡，我必須在早上TA把箱子抱去給老師之前把報告放進去，事情為什麼會變得這麼刺激，我也好想知道。

紅燈一轉綠，我和那些要上早九的學生們一起衝了出去，從我租的地方騎到學校要十五分鐘，如果騎快一點而且一路綠燈的話就可以壓在十分鐘左右，這樣到系辦之後我還有一點時間去把報告印出來。檔案帶了，影印卡也帶了。星期一上課的車潮不算多，肯定很多人像我一樣為了可以週休四天從來不選星期一和星期五的課，我想方設法往前鑽，一路隱忍下腹的反胃感，靈魂卻好像從身上輕輕地飄了起來，疑惑地旁觀著當前的困局：我是誰？我怎麼會在這裡？

清早的寒風鑽進安全帽裡猛力刮擦我的臉，迫使睡眠不足的大腦更加警醒，我抓住時機連闖兩個黃燈，順利來到進學校前最後的路口。突然間，我眼冒雜訊、失去平衡，整台車直直騎進水溝。

等到爬起來後世界才恢復原本的清晰，我在水溝邊上呆立了好幾秒，終於意識到剛才發生了什麼。我居然還能自己從溝裡爬出來，身體應該沒什麼大礙，只是膝蓋有點痛——低頭一看，褲子已經徹底磨破了，雙膝在兩個窟窿裡不斷滲出血，搶眼的鮮紅色讓我直覺自己應該要更痛才對，不知道是低溫還是緊張為我減緩了痛覺。

我扭頭去看我的車，我的車緊緊卡在水溝裡，一時之間大概無法動彈。趕路的車潮依然洶湧，並沒有因為我的意外而中斷，他們像一個魚群那樣整齊有序地繞開我身邊。髒水正順著我的褲管一點點滴進鞋子裡，把襪子變得又冷又噁心，衝向水溝時的餘悸，還像漣漪似的留在身上，使耳邊循環著碰撞那瞬間的聲音，冥冥中我站在背後呼嘯的引擎聲裡，好像被什麼人重重地推了一把，一種強大的、暴烈的力量將我推倒在馬路邊上，讓我毫無應變的能力，只能順從它躺平，感受柏油路的冷酷和堅硬。

不知道過了多久，我聽到有個女孩在叫救護車，她蹲在我身邊一次又一次問我的姓名學號，大概是看我一直閉著眼睛，怕我失去意識。其實只不過是陰翳的天光刺得我無法睜眼，但在這暫時的失明中，我確實盤旋著一股哀怨的死意：真想死呀，真希望剛才是一台卡車衝過來把我撞死。然而死意的出現卻激發出更深層的疼痛，我的確還活著，正因為我還活著，所以只能想著死。

早就很多次想過死，洗澡時腦袋裡總有好幾種死法，也曾想過po上自己的遺書看看大家的反應，但我終究沒有勇氣做出這樣的事。

無論是刷存在感還是去死。

那女孩緊張地問我：「你還好嗎？你一直在發抖。」

「我好冷。」我冷得想被火化。

隨即，我感覺有什麼東西飄到身上來，不由得將眼睛打開——那女孩居然直接把她的羽絨外套脫下來給我。

我看著她關切的眼睛，她垂落的頭髮和上下顛倒的臉，看著傾覆在眼前的水平世界，幾雙朝我慢慢聚攏過來的陌生鞋尖……對這一切，深深嘆出一口氣。

別害怕，這只是一場夢，只要把夢做完這一切就會結束了。我悄悄對自己喃喃自語道：夢是不存在的，我是不存在的。現在唯一要做的事，就是把這個夢做完，只要趕快做完，我就可以回床上了。

於是我掙扎著撐起上身，一坐起來，那女孩馬上張開雙手把我扶進她的臂彎，用羽絨外套緊緊包裹住我，想死的衝動在她觸碰到我的瞬間又膨脹得更大了，不只是對她的愧疚，還有無地自容的羞恥，因為她看起來，比我更小隻啊。

「對不起，你先去上課吧。」

「我沒有課，不要擔心，我陪你等到救護車來，好嗎？」

我低下頭說不出話，緊緊地抿住嘴唇。對於她把時間和羽絨外套都分給了像我這樣的人，我發自內心地對她感到抱歉。但因為害怕再說一句話我就會哭，所以我只好把頭埋得更低更低，默默聽著她跟圍觀的居民交談，直到救護車的聲音由遠而近。

原本因為這個女孩的現身，夢到這裡為止還不算是個徹底的噩夢，直到我從她懷裡被人慢慢攙扶起來時，無意中撞見了她亮著的手機。

除了看到時間，我還看到我腦中的男人就在那裡，和她頭碰著頭靠在一起。

●

如果有一天可以回到過去⋯⋯

啊，真是一個已經被討論到爛掉的問題。我不喜歡作假設，哪怕在最痛苦的時候，也絕不這樣拷問自己。發生過的就是發生過了，想那麼多的「如果」，有什麼意義呢。

那天之後我變得非常畏光，作息完全壞了，好像每次醒來都是夜間。我已經很久沒有開過大燈，只開浴室裡的燈，然後把門關上，靠門縫裡洩漏的一點點微光生活下去。好在我終於可以理直氣壯地休息，所有人都知道我在去學校的路上騎車自摔，我把兩邊膝蓋包裹紗布的照片和學生保險單一起發給助教，再一一寄信給每個老師，有些老師同意我用書面報告代替期末考，繳交時限也延長到兩週以後。至於分組報告，我本來就可有可無。

我將紗布照傳到群裡跟大家道歉，最先回我的還是同一個好心學妹：學姊要好好保重。

在她之後，其他人也陸續按了貼圖。

我想我還是有吃飯。雖然胃裡絲毫沒有進食的慾望，不太記得到底點過什麼，但是堆放在門邊的空盒、塑膠袋能證明我確實有吃飯。每當想吃止痛藥的時候，我就把雙腿挪到走廊上裝水，一如往常，如果發現有人剛好在那裡曬衣服，我會把頭靠在門上，等聽到關門聲再出去。

每天我除了去看那女孩的帳號，剩下的時間都用來瘋狂玩遊戲。排行榜推薦的遊戲我幾乎全都載過一遍了，但很多手遊玩起來太複雜，幾天後手機裡就只留下消消樂和俄羅斯方塊。我會在玩遊戲的同時用筆電不間斷播放著YouTube影片，讓耳朵無時無刻充滿別人講話的聲音，似乎唯有這樣才能稍稍分散從膝蓋的破口滲出、漫流到房間各處的能量。

恨的能量。

大一在球場看見他的瞬間，我立刻明白了愛是什麼，所以現在我也立刻就知道了，這是恨的能量。那天回來後，我發現自己已經無法聽見他，當我努力想要幻想他的聲音，我聽見的只有自己的耳鳴，他不再是我腦中那個不顧一切渴求著我的男人，他離開我了。

好像有生以來從沒有這麼寂寞過，或者說，我已經好久沒有像現在這樣畏縮在寂寞裡，要不是還可以恨，鋪天蓋地的寂寞可能會把我殺死在這個安靜的房間，至少恨著什麼，我會暫時忘記他從來就沒有愛過我。

我也發現到，原來在恨的生活中是沒辦法自慰的，有無數個瞬間我想抓起手邊能拿到的任何東西放進陰道裡，不為高潮，只為滿足一種毀滅的渴望，然而我最後只是躺在床上，把手靜靜擺在私處，一邊努力回憶生理上的快感，一邊感受著從膝蓋處傳遞過來的痛楚。

不久後就收到甘道夫的回覆，這個學期終於向他請了一次貨真價實的病假。出乎意料，他的回信比我寄去請假的信還要長，快要退休的老師大概總有些感慨忍不住想跟學生分享。全部看完之後我只記住了最後一段：「……如果你知道自己要做什麼，就不要把時間浪費在你不想做的事情上，如果你到現在還不知道自己要做什麼，要多想想。」

多想想。

老師們都不知道，其實我真的是一個想很多的人。小時候永遠一個人走在隊伍的末端，也不跟別人說話。二年級時有個數學老師剛好走在我後面，天知道那天他為什麼會注意到我，他走過來用手重重拍了一下我的肩膀，問：你頭那麼低是在幹什麼東西。其實我心中已經被他突如其來的肢體接觸嚇住了，肩膀陣陣反芻著他下手的力道，但我還是有回答他：我在想事情。

數學老師在聽完我的回答之後，像卡通裡演的那樣捧腹大笑，彷彿吆喝什麼偉大的發現，他用高亢激昂的聲音跟我們班導分享：哇，你看看，這麼小年紀就有心事了。

那副狂妄的笑容成為我小學時代久久難忘的夢魘，每當外婆再打我的時候，我就感覺到數學老師旁觀的視線，一抬起頭，他的笑臉果然就懸在空中。

升上國中，我的成績和我一樣保持在隊伍的末端，走在學校裡，身後通常會跟著幾個小混混男同學，他們來學校的樂趣就是朝我身上丟些什麼。有天下午的掃地時間，在天高皇帝遠的外掃區，一個被紙包裹的、有重量的東西砸中我的後腦，我想逃走，但他們幾個組成的人牆圍堵著我，對我叫囂，逼我去把紙團拆開。

裡面只不過是一盒保險套。

幾個男生看著我早已慘白的臉轟然大笑。國中男生真的好蠢啊，隨便什麼低能的惡作劇都能讓他們笑好幾天。

除了這些，生命中多的是這樣的事情能讓我隨手撿起來，我不是沒有前進過，可是一次又一次的，被回憶的陰風吹回原地。

現在我想的最多的當然是那女孩，那天她湊近的五官和聲音，她嬌小的身形、手臂的觸感和羽絨外套散發的淡淡香味，以及臉書分享的貼文、更新的照片。

有時候，我會毫無徵兆地中邪一小段時間，所有骨骼和肌肉紋絲不動，兩眼發直，死盯著她的頭貼，那張照片上並沒有他——她設公開的照片都沒有他，只有她自己。頭貼裡她穿一件細肩帶白色洋裝，側身叉腰，用有些空靈的表情看著我，我再怎麼蠢也懂得那是棚拍出來的照片。不知道過了多久，當我的意識重新流動，全身都像被卡車輾碎過幾百次一樣疼痛至極，然後我會毛骨悚然地察覺到自己這樣螻蟻般的存在是如此真實。

好可怕。

我忍不住要想像——假如大一的我沒有穿過那條小路，是不是就不會愛上他？要是我有準時地寫完報告，是不是就不會這麼衰小地被她所拯救？如果，如果我從小能有一個稱職的母親或慈祥的外婆，我是不是就不會變成現在這樣？

外婆死時我正好小學畢業，從小我和我媽只會在週末或放寒假時零碎地見上幾天，沒了外婆，媽不得不親自把我養在身邊。準備離開的晚上，繼父先去停車場開車過來，她坐在門口的矮凳最後清點著大大小小的行李，忽然間，她抬頭問我一句話：外婆有沒有對你怎麼樣。

我一瞬間就明白了，她以前也是被外婆打過的小孩。

為了嫁給繼父，媽從沒告訴他她曾經生過一個別人的孩子，商議領養的時候我站在一旁聽見她交代給他和婆婆的說法：這是我姊姊生前留下來的女兒，我當然要照顧好她。我靜靜聽著她向全世界講述這個思慮周全的謊言，那些小時候沒問出口的問題一下子都有了答案：她其實什麼都知道。她明明知道外婆是怎麼養小孩的，卻還是把我送給外婆養。她讓我繼承她挨過的打罵，遺傳給我撒謊的習性，是她讓我度過這樣卑賤的人生，都是因為她。

都是因為她。

她當然也知道我摔車，校安中心依例通知了家長，但我已經下定決心不再接她電話，每天她打來，我都假裝自己剛好在睡覺。我忽然想起以前某個稍縱即逝的感覺：大一期中考剛過，我沒打招呼就回到家裡，因為助教提醒我有可能被二一，情急之下預防性地去註冊組辦了休學。媽得知以後氣得要發瘋，一巴掌落到我臉上。

我還沒哭，她反而先哭了起來，我看著她在我眼前變得像外婆一樣歇斯底里，在耳朵奏響的盛大轟鳴中，嘗到一絲舒暢的甜蜜。

其實那就是恨吧，就算不是恨，肯定也是性質非常接近的某種東西。

啊，也許是恨的種子，恨的種子早就埋進了土裡，從我生命中眾多的季節挑中大五的冬天，開得漫山遍野。

●

因為房間裡不分日夜總有人在筆電上講話的緣故，一開始我並沒有留意到走廊外面突如其來的聲音，慢慢的，隨著對門那鄰居弄出的動靜越來越大，整層樓的學生都和我一樣被他們吵醒了。

我先是看了看手機，然後又看了眼窗外，此刻距離我昏迷在枕頭上可能才過一小時或兩小時，天色是金光燦燦的清晨，太陽才剛剛升起。

對面房間的情侶在鬧分手，這不是什麼新鮮事，學生套房裡多的是吵架的情侶。幾個月前他們也曾吵過一次，不過這次要比上次激烈得多，每隔幾分鐘女生的尖叫就衝破他們的房門，陸續有東西重重地撞在地上。

我縮在床上，在他們的噪音裡輾轉掙扎了一陣，最終為了預防再度被回憶的爛泥滅頂，不得不爬起來去找耳機。看來肯定是無法再睡著了，我只希望能和棉被手機靜靜地交纏就好，拜託放過我，讓我度過你們的爭吵吧。

事與願違，房間真的有點太亂，我拖著一雙還未痊癒的腿繞過地上散亂的東西在房間裡四處翻找，然而哪裡都沒有耳機。彷彿隕石撞擊般的巨響還在持續，夾雜女生愈發淒厲的尖叫，連那男生的聲音也逐漸大起來，我都快要能聽懂他在說什麼。我很快感到心悸，所有暴力現場都會讓外婆的嘴臉在我腦中漸次清晰，再這樣下去身體一定會出於習慣而哭出來，我已經無法判斷他們……算了，找不到，哪裡都沒有。

我用最快的速度套上衣服，拿起安全帽就走。

摔車之後就沒再騎過車，更沒有這麼早出門過，等走到車棚，我才發現車鑰匙還留在房間。很明顯現在的情況已經不能再進去一趟了，我只好嘆了口氣，把安全帽放在機車上，搖搖晃晃地走出巷口。

樹木的清新和早餐店的香氣瀰漫在外面的街道，這應該是別人會認為充滿活力的味道吧，我只覺得胃裡翻江倒海。世界好吵，太陽好亮，都快要忘記白天原來是這麼駭人的亮度。我走得很慢很慢，越往前走就愈發吃力地喘著氣，如果不是膝蓋還沒痊癒，我就要忘記自己還有身體，靈魂好像又從身體裡輕飄飄地出去了，明明醒著卻好像並沒有醒來，眼前的景象都隨著呼吸起伏而搖擺不定。

我在哪裡。我要去哪裡。

為什麼別人看起來好像都知道自己要去什麼地方呢。

我好想坐下來玩手機，最好是個曬不到太陽也吹不到風的地方，代替我的房間我的床，讓我再休息一下吧。

然而真正能休息的地方到底會在哪裡呢，我走過大排長龍的麥當勞，走過鐵門半掩的五金行，走過紅燈底下打著哈欠的騎士身邊，我渾渾噩噩地遊蕩在這個莫名其妙就生活了五年的地方，彷彿遊魂，可以接連穿透沿路的建築，穿透一個又一個與我擦肩而過的路人。他們沒有話要對我說，不是沒看見我，就是眼睜睜地看著我，整個城市和我輕飄飄的靈魂都在旁觀著我的狼狽。

我不甘地搜尋起每個路人的眼睛，一個男生就這樣與我對上眼，轉瞬他又默默地別開視線，讓我有股衝動想要上前詢問他：你看了我一眼，是不是有話要對我說？你沒有話要對我說嗎？你對我沒有好奇心嗎？為什麼你一點都不好奇我身上到底發生了什麼？我好想跟你說話，雖然我不知道要說什麼，你不想跟我說話嗎？你真的要這麼殘忍地對我嗎？請你跟我說話吧，說什麼都好……

忽然，喧嘩的世界驟然失聲，我鬼使神差地停在一個櫥窗前面。這是一間剛剛開業的麵包店，店裡沒有一個客人，連老闆的人影都沒有，唯獨劣質喇叭大聲向外放著音樂。原本我已經走過了它，卻被它嶄新的玻璃嚇得連連倒退回來，因為那面玻璃實在是太乾淨了，它明亮得就像一面鏡子，把我的鬆垮衣服和扁平五官全都映在上面，是許久未見的，亂七八糟的樣子。

真醜。

我不要再這樣下去了。

我立刻掉頭往回走，生平第一次，我為自己祈禱起來，祈禱千萬不要被那女孩看見我現在的蠢樣。然而越是祈禱心中便越惶恐，好像她就要準確無誤地出現在我即將返回的下一個路口，最後我幾乎忘記了膝蓋的疼痛，在街上狂奔起來。我帶著一雙凍紅而無知覺的耳朵一路逃亡回到房間，再次感到冥冥中有一雙手從黑暗中擰動著我的發條，使我心跳加速，必須立刻就去做一些事：第一件事，拉開窗簾讓太陽潑進來，把日光燈、檯燈甚至小夜燈全都打開，眼前霎時間像進入永晝；第二件事，拆開兩個大號垃圾袋，我根本沒看那些散落在地板上阻礙通行的物品分別是什麼，一視同仁全部都裝進去；第三件事，我要洗澡。

我把浴巾丟到架子上，伸手試探濺射的水花，然後高高地將蓮蓬頭舉起，閉上眼睛認真感受從頭澆灌而下的溫熱，並在心裡不斷重複著上發條的那句咒語，好讓發條多一圈、再多一圈：我不要再這樣下去了。

我要去看醫生，我等等就去掛耳鼻喉科，直接騎車去現場掛。領完藥之後我要喝蜂蜜牛奶，再拐去超市買新的高麗菜，我好久沒有煮飯給自己吃。

明天開始我就要展開新的人生，我要買些新的衣服，我也要挑一件漂亮的洋裝。我要穿上它去店裡吃以前只敢叫外送的珍奶和鬆餅，再挑選一個可愛的切片蛋糕慶祝我的新生。我要穿著漂亮洋裝去和店員結帳，輕聲跟他說一句謝謝，然後打開筆電在那裡嫻靜地坐上一整個下午，把報告在期限之前都寄給該寄的老師，最後再回一封信給好心的甘道夫：老師，對不起，學生一直讓您失望。但是我已經想清楚了，現在我知道自己要的是什麼。

我要從這裡畢業，我要交一個男朋友。

我吹好頭髮、拎起垃圾袋，出門時，對面的鄰居已經非常安靜，只剩下那個女生在門裡嗚咽地哭泣。我踩著跳躍的腳步迅速下樓，用肩膀撞開了大門，走到回收場的子母車前面，一左一右，奮力甩出兩隻手上的大垃圾袋，然後轉身走向機車棚。

車鑰匙和錢包都在口袋，安全帽就在機車上等我。

我發動引擎騎出巷口，冬日裡的寒風就這樣迎面吹進了眼睛。

收錄在二〇二三年五月出版《SEVEN》（南方家園）

一九九九年生，二〇二三年畢業於國立暨南國際大學中文系。曾獲全球華文學生文學獎、青年文學獎、青年超新星文學獎等。築字緩緩，正在寫第一本短篇小説集。

T.E. 2073：莫卡卡與賽克洛普斯（Macaca & Cyclopis）

——高翊峰

我站在核一廠台電公司的舊廠辦大樓五樓，眺望西北角的濱海公路。今日傍晚的夕陽，因為憂傷，暫緩落下。過瘦的身軀，只能攔阻少許斜陽。不再伸手觸摸夕陽的這幾年，曾經屬於我的夕陽，經常如此靜止。同一個夕陽餘暉照耀，美國奇異公司製作的第四型沸水式二號反應爐，在目視的不遠處。這座核能反應爐已經完全除役數十年，安全殼水泥圍阻體，只是個巨大的方形盒子，失去需要保護的對象。

五樓的外牆，懸掛著武裝獨立革命軍與智能巡護隊的共同行動旗。每次望著旗幟上無法分辨誰人之手的握手圖騰，我總有「可以完成」的念頭，但能回讀的島國政治犯臉孔逐漸減少。監獄武裝革命不過是三年前的行動，他們與一同犧牲的智能巡護員，如同核一廠遠方鄰鄰海面上、那些被炸毀擱淺的四國聯合軍艦，都捲入島國的遺忘履帶。

整個五樓是我的工作室。進駐核一廠這一年的生活起居，多半在這個空間。內牆上還留有手動機械拋光輻射牆的痕跡。一套體感床組、自動延展工作檯、除菌衣物收納櫃，和拆卸式的多功能潔身室，在偌大的空間裡顯得簡陋。剩餘可以稱為家具的，是唯一的長形置物架。上頭堆放著各類回收器械，多是智能巡護員不同規格、不同功能的聲控、肢體模擬、微表情、情緒控制等等晶圓。

我回到工作檯前，巡看諸多的積體電路零件，以及不同尺寸的晶圓。我持續將兩個晶圓的圓邊，裁切與打磨成齒輪狀，兩兩鋸齒，牢牢卡榫，彼此成為一個組合。能否與其他齒輪晶圓組，鑲嵌與連結，我仍有猶豫。身體一移動，腳步聲便在空蕩的室內迴響。我撫摸放在空間中央的電晶體機芯。方形的它，尺寸約莫是一輛汽油燃料的老式哈雷機車大小，立晶體的金屬外框是舊型工程機械人的體幹鋼鐵，內部由數十組緊扣咬合的齒輪晶圓組成主體。

進駐這個科技藝術實驗園區之後，我完成了幾件作品，都裝置在自由廣場。這年入夏之後，伊斯蘭共和國協再次發生教派內戰，引發全球石油危機。這幾個月來，島國民生物資也快速緊縮。剛獲得大英協防同盟和北美約定國協支持的島國臨時政府，取消原本的設廠限制，也限制民生物品出口。逐日感覺到匱乏的我，則陷困在這個鏤空的方形電晶體機芯。

「如果可以發現最完美的時間裝置，是不是能驅動島國往前一秒？」

這個問題，我曾經詢問那位扭轉監獄武裝革命的智能巡護員，現在已經無法回想起他答覆我的話語，也遺忘了不久時之前的精準日期。

無法明確觸及的時間感，還有許多。

類如此時此刻，我無法確認，敲門聲是從何時開始響起。

我沒回頭，專注凝視晚霞裡的機芯裝置。

回音逐漸走入夜暗，好像同一晚，又像似不同夜。不同尺寸的晶圓，似眼，以曖昧的金屬虹膜凝視我。它們的瞳，從光裡騙來無法解讀的繁花色澤，有如豔麗誘人的美杜莎。敲門聲再次成為夕陽裡的最後回音。我拿起剛組裝好的一組晶圓，專注尋找它與其他圓眼可能彼此咬合的位置。

入門口傳來翻找鑰匙的聲音，入門隨後打開。女人拎著一個纍纍的紙袋，提著保溫瓶，走進可以環視與穿透的五樓廠辦。

「燈沒開，我以為你在園區裡移動。」她說。

我蹲下身，對比放在腳邊的另一組機芯局部。

「要開燈嗎？」她接續詢問。

「我在等今天的餘光。」

女人轉身關門，困住夕陽。她的眼，適應了黯淡。那些困在方形電晶體機芯的圓眼，便尾隨硬底鞋跟，移動到另一角落，直到她將紙袋與保溫瓶放置在床邊櫃。

「你多久沒出門了？」她說。

「妳是指離開核一廠嗎？」

「進駐之後你就沒有走出園區，我已經不想問為什麼了。」她無奈搖頭，坐在床緣，脫下高跟鞋，在初夜的暗裡，發現了我的亂髮與鬍渣，曖昧說，「現在的模樣很適合你。」

我回到工作檯，坐落唯一的椅子。確定室內沒有藏匿任何夕陽，才點亮那盞仍使用白熾燈泡的老式桌燈。電的熱感，從發亮的鎢絲照射。有光之後，撲了濃妝的她，不容易目測年齡，坐姿更為慵懶。

「我喜歡現在的妳，諾倫。」我凝視她。

「我現在是你的經紀人喔。」她輕輕扭動臀部。

「不管切換什麼角色，妳都扮演得很美。妳是現在，也是過去和未來。」

白熾光沒有夕陽的蠻橫，微光先走過晶圓與金屬鍍膜的表面，再撫摸她修長的小腿。暗影讓合身剪裁的套裝，呈現更多柔軟的身體曲線。我循著這光，尋找到更適切的描述之後說，「男人放鬆時，神會皺眉頭，女人慵懶的時刻，是上帝完成的藝術品。」

「你今天嘴巴真甜。」

諾倫稱讚我的微笑，像似縮時攝影後播放的花苞綻放。我也是在入秋之後，才逐漸習慣靠著床架的她，循著我的話，把一隻腳盤上床，想起了什麼，以能改變室溫的聲調說，諾倫藏在這句話裡的微表情。

「你的鐘針系列，時針組、分針組，都有收藏家買了。錢已經匯到你戶頭。」

「錢的事，妳處理就好。」

「鐘針系列只剩下那支尺寸最大的小秒針。別擔心，有幾位能源投資人跟我接洽。」

「作品有沒有人收藏，我不在意。」我把晶圓組合放回工作檯，「能源投資人只是石油荒裡專偷腐肉的鬣狗，他們不會想收藏小秒針。」

「那你說說，哪種人會想收藏？」

「如果妳說銀行家，我還能相信。」

「為什麼？」

「他們是少數理解錢和時間非必然關係的人。」我帶有微怒說，「許多人不理解小秒針的意義。」

「你的批評太主觀。作為一個島國公民，我也不懂你說的小秒針意義。小尺寸時針有三支，中尺寸分針有兩支，能看出比例。小秒針的尺寸，並不是等比加大。」她側身，兩隻腳都縮上床，「你不覺得比例過大了嗎？而且小秒針只做一支，藏家只能收藏，沒有第二支可以作為未來的拍賣投資。」

「時間的滲流，不是依照比例變化的。」我打斷語音加速的諾倫。

「你躲在核一廠，關掉所有資訊接收器，還是可以和世界接軌。」

「諾倫，妳是在調侃嗎？」

「你無法判讀我在調侃你嗎？」

「可以的。只是我不理解妳現在的調侃。」

「因為石油危機，滲流，這個月擠上年度關鍵詞的票選第二位。」

「滲流確實可以用來想像地層裡要探勘的石油。第一位是什麼？」

「斷交。」她口吻嚴肅。

「那麼，為什麼是斷交呢？」

「去年有兩個單獨國和我們斷交，今年年初又斷交了三個。」忽地，她輕掩嘴唇，驚訝裡有些微愉悅，提出臆測，「這是鐘針系列的原點嗎？」

我沒有回應這個問題，回應了最初的另一個問題，「T.E. 1973年，藝術家巴勃羅生命停止。在這一年之前，他不曾雕刻重複的作品。」

「作品重複的話題，我就不跟你辯論了。剛好是平流時區的一百年前，真的太巧合。對了，上回你說，過去的歷史只是未來尚未發生的事。這個邏輯，我不懂。」

「只是一個假設性的悖論，已經不重要了。這次的兩支分針、三支時針，其實已經重複。」在悵然之中，我走近諾倫，撥開她額頭的大捲髮絲，呼出氣息，「小秒針不賣了，我們留在這裡吧。」

「你說的我們，是指你和我嗎？」

「妳偷偷裝了幽默晶圓嗎？我怎麼不知道。」

「你猜猜。」

「不能對藝術經紀人打啞謎，是創作者的鐵律。小秒針，妳幫我送給市政府。」

「鐘針系列是你自己的作品，不是公共財，不可以免費。我只能指定對象拍賣，價格一元。」她滑躺床上，眼眸顯露睏意，語音流露遲鈍，「另外，需要有但書的要求。」

「作品的事妳決定就好。我的要求是，這支小秒針必須裝置在自由廣場，不容易讓人發現的角落，一樣不要說明文，這次我不署名。」

「這次廣場系列的裝置，你又改名賽克洛普斯，還給自己的署名加編號，已經有不少流言。藝術協會一直批評你使用異名。你捐出小秒針，又不署名，一定會……」

「就讓那些人說吧。」

聲音迴盪著自言自語。我拿起紙袋往外走，離開五樓辦公室。

我特意留下白熾桌燈，照明空蕩蕩的室內，不是因為諾倫怕黑，只是她曾說過，「我和你一樣，入睡之後，也需要光。哪怕只有極少的光，也能在夢境裡看見你的輪廓。」

園區許多角落都提前入夜，熠熠的光能永續路燈，逐步恢復核一廠的夜間輪廓。

我抓著紙袋，沿著車道，走到連接前後園區的乾華隧道。穿過隧道，眼前是核一廠的動力直升機停機坪。地面的白色H字樣由紅色十字圖像包裹，最外圍是一圈圓形的綠圈。三種顏色都是由光能蓄電的發光二極管來表現，不刺眼的光體亮度。揭幕時，進駐在管制中心、負責設計的光能塗鴉藝術家描述，三色分別代表：純淨、救贖、自然——是象徵，也是動態口號。

走過綠光、紅光，我站入白光中央。光暈交織層疊的停機坪，聲音像似被禁止。直到我反覆抓揉紙袋，紙質特有的清脆摺壓，越過園區車道旁的小坑溪，穿入茂盛的樹林。

若是在更深的夜裡，或許能傳到三百公尺外的第四公墓吧。

我持續搓揉紙袋，直到濱海公路傳來的電動車引擎加速聲，一個身影從低處的草叢暗處冒出。身影小心翼翼，站立在那棵被颱風推倒、橫置在小坑溪上的倒樹。牠快速往車道方向爬行幾步，又再次站立，朝我的方向觀望。

牠站立起來不足一公尺高，是島國特有種獼猴。

第一次發現牠，是我剛進駐核一廠初期，也是在小坑溪上的這棵倒樹。牠當時穿著髒舊的上衣，著實驚嚇了我。我以為是島國多年來逐步罕見的孩童。等牠一移動，發現屁股連接一根細長尾巴，我才確定牠的身分。今日這夜，如上週某夜，牠時而直立行走，時而慢慢四肢爬行，從倒樹上橫越小溪。也如首次相遇，牠裸露在衣物之外的身軀肢體，沒有毛髮，像似天生粗糙的孩童皮膚。除了嚴重曬斑，牠的手掌腳掌還有泥垢沉澱多年後的染色。

牠爬過車道，一進入停機坪，便以後肢站立走向我。牠上身依舊穿著那件印有游離輻射警示圖騰的科技背心。三角形黃色底圖上有三片黑色扇頁的布料區，可以測量游離輻射。背心前後滿布苔蘚與抓痕，但牠應該早已習慣。第一次見到牠，我便留意到牠頭殼正頂上，移植了一塊方形積體電路。兩公分見方的定位追蹤裝置上，有數個微小尺寸的電晶體鑲嵌，另有一顆紅色微光器，以人類脈搏的速率閃爍。

我推測，牠是監獄武裝革命前，由臨時政府組織科技軍士野放的動物之一。牠與同類獼猴，以及其他貓狗、爬行動物、鴿子，都被植入腦皮層積體電路，在T.E. 2069年開始放入當時被託管的大台北市特區，收集輻射值數據與生態資料，最後才揭露了四個託管國交織形成的謊言——因為核災的游離輻射，正常人無法在特區裡健康生存。

夜風來了，轉涼的北風吹拂停機坪。牠坐定在H字樣的白霧光暈，先是凝視我，然後凝視紙袋，雙手握拳，宛如一個祈禱中的飢餓孩童。這一次，我坐落下來，直到牠主動伸出手，我才從紙袋裡拿出混合肉製成的即食肉糧與風乾葡萄。

我先給出一顆風乾葡萄，牠接過，快速吞食。

「你究竟在特區多久了？」我說。

牠恢復雙手握拳的祈禱姿態，沒有出聲。我掰開肉糧，假裝交出。在牠伸手瞬間，我又把肉糧收回。

「莫卡卡，你還沒有回答我剛剛的問題。」我學牠，雙手握拳，把肉糧藏在手心，狀似祈禱。莫卡卡調整坐姿，側身對我，卻不理會。我搶先開口，「這樣好了，我先修正剛剛的問題。莫卡卡，待在首都大台北市，多久了？」

牠這時露出髒汙的牙齒以及暗紅的齦肉，吱吱嘎嘎。

我隨即遞出半邊肉糧。牠快速拿取，有教養地啃食。

「這樣才算是對話。」

裝置在牠背心前胸的微型同步錄影機，鏡頭沒有伸縮，已經停止運作許久。

「上次我的推測沒錯吧，你穿輻射警示背心，是為了嚇阻人靠近你。你沒有毛髮，是被軍士剃光的嗎？」

莫卡卡暫停咀嚼，吱吱嘎嘎。

「聽起來不是。他們忘了回收你，是吧？」

莫卡卡沒有發出聲音，吃完半片肉糧後，伸出一隻空手，狀似乞食，貌似要求。不知為何，我感到一股慰藉，挑了一顆最大的風乾葡萄，遞交給牠，接續說，「你是沒有被回收的脫隊者，我是想不起自己名字的異名者。你跟我，都是被遺忘的……」

我搜尋理想詞彙的同時，停機坪外圍的暗處，兩個身影直直站立起來。一大一小，吱嘎出聲。莫卡卡也以聲回覆，不知何時越過小坑溪的牠們，這才走入三色光暈的停機坪。

大獮猴走在前，沒有穿著任何衣物，頭顱與全身都覆蓋濃密的短毛。胸前垂掛一小截奶頭，在光霧裡搖晃著光。是母猴，還在哺乳，分泌流出的白濁乳汁，沾黏在腹部鬃毛上，濕潤含光。裝置的地燈向上浮光，在那些半乾的乳汁上，照映出教堂內的聖光。全身也長滿軟毛的小猴，像似踩著光，瞬間跳入母猴懷裡，咬著一截乳頭。等母猴坐落，我才發現，母猴只有一截左胸乳頭，右胸的乳頭已經不見了。

「莫卡卡，是你的家人嗎？」我稍稍壓低音量。

吱吱嘎嘎。

我輕輕打開紙袋，發出摺紙聲響。母猴環抱小猴，轉身往後跳到更遠的複色光暈區。

「原來你是可以生育的，莫卡卡。」

吱吱嘎嘎。

莫卡卡站立起來，沒有握拳，沒有禱告，直接伸出手。我先把另外半片即食肉糧遞出。

牠拿取後快速將肉糧交給身後的母猴。母猴放開胸前小猴，開始啃食肉糧。小猴毛絨絨的四肢緊緊攀附，沒有多少血色的白色圓臉，貼著母猴，咬著僅存的那一截乳頭。

莫卡卡背向著我，顯露科技背心的背布繡印：MACACA 446。

牠慢慢爬行，回到我身前，剛坐定，突然站起身，警戒地探看夜空。我隱約聽見，面海的遠方，有動力直升機飛過夜空。莫卡卡頭頂裝置上的小紅燈閃爍，有緊張時的脈搏速率。

母猴小猴連體，發出少見的高頻警戒，在原地連續轉圈。

我把紙袋放在莫卡卡腳邊，對牠說，「趕緊離開。」

吱吱嘎嘎。

「趕緊離開，他們要降落了。」

莫卡卡的圓眼凝視我，坐落原地，沒有要離開的意圖。

我伸展雙手，抓握上身的空虛處，攀抓看不見的氣體，彷彿那有牢固的樹枝，讓我像似獼猴在樹間移動。這怪異的坐姿擺手動作，莫卡卡無法理解。在逐漸膨脹的螺旋槳運作聲裡，我喊出聲，「他們不是來接你的人，快走！」

我的音量驚嚇了莫卡卡，牠抓起紙袋，跳躍爬行。

母猴小猴跟在後頭，走上倒樹，越過小坑溪，一起躲入第四公墓區的坡地暗林。

動力直升機的螺旋槳轉動方式，經常令我著迷。

每當那種鈍物重擊的穩定頻率從空中掉落，我便會抬頭，持續尋找。即便無法目視發現它，我也會仰著頭，直到聲音遠離消失。在核一廠期間，每一次聽見螺旋槳聲，最後都有直升機落地。

動力直升機通常載送市政府的主管官員，進入核一廠，不分晝夜。雖是科技藝術實驗園區，平時並不對外開放。除了原電力公司的退休人員後代，經由濱海公路送來補給物資的物流員，市政府派駐的管理團隊、駐園藝術家的關係人，核一廠並不多人進出。剛進駐時，我誤以為核一廠是不同部門主管官員的郊區會議廳，或者特殊招待所。

「我謹代表首都市長，感謝菲利浦先生捐贈您的小秒針作品。」穿著正裝的男官員，調整鼻梁上的眼鏡，微微躬身。這天，他學習官員說話的模樣不變，聲調也不變。「依照您的要求，裝置藝術局預計將小秒針裝置在自由廣場的東北角花園。那裡是廣場最安靜也最少人的角落。」

「鄭局長，進駐核一廠期間，關於稱謂，我們有過協議。」我依靠著工作檯。

「是的是的。賽克洛普斯先生。」鄭局長表達歉意。

「賽克洛普斯？神話故事裡的獨眼巨人嗎？」一旁穿著連身裙、滿臉蓄鬍的豐腴女子，斜睨著眼，卻以沙啞的男人嗓音，自顧自語，「自認是獨眼巨人的藝術家，真的頑固，情感也衝動，卻不一定擅長使用工具，製作武器。為了從四國隱性託管卻慢慢侵占的事實裡，挽救災後的島國和特區，我們有過一場武裝革命，也犧牲許多生命。我們正努力度過武裝革命的傷痛……賽克洛普斯這個署名，是不是充滿了挑釁？」

「男先生千萬不要這麼聯想。」一如五樓窗外隨風搖擺的旗幟，鄭局長雙手握拳，微笑的表情設定略嫌生硬。他維持禮貌儀態，對我說，「這次會同藝術協會的副會長男先生，前來打擾，也是想來請教賽克洛普斯先生，最後一件廣場裝置作品的狀況。」

「廣場系列的最後一個作品，還在進行。為了讓裝置藝術局安心，應該讓局長看看。」一直靜默站在結構柱旁的諾倫，介入談話。她望我一眼，走向以軟布覆蓋的電晶體機芯，輕緩地拉開這一片輕薄的灰。

方形的立體金屬骨架之間，有繁多的晶圓彼此咬合成無數的圓眼。圓，各自存有，也為另一個眼，成為拼湊的基礎。男先生與鄭局長同時走近，兩人第一眼都靜止自身凝視，彷彿在時間的遠處，他們的眼也能幻化為空間裡的圓。電晶體機芯是立方體，兩人有默契，一前一後緩緩移動，繞著圓走，環視留落一整圈的著迷。

這天白晝，冬日陽光不時躲入雲層，偶以移動的影子，落腳核一廠。

光柔柔地滲流，映著五樓空蕩蕩的室內。看似靜止的光纖，隨著兩個緩緩繞圈的軀體，一胖一瘦，變化金屬光膜。由光破繭而出的幻光，在不同的齒狀晶圓，再變形為彼此滲流幻色的光膜，讓彼此咬合的齒輪縫隙，轉動，看似真的在校對更為精準的時間。

「這個由晶圓組成的裝置作品，看來有些黯淡。」男先生開口，她喉嚨裡的情狀裝置，隨著情感變化，將嗓音切換成細膩甜美的女人。

「在室內的時候，是的。」我溫柔補充一句，「男先生的觀察很細膩。」

男先生意識到聲腔的變化，耳根潮紅。她晃著下垂飽滿的乳房，撫摸下巴的鬍鬚，嚴肅地抖動身軀的脂肪，「我想，是為了陽光，這個裝置才需要放在廣場正中央。」

「不管晴天雨天，太陽都會走過廣場。不同亮度的光，不同角度的光，都會看見不同質地的時間的不同移動軌跡。」

「透過光來轉動時間嗎？」

「只要有光，儲存永續電能，就能啟動重力傳動軸，推動電子擒縱器，控制齒輪晶圓，不停轉動帶動所有的圓眼。」

「你說的圓眼，是指每一組獨立齒輪裝置嗎？」

「每一片齒輪晶圓，就是一個圓眼。多個圓眼組成一個齒輪裝置，再彼此推動接連的圓眼裝置。也可以說，每一個齒輪，都是彼此的手與腳，交替拉著走著，所有的圓眼就會在方形裝置空間裡，對位移動，出現光可以穿過的縫隙。下一組圓眼裝置再剪下光的影子，在廣場地面顯示不同時間的數字影子。」

「影子會出現明確的數字，指示時間？」

「那些扭曲的影子會變形，是否能形成數字，還需要觀看者的想像。」

「就像雨天之後潮濕的地面。」鄭局長突然插話，「看著看著，有時候就會浮現圖騰、影像，或者數字。」

「是的。時間的柔軟，無法從精準的數字裡發現。」

「光轉動圓眼，圓眼剪出影子，影子呈現想像的時間。」男先生眼眸流露欽羨與迷惘，「古希臘文裡，賽克洛普斯是圓環和眼睛，所以才署名。」

「每一組齒輪晶圓之間……」我忽地出聲又忽地落入沉默，直到他們兩人都察覺到我的猶豫，我才緩緩描述，「連接每一組圓眼的軸心桿，是以除役智能巡護員捐出來的大體零件，作為基材。它們彼此連接，才能讓這個電晶體機芯驅動島國時間。」

「驅動時間的基材嗎？」男先生的女聲，從喉嚨輕柔轉出，「這樣他們的犧牲，才不會被遺忘。」

「在武裝革命成功之後，能夠遺忘是很重要的。」我凝視著同一組齒輪晶片，體感室外的陽光，仿若嘆息，「我想，男先生一定也能理解這句話。」

「能夠遺忘是很重要的。」男先生像似腹語，重複了一遍。她以極為理性的男聲表達，「那位促成武裝革命運動成功的巡護員，犧牲前說的最後這句話，新國民都會記著。」

「能夠遺忘傷痛，意味革命行動的傷痛，真實發生過。」我憶想起也說出，某人曾經對我說的這句話，「能夠遺忘過去，也就驗證那段時間的真實，島國才能繼續往前一秒。」

「巡護員引爆時，有一塊……」

我快速單手握拳，停止諾倫的話語。

諾倫靜止的這一秒，男先生也默然地凝視我。

方形電晶體機芯的多組圓眼，同時也凝視著我們四個軀體。落在它們圓眼裡的身影，狀似靜止，也似流動。多個連體的身影，同時頷首點頭。

「各位說的，都太棒太正確了。能夠遺忘是很重要的。」在靜默之後，鄭局長快速附和，「這次邀請賽克洛普斯先生為自由廣場創作裝置，不只是呼應這三年來的建設進程。今年，因為第七次石油危機的問題，永續電能也是臨時中央政府的施政重點。重建中的首都市政府，也鼓勵轄區內的食品加工業、各種日常需求品製造廠，投資這個新領域。台中市的農業生產鏈，也有臨時政府提供的平準基金，生存物資不調漲。大台北市婦女團體已經發起少買少用運動，鼓吹不盲目囤積貨物。這些都是裝置藝術局想透過賽克洛普斯先生的作品，在自由廣場呈現給民眾的訊息。」

「鄭局長，我不理解你的延伸說明。」我稍稍垂落視線。

「剛剛兩位的談話內容，能否交由裝置藝術局整理，篆刻在這個作品的底部基石？廣場上的基石，都是台東市開採的、最純粹的島國原石。」

「合作契約有註明，」諾倫這時介入，「這次廣場系列不會呈現創作說明。」

「剛剛兩人的對話，如果能以文字留在廣場，會是深刻的說明。不能為國民解釋，實在可惜。」

「不會的。」男先生開口，嗓音沙啞富有權威，「今天的說明解釋，明天之後，就是過去了的詮釋。」

「男先生也這麼覺得，那裝置藝術局就依照合作契約進行。」鄭局長湊近諾倫，輕聲對她說，「請諾倫小姐設定，提醒賽克洛普斯先生時間……」

諾倫輕輕翻手，制止鄭局長繼續往下說。她專注凝視鄭局長，他立即點頭停止話語。

男先生也同時對鄭局長皺眉，表露嫌惡。轉身後，她溫柔的女聲再次流露，「賽克洛普斯先生為這個作品命名了嗎？」

「名字還沒發生，正確來說，是作品還沒完成。最理想的圓眼組合，我還沒看見。」

我環視電晶體機芯，脖頸轉動一個小齒輪刻度，我的眼便穿透圓眼組合的縫隙，落在後方一扇面朝東南東的窗戶。

核一廠的西北西方向，有一處海濱高爾夫球場，已經停止使用。監獄武裝革命成功之後，收歸大台北市市政府管理，由科技農務局規畫成研究抗輻射水稻與蔬果的栽種實驗區。我偶爾眺望西北方的石門風力發電站，被轉動的巨型風扇吸引，但鮮少往西邊移動。

鄭局長與男先生訪視後的隔天早晨，大面積的酸性海霧，從西北北的海峽撲來，先是吞沒所有的風力發電塔，覆蓋海濱高爾夫球場，最後瀰漫整座核一廠園區。

酸性海霧讓核能發電廠顯得渺小。

園區管理組早先發布了六個小時的外出禁止令，我只好將幾支巡護員的金屬骨幹，裝入背包，在五樓到一樓的逃生梯間，上下往返。

背包測重約三十公斤。我已經適應馱著這個重量，一步步負重登梯，專注感受人工肌肉傳來緊繃程度的訊息。迄今，我仍相信，透過持續鍛煉，身體可以成為作品本體。今日低溫，我沒流一滴汗，只有燃燒多餘的雜念。我在五樓的拼裝浴廁，簡單淋浴，換上乾淨衣物，等到酸性海霧的警報解除，下樓搭乘園區的清華一百。

這輛清華一百的骨架，幾乎沿用了T.E. 1973年清華大學工學院研發的清華一號。今年適逢一百週年，也因石油危機，臨時政府決議以島國自製的第一輛電動車為車體基礎，在各領域推出自動導航電動車。除了護衛考量的官員防爆車，幾乎所有公務車都改以清華一百的原型再製。研發量產最多的是運送小型包裹的郵務車。核一廠園區也是郵務自動導航的其中一站，我向市政府各單位申請回收的各類齒輪晶圓，便是由郵務員送達。

我坐上清華一百，智能面板進行臉部辨識，立即跳出常去的幾個園區地點。我按下其中一個導航設定點，開始移動。我不喜歡駕駛，更傾心於自動導航。清華一百的外型設計，如同高爾夫球車，被駐園藝術家們戲稱為高球一百。它空透的車體不阻礙視線，我才能在自動駕駛中，專心看與思索，直到聯想的畫面掉落車體之外，被導入往後奔跑的世界。

在核一廠期間，我大多往東移動，一如這時，穿越林道，偶爾會遇見少數獼猴，卻不曾遇見莫卡卡。莫卡卡的勢力地域，似乎只圍繞靠近北邊濱海公路的第四公墓區。

十五分鐘之後，我依導航時間，抵達由舊放射性實驗室改建的附設餐廳，向智能服務器點一杯熱咖啡，靜靜坐上一會。

在核一廠園區的一個點，移動到另一個點——這是我負重訓練後，養成的新習慣，也是日常的重複。

另一杯熱咖啡，慢慢轉涼了。

我凝視手錶錶盤上、小視窗裡持續滑移的小秒針。

小秒針是電晶體機芯的原點……我如此思索，同時發現鄰座上，那位進駐在核一廠警備訓練中心的藝術家。目測年齡六十歲的他，穿著燈芯絨布料的全套西裝，正享用組合肉排與一份塊狀麵包。他對我擎手，無聲問候。我想起，我們迄今都沒有詢問對方的姓名或暱稱。恍惚之間，記憶與想像錯置，他像似是鏡子裡年老之後的我。

智能服務器為他送來一瓶縮時發酵葡萄酒與兩個酒杯。他撩動手，詢問我，「今天，也一起？」

我換桌落座之後，為彼此倒了酒，也先碰了酒杯。

「我只有塊狀麵包，你還需要什麼嗎？」他說。

「一杯葡萄酒，十分適合今天。」我回答。

「今天還是一樣，不喝咖啡，只是等咖啡慢慢變涼嗎？」

「是的。一杯咖啡變涼的時間，剛好思考一個問題。」

「今天的思考點是什麼？」

「駐園期間，我決定不走出核一廠範圍。每次想離開，我就坐電動車，從廠辦大樓一路導航到餐廳。在不移動裡進行點到點的單純移動，這之間，有我還無法確定的關聯。」

「這個問題，和上回提到的廣場系列的機芯裝置有關嗎？」

我沉落，像似同意，沒有回答。他也沒有追問，像似等待，埋臉切塊混合肉排，緩速咀嚼。我續喝一口葡萄酒。縮時發酵的特殊果香，靜靜待在口腔深處。他放下刀叉，沉重的不鏽鋼撞上琺瑯盤，引出尖銳，刺入頭皮。我撫摸頭皮，以指尖摳弄頭頂凸起的那塊方塊物。硬幣大小，二釐米高，增生的厚皮早已完整包裹了它。

「頭疼？」他問。

「這裡，」我指著頭頂處，「有一塊……」

「你是機體人？」

「不是的。」我果斷回應，又再度沉落，苦惱如何回應。

他沒有追問，立即換了另一個話題，「你剛剛一直在看手錶，趕時間嗎？」

「今天不趕。」我說。

「等人嗎？」

「今天也沒有。」

「你一直使用，今天。」

「今天，是的。」

他笑得開懷，但沒有聲音。他小心輕放刀叉之後說，「這支機械錶有很好的工。」

「怎麼說？」我有了好奇。

「小秒針的移動很穩定，就像現在的島國……島國的時間也應該如此。」他微笑說，

「可以借我看一下？」

我解開錶帶的蝴蝶扣，遞出手錶。

「羅馬刻紋、藍鋼指針、小秒針，都是很經典的安排。」他追問，「你喜歡機械錶？」

「我曾經拆開這支手錶，再重新組裝。機芯裡的每一個零件，都經過手工打磨和拋光，和現在的智能製造不一樣。過去的製錶，有特殊的手感，我很喜歡，才一直保留它。」

「現在很少個人配戴式的機械計時器，你做裝置的，一定有你的特殊原因。」

「我一直在找時間的質地。不是日晷、水鐘、沙漏的形式，也不是原子鐘的共振頻率，比較靠近鐘擺機械裡的齒輪裝置和擒縱器。我能感覺到的時間，像似堅硬裡的柔軟。」

「堅硬裡的柔軟？」他語調疑惑。

「質地硬的、有重量的軟時間。」我湧起年輕時做裝置作品時的興奮感。

他嚼一塊麵包，配了葡萄酒，轉動發條龍頭，翻看滿布刮痕的藍寶石玻璃透明錶背。

「你感覺，現在幾點？」我說。

他疑惑，翻轉錶盤向上，說出此時此刻的時間。我搖頭，把錶殼，再次翻轉到錶背，請他看著錶背裡運轉中的機芯。

「你的感覺。」我強調語氣，「我的問題是，你感覺，現在幾點了？」

「我剛剛已經看到現在的時間，我當然知道現在的時間。」他口吻更為疑惑。

「幾點幾分，不斷移動的那一秒，都只是能看見的現在。」

「那你能看著錶背，從運轉中的機芯感覺，或者確定……」他表演著淡淡的不甘心，刻意追問，「精準的現在，幾點幾分，還有幾秒？」

「精準的現在，幾點幾分幾秒，都不是我想創作的。我想試著把所有藏在堅硬裡的時間，引誘出來，捏成軟的。」

「把時間捏軟？」他先是訝異，終於笑出聲音，「我不引誘時間，也不捏軟時間。我這輩子都在努力偷走別人製作的時間。」

「偷別人製作的時間？」我訝然好一會才開口，「誰的時間？」

「所有能製作捕捉時間裝置的人。」

「你是製錶師？」

「我的父親是製錶師，我不是。他這輩子都是手工打磨各種機芯零件的工匠。」

「他現在還在嗎？」

「監獄武裝革命的時候，他在行動中去世。」

「抱歉，談到他。」

「沒事。他要是沒參與，才會後悔活這麼久。」他拿起刀叉輕盈指揮，從幽幽的感傷裡振作起來說，「我只是一個退休者，誰的時間都偷不走。能進駐核一廠，享有臨時政府的照顧，也是因為他的犧牲。不過，他移植過全體器官，活著的時候，身體比我還強壯。」

「你因此也被機械錶吸引……」一瞬間，不知為何，羞赧滿潮，我支支吾吾，「請問，怎麼偷走別人製作的時間？」

側牆的臨時政府的組織旗幟，隨著風翻動布腳，他的視線跟著飄了一會，才開口描述，

「年輕的時候，我曾經在國家時間與頻率標準實驗室工作。那時候，我們從銫原子鐘進入鐿光晶格鐘，和國際時間同步計時校對。島國的所有計時裝置，最後都必須以我們發出的國家標準時間為準。個人配戴的計時裝置、磁浮車站的無聲時刻表、國家氣象與中央新聞中心的報時鐘，不管是誰的計時器，都要校對精準。一校對，不論快一秒還是慢一秒，就會被我們偷走……」

離開附設餐廳之後，又被偷走了幾天？我無法精準確認。

一如那天，也不確定他是否說了：你的小秒針一定有誤差，也因為不精準，錶殼裡裝著還沒有被誰偷走的島國時間。

我望著電晶體機芯，不斷浮出他提到的：島國時間應該是穩定轉動的小秒針。

諾倫打開工作檯上的另一瓶縮時發酵葡萄酒，倒入杯中。她拉開軟木塞的瞬間，一大一小的電晶體齒輪，像似呼應，在還能重新繪製的想像之境崩解分離。

我沒有接手諾倫遞出的酒杯。

「這個電晶體機芯，命名了嗎？如果有，我和裝置藝術局可以開始運作。」諾倫說。

窗外傳來獼猴高頻率的叫聲。旋即，有電流爬過頭頂突出的硬皮處。

「按照合約，明天會有施作人員，過來載運廣場系列的最後裝置。這件作品來得及

嗎？」諾倫詢問。

我皺眉，抵抗疼痛。

「又痛了嗎？」諾倫顯露擔憂。

我撫摸頭皮，在電擊的刺痛中迴盪幾個思索。

隨著時間延展，機芯是逐漸增加誤差的計時裝置，如此緩慢和國際保持誤差之後的時間，才是島國時間？必然誤差的計時器，才能呈現島國該有的計時？監獄武裝革命之後，這個電晶體機芯如何呈現不該被偷走島國過往……

我眼前的方形裝置，不觸碰它，像似閱讀油畫，站遠也走近，在不同的距離凝視分散卻又組合的圓眼們。

「它好像無法完成。」

幾乎同時，我想起莫卡卡與母猴小猴，吱吱嘎嘎。

「會來不及嗎？」諾倫搶話，「我去和鄭局長溝通，多延長幾天？」

「不是的。這個，悠托比亞時間，不能完成，也不需要完成。它需要持續維持在未完成的狀態。」

「現在換我無法理解了。」

「諾倫，這個裝置就叫，悠托比亞時間。我想讓它停止在現在。」

「好。確定作品的命名了？」

「就是這個命名，也是現在，這個時間狀態。諾倫，請妳通知鄭局長，明天可以請施作員過來。」

「最後裝置完成確認通知後，廣場系列經紀人的階段工作，就結束了，對嗎？」

我穿上循環體溫的防風外套，走向床頭櫃，先戴上手錶，再拿起沒有多少摺痕的紙袋。這些動作依賴著我的軀體流動，隨後，我的話語也流動，「通知鄭局長之後，我們就不需要經紀人模式。妳可以恢復到戀人，在這裡待機。」

之後的時間，彷彿靜置，誰也沒有對誰再多說一句話。

無法計量次數，我再次移動，走出五樓依舊空蕩蕩的廠辦。

像似，既視感。再次意識到自身的凝視時，我獨自站在動力直升機的降落圓環。

停機坪空蕩，陽光微弱稀薄，無法確認是清晨，或是失去夕陽的晚前。地面燈光的永續裝置仍持續蓄電。這種無法感覺熱的白晝之光，也令我無法察覺，自己究竟搓揉紙袋多久。

莫卡卡遲遲沒有出現。

牠被回收了嗎？想到這個可能，我的身軀一凜。

就在我準備轉身離開時，一個身影從小溪對岸的草叢裡冒出。不是莫卡卡，是母猴。小猴也從牠的背影露出頭。

我再次搓揉紙袋，在心中提問，莫卡卡呢？

吱吱嘎嘎。母猴發出類似的聲音。

「只有你們嗎？」我稍稍喊出聲。

母猴小猴蹲下身，四個圓眼都在警戒。我極為緩慢地往小坑溪方向移動，邊走邊搓揉紙袋。牠們倆聽著紙袋聲，保持警戒，沒有逃離。直到我走到橫越溪流的倒樹這一頭，母猴才抓著小猴往後躲到草叢深處。

我在倒樹這一邊，凝視，能發現草叢裡的四個圓眼。兩兩各自轉動，前後遮掩，又組成一體，悄悄凝視我。我打開紙袋，拿出一塊肉糧，掰開成兩半，同時拋向母猴小猴。牠先抓起一塊，聞一聞，咬一口肉糧後，就立即抓起另外一塊。

我再次搓揉紙袋，冷風吹過，把紙聲帶過小坑溪。我向對岸的圓眼們說，「你們不願意越過小溪吧。」

吱吱嘎嘎。

下一陣冷風，拂過我的頭髮，提醒頭皮硬物如刺。

吱吱嘎嘎。

「不用擔心，一會就會過去了。」我發現自己說了雙關語，試著微笑解釋，「我說的是頭痛，終究會停止。我不會走過去的。越過這條小溪，也算是離開園區吧。」

母猴小猴快速啃食肉糧之後，站立起來，緩緩爬行走動。牠們一前一後，坐在倒樹的那一頭，不論我怎麼搓揉紙袋，牠們都不再往前。

「你們不過來，也好。」我對母猴小猴說話。

吱吱嘎嘎。

「我以為可以完成，終究沒有做出來。」

吱吱嘎嘎。

「是的。」我像似被關機，靜止一秒，開機，「那句話，是莫卡卡告訴我的。」

在白晝的光膜裡，母猴小猴忽然靜止。我剛說的話語裡，彷彿藏有機關，觸動了牠們的功能暫停鍵，讓倒樹上兩個毛茸茸的軀體，暫停了一秒。

母猴小猴隨後的吱吱聲，聽來都有疼痛感。如此針刺，讓我在呼吸吐納時，同步觸動頭顱上那塊方形硬皮。紙袋裡還有新增的肉糧與增量的風乾果肉。我將紙袋放在倒樹上之後，便轉身離開，沒有回頭確認母猴與小猴是否取走。

刺冷的東北季風，從海面越過濱海公路。

我先越過停機坪，一步步走向不遠處的管制大門。管理室的智能警衛，辨識出我，出聲叫喊我的異名，以點頭問候。我站立在車道的閘道口，左右探視。濱海公路上沒有任何一輛電動車。往前一個跨步，身體便越過電子柵欄。我走出核一廠園區，往東慢慢散步。我推估獼猴爬行的速度，也以這樣的速度行走。站立移動並不理想。我蹲下身，像似要撿拾路面的碎石。雙手一觸地，我以兩隻手兩隻腳前後交替的姿勢，忽走忽爬，試著在濱海公路上持續奔跑。

——原載二〇二三年四月《現代美術》第二〇八期

曾敬福攝影

主要作品有：長篇小說《2069》、《泡沫戰爭》、《幻艙》，短篇小說集《烏鴉燒》、《奔馳在美麗的光裡》、《傷疤引子》、《肉身蛾》，散文隨筆集《聊聊》、《恍惚、靜止卻有浮現》，電視電影劇本《烏鴉燒》、《肉身蛾》等等。

林中空屋——童偉格

在俄羅斯，儘管生活艱難，但還是可以挺過去：要是沒床睡，就去睡朋友家；要是沒吃的了，就去別人家吃飯。夏天來了，可以到同學家住一兩個月。要是這朋友正好要到別的朋友家住，那就跟過去。就這樣生活在全然陌生的人當中，不會有人認為你冒失。十六歲的安東，是這樣解決生活的：新房東提供他食宿，作為交換，他為房東的姪子補課。那孩子幾乎和安東一般年紀。安東被這位伯父奪去財產，卻和他的姪兒建立了友誼。身處曾經屬於他的四壁中，住在母親遭到驅逐的舊家屋裡，安東彷彿沒有任何屈辱，任何酸澀。

——依蕾娜・內米洛夫斯基，《契訶夫的一生》

我本想給他們帶些花兒來，但是冰天雪地的，從十月到來年四月，根本連一根草都找不到。我母親有一瓶巴黎香水，芳香怡人。我毫不猶豫地把它偷了出來。我們幾乎身無長物：倉皇逃離俄羅斯，我只帶了幾件內衣和兩條裙子：一條羊毛裙、一條高檔窗織薄紗裙，還有幾方上等細麻手絹。我拿了其中的一方；我用香水把它打濕。我可能灑了太多的香水，但我是有意的：應該不惜一切代價，讓這個他們曾經彼此相愛過的房屋，尋回一點溫暖。而既然，我不能在那裡生火、又不能用鮮花妝點它，那就讓這熱切而濃郁的芬芳，替代花與火。

——依蕾娜・內米洛夫斯基，〈阿依諾〉

一九四二年盛夏，一切都明瞭了：法國新政府，熱心參贊「最終解決方案」，騎警四出搜捕，唯一慈悲，是暫饒本國籍猶太人。大清掃日，萬餘難民擠聚「冬季賽場」：塞納河左岸，一處自行車競技場。由此出發，車輛競馳，一撥撥，將人分送各拘留營，一程程，再循鐵道匯流向東方。父母先行，仔細在木牌上，刻寫自己名姓，繫掛於孩童身上。繫魂一般，想留滯孩童，營地裡自謀生。孩童漫爬，瘠地上覓食，凡咬得動的，全部吞吃入腹。孩童趴糞坑上，看珠寶與金飾，穢汙中載浮，念想自己父母，如斯鄭重的遺棄。孩童，倒臥更曠遠星空下，懷揣許多名牌，不疑不惑地，談論自己父母的總歸同死。

朋友們關懷依蕾娜，要她再更遠逃。向西，向南，若有門路，最好就跨海，逃往新大陸。依蕾娜扶扶眼鏡，澹然如孩童。十六歲時，她穿波羅的海、過北海而來，如今，不想再重歷顛簸了。她沒有時間。在法國中部小鎮，每天，她清早出門，走長路，走入松樹林中地。她還有書要寫，而此方林地最好，靜謐且清涼。《法蘭西組曲》，她還有最後一部小說想寫，而盛夏正好——厚重餘物，如今，多可先捨了。冬衣一件，也許，此生再也穿不著了，她留作鋪墊，用以阻絕林中地面，腐葉層的濕氣。她盤坐衣墊上，躬身俯首，開始寫作。

待到正午，四下蒸濛，陽光補白葉隙，或將空白，揉捻成百千葉針，迎頭撒下。依蕾娜再扶扶眼鏡，澹看近遠，回想自己，才剛奮力速寫完的契訶夫一生。她敬愛契訶夫，這位在她出生半年裡，驟然辭世的小說家。識字以來，她揣摩他的話語風格，用以記事，像是指認某種錯身——她的生平，完整就是他的死後。也許，剛完成的速寫，終究，亦僅是私自的願想：當她寫，契訶夫的故鄉塔干洛，「很像那些歐洲的外省小城」時，她毋寧，是拾取自己一路流徙，在許多歐洲城鎮，所見的細碎光影，一點一點，綴描為契訶夫的家園。他的原初，她完整一生的末路。

這個私自的塔干洛：一個藏在俄羅斯深處的異鄉；她如契訶夫，也生在俄羅斯，卻再不被允許，去合法安居的那個普世。身在其中，她的安東：彷彿留守兒童，有生以來，直至成年走離，他在帝國偏南港鎮，陌異原鄉裡獨遊。在家屋窗角，安東眺望道路盡頭。他生來早慧，足以體察原鄉，實是廣漠時空碎屑的沉積場。那片沃土，亙古以來，盛產貧窮工農，他們，迷信受苦的尊貴——因為苦難無由也無盡，非為誰設，人莫能免，所以純粹受苦，將使受難者更感尊榮。那座東正教堂，光陰投落如深井，地表從不設座椅。拂曉，鄉親如祖靈，齊集於此，不斷起跪；祈禱之姿，已形同受懲罰。那些無由的受懲者，也有深井般的慷慨：誰都是不計代價去給予；誰也都會，不顧一切去掠奪。

用原鄉自許的方式，誰都惜愛生命，熱衷於包圍廣場，看罪犯斬刑。等候著，要搶拿濺血儀式過後，行刑官拋贈的一點麵包與銅板。誰都懼怕死亡——從來如此，每逢當街搜捕異族流民，鄉親，都知道要閉門掩戶，除了自己的禱告，不聽不聞任何呼求。原鄉深邃，誰也都虔誠，不至於，被終歸膚淺的日常給殺傷。十六歲的安東如是，在家屋窗角，目送破產後，光天化日底，父母虔敬的逃生。沒有一點委屈，在他心中，對任何人，猶只有光亮的情誼。

葉針撒落，群樹暗沉。她探看森然，懷想她的安東（若虛構的他，真有所謂「有生」），當然不可能自知，這樣一種明暗對反：在塔干洛，道路盡頭，安東瞇眼眺見的，彷彿恆星碎屑的沙塵，那滾滾的空無，原來，僅是依蕾娜一人，在隱蔽樹林裡，朦朧鏡片後的造景。他的光亮的心，也是她，將幽黯重煉為金。

這就是被逐者依蕾娜，始終愛敬的契訶夫——十九世紀，到最後最後，整座俄羅斯文學，璀璨大殿堂裡，最合法的留守童心。如今，她更欽羨他及早，在親者的關愛注視裡辭世，不必見歷旋踵到來，二十世紀裡，那麼多的暴亂。群樹暗沉，烏雲積聚。午後，依蕾娜抬頭，看暴雨將臨。她收拾細軟，尋路，避向林中溪畔，一間水車小屋。暴雨將至，看態勢，彷彿早從很久以前、千里之外開始席捲，現在，才終於到臨。依蕾娜明瞭自己，真的，沒有時間了。

十六歲的海，是火的餘燼。彼時，普世以為，第一次世界大戰結束了，但其實，波羅的海四圍，戰事沒有一日告終。中樞宣告敗戰、德意志帝國解體以來，東線，精銳德軍拒降，就地，散成許多自由軍團。有的加入白軍，幫打布爾什維克黨人。有的加入紅軍，續討沙皇舊部。有的紅白無別，凡非德裔，皆是屠戮對象。亂軍交互掠殺之隙，從聖彼得堡莊園，依蕾娜隨父母出逃，向北，逆時鐘經芬蘭，轉瑞典。濱海四圍，縱然大雪冰封，戰火，還是輕易追及他們。

聖彼得堡莊園，自領森林，河流，與舊日世界裡，一切所屬。它既幅員遼闊，是依蕾娜的全宇宙，也可摺疊再摺疊，形同圖書室裡，某一本小說。莊園圖書架上，許多小說，寫這樣的莊園生活。莊園之人，於是在紙面上，在畫框裡，無處不在攬鏡自照。每日，依蕾娜看母親晏起，再長長久久，悉心梳化。母親看來，就像那樣小說裡，典型的遲暮美人：總是哀嘆自己，被生活所辜負；總也遲遲不願，離開自己遭棄的年華。

莊園像冰宮，對母親的意義，是盛夏，返南度假時，終於，可以拋在腦後的有期監牢。在克里米亞民宿，依蕾娜捧讀契訶夫，想像海的另一邊，她總盼望，能親見一眼的塔干洛。想像長路另一頭，她兀立如冰的家園。依蕾娜等候夜暗，她受邀，去觀光區豪華大飯店，與母親會面，也許，還能共進晚餐。母親遲暮，而飯店夜夜的飲宴與舞會，使母親樂而忘年。依蕾娜以為，自己最好裝作是母親的遠房親戚，某個奇怪的晚輩，不，同輩小女孩，或更好——剛游過海來，某個塔干洛雜貨鋪的送貨小童。依蕾娜戴好，母親最討厭的近視眼鏡。

在觀光區，燈照長街上，依蕾娜走著。很多年後，她想，眼前彼刻，莊園就像水晶球，裡頭裝了書；燈光世界，則是裝載莊園的水晶球。同一批人，她命定相像的那種人，在這重層鏡廳裡梭游。彼時，他們都沒有察覺：這個琉璃鏡廳，原來，多麼容易被敲毀。一顆煙硝彈，一點裂痕，之後，就是更漫長一路，碎玻璃般的雪封。

連她也沒有覺察，原來，在雪封的、完全透明的空氣裡，人聽得見千里以外的動靜，譬如，掛在駝獸脖子下的鈴鐺聲，張眼，卻什麼也沒瞧見。彷彿包括聲音在內，嚴寒，真能讓事物保存得長久。那就是更多年後，在四圍海濱，她反覆聽見的，自家冰宮的消亡聲。然而，倘若事物，真能在酷冷中常存，那麼如今，她的家屋，想必還佇立原地。一如在芬蘭，在瑞典，她曾親眼見過，也曾以火與花的替代品，私自的一點暗香，去為之繫魂的許多林中空屋。

千里之外，很久以後，夏雨傾注，像過往那些森林裡，全部動靜的終於雪融。水車小屋，屹立雨瀑中，也像林中空屋，繫留她的無傷，寬容她的知命。依蕾娜猜想，都是這樣的——在德意志以東，那已接續二十數年的自由混戰裡，總是有人離鄉；總也有人，更其漫長地歸鄉。總是錯身。總是有一家人，譬如說，在開春以後，他們涉過融雪積成的沼澤，去到某個新政府的住房管理局，申請一個居所。總是，他們請領到鑰匙、地址與地圖，而後，就被告知，得自行前去。

總是，當他們尋得家屋，開門走入，他們看見屋內，就像剛被無數雙拳頭痛毆過。一些房門開著；一些抽屜沒有闔上；桌上餐碟裡，還留有一半食物；床邊，堆著沒有整理的被褥。一切都顯示，上一家住戶，方才匆匆走離。總是這樣，他們不會過問，消失的人為何消失，都投向何方。而既然，在漫長歸途後，他們終於得享家屋，他們，也就悉心鋪好自己眠榻，自願，進入深深睡眠中。總是有個小孩，因異樣情感而失眠，因他感覺，眠榻裡，還留有上一個小孩的體溫。總是這樣，雨淅淅下在那種醒覺，那種特別隔閡的溫暖裡，直到天將亮起，他才輾轉睡去。總是就這樣，新生活，在四圍戰事裡到來。

依蕾娜知道，二十數年裡，遍海坑殺昔往。很久以後，當她自己，因那種醒覺與溫暖而倖存，當她，開始以法語寫作，她奇怪：法國讀者，驚訝她以男子名姓為筆名，且竟然，能栩栩模擬男性思維與語調，毫無裂縫。她想說：那個聲調，就是大殿堂琉璃的碎裂，聲音的葬禮。那種艱難的模擬，也就是她一生，非法的至誠。

暴雨淅瀝，水車小屋裡，四壁洪荒。壁上，一隻小蠍子僵立，舉起牠的針刺與腳爪。牠意識到渾沌上方，依蕾娜的存在。要多漫長的時光挹注，這種寒武紀古生物，才能毫無變化，原地，留滯成西歐特有螯肢動物。多漫長的時光，牠還在渾沌深井裡，保有鬥爭的勇氣。牠想必不知道，洪荒星球上，萬物生長與進化，一切，都變得積體龐然。就連昔往的哺乳類鼠輩，今日的她，也可視牠的武裝如笑話。竟視牠，為蟑螂近屬，只是不知逃竄。只要抄起石頭、枯枝或甚至拖鞋，她順手，就能將牠打成二維死屍。

那麼漫長的時間，牠想必，還是一點不理解，是什麼，使渾沌驟然塌陷。牠們的史詩（若有的話），都怎麼形容，某種來自上方的、拖鞋狀的天譴呢？依蕾娜抄起鞋子，已經就要揮下，突然，凌空，她停下動作。一個句子出現，使她徹底明瞭，自己最後一部小說，《法蘭西組曲》的去向。

一個行進的隊列。在其中，她看見她的菲利普神父，像看見德意志四方，那麼多的潛行者嚮導。六月風暴，德軍攻陷巴黎，她的神父，率孤兒院內，二十八個男孩，輾轉南逃。每人，只隨身攜帶一條毯子，一只布包。男孩拖著便鞋，意興闌珊走，沿途，見花折花，見蜥蜴殺蜥蜴，一派天真，十足沒興趣生活，也無知於死亡。神父見了心驚，只得勉力勸戒。在某個鎮郊，他們發現一幢坐擁山丘的城堡。神父按門鈴，無人應答。是個空屋。神父要求他們，「對這片產業保有絕對的尊重」；是夜，就權且夜宿鐵網柵欄外，草地上，絕不要穿欄洞入屋，不攀折任何一根樹枝，也不丟棄哪怕一張紙屑。

半夜，兩個男孩不見蹤影。神父循聲，入屋追查。兩個男孩，正在屋內翻竊。神父想教訓他們，與他們肉搏起來。初始，那像是遊戲。直到兩個男孩躍起，野獸般向他衝來，其中一個，狠狠咬了神父。神父這才意識到：「他們真的想殺我。」

依蕾娜靜靜看著這個句子。她看幽暗空屋裡，神父正遭銅鑄桌腳痛打。她看神父聽見，其中一個男孩，吹起響亮的口哨。一個，兩個，所有男孩全數穿欄洞進屋，酣醉一般，將神父高高抬起。他們走到屋外，猶然空手的，就沿路抄起花瓶，小擺飾，或地上石頭。他們涉過夜露浸潤的草原，來到湖邊。他們歡呼著，將神父擲入湖中。六月溽熱，湖水卻冰涼。她靜靜，看神父下半身沒水，一點一點，沉入湖底。她看神父，及時察知自己來不及溺死，因為在那之前，一個花瓶命中他頭顱，一顆石頭爆裂他眼睛。神父仰面朝上，血湧如注，死在自己，惶然的洞視裡。溽熱六月，二十八個男孩盡數遠走，散入南逃人流裡。

什麼時候，雨已收歇，牆外，能聽見林鳥，重新抖擻的鳴唱。然而，良久良久，依蕾娜只是一動不動，對視神父濕漉漉的臉容。彷彿依蕾娜早就明瞭，燒燃的海，亦孵化許多種未來。空泡般的未來。譬如霍斯，這位昔日，德意志帝國全軍中，最年輕的士官。千里轉戰，他在波羅的海成年，最後的自由混戰，是磨折他一生的慘酷實歷。二十數年後，一九四二年盛夏，霍斯年過不惑，任奧斯維辛指揮官。對他而言，萬事也都清楚了：從未有明文實令的所謂「最終解決方案」，現在起，各營主管，競相落實施行細則。他召開會議，制定月台揀選的標準流程。從此，每當別墅午寐，屋外，圍牆裡，月台上的動靜格外小，使他得以安眠。更流暢的死滅，對他而言，恍如美夢。他只企盼夢境牆垣，不會滲入波羅的海的呼喊，又使他乍然驚醒。五年後，他在奧斯維辛主營受絞刑。

譬如夢境的初始，也有一座森林。一九三八年底，第三帝國黨政軍領袖戈林，在柏林航空部召開會議，商討「水晶之夜」善後措施。襲擊猶太商家的行動，造成意外後果：當夜，黨衛隊打破大量櫥窗玻璃，依法，商家得向德國保險公司索賠；為進口玻璃，德國損失不少外匯。會議上，戈林決議修法，勒令猶太商家，賠償德國的賠償。會議中且討論，應將猶太人，圈禁在猶太人自有的林地。戈林建議，林地還可放養麋鹿，因麋鹿「也有那麼一個彎彎的鼻子」。不到七年，戈林潛逃，放生他的元首，在元首自建的柏林地堡。

森林以後，是整座島嶼。一九四〇年，擊敗法國後，納粹版「馬達加斯加計畫」開始研討，擬要求法國政府，清空這塊殖民地，流放全歐猶太人。首任馬達加斯加總督，內定是鮑赫斯——元首總理府主管；兒童與成人安樂死計畫主持人。馬達加斯加路遠，航道受盟軍封鎖，總督始終無法履新。五年不到，鮑赫斯內陸自死。

最後，才是樹林裡，許多創造滅絕的孤島。譬如依蕾娜，並不認識霍斯，不知道，最終，她將悄然去向（或不幸重逢）的，正是這樣一個劣童的眠榻左近。依蕾娜卻理解，噩夢比人更強韌，也一再變形，席捲更多人。雨雲散去，陽光收摺於牆縫。依蕾娜看著，彷彿窺見更多年後，骨灰池畔，陽光照透樹林，落葉紛紛晶亮。轉身，就能看見許多林中空屋，無人的隊列。

馬達加斯加島上，變色龍雨中奔跑。依蕾娜眼前，小蠍子斂起爪刺，潛身，蟄入壁縫裡。骨灰池畔，水的冷冽，火的餘燼。陽光收摺牆縫，林鳥鳴唱依稀，此刻，依蕾娜猶然有生，只想奮力寫作。孤單一人，她像對視著她的神父，她至誠的惶然，沉入漫漶火光的最底最底。

——原載二〇二三年一月《印刻文學生活誌》第二三三期

汪正翔攝影

台北藝術大學戲劇碩士。著有《拉波德氏亂數》等書，合著有《字母會A－Z》，合編有《台灣白色恐怖小說選》、《台灣白色恐怖散文選》。

棄兔——張嘉真

遇見老師以後，我花了很多時間來理解老師作為老師的唯一解。

長話短說，就是我想成為像老師一樣的大人；實話實說，是我想成為那個對老師而言不一樣的學生，是今天下午，陽光照進教室的窗戶，我舉手回答老師的問題，老師稱讚我做得很好。

我好受不了大家明明都已經過了可以被包容與期待的年紀，老師還是用那樣的眼神看著大家，認真把所有聰明跟白癡的問題都回答清楚，委婉地告訴比較笨的同學怎麼問出更好的問題。我暫時還不敢把自己歸類在哪一邊，我覺得我跟大家想去的那一邊，好像不是同一邊。

她點擊下一則。

我一直覺得「暈船」這個詞只著重了單向的有效性，大家提到暈船都會說，對方很爛啊，不想給承諾。暈船怎麼會只怪海？因為海很美麗，所以才想要靠近，所以才甘願不要靠岸。

分。

大家彷彿共同受到一種鼓舞，忽略如何為自己的愛慾與快樂負責，只專注在受苦的部分。

我也是其中之一。

今天寄信跟老師說，我這週的作業交不出來，因為我想把作業寫得更好。我甚至寫不清楚這封信具體的訴求是什麼，我想了很久，都不覺得我要的是老師應該給我的。

但老師輕易地看出我想要被稱讚、被原諒，然後找到台階放棄。老師給了我最想得到的答案，不過分關心，替我決定止損，收下了目前的版本。

我很愧疚，也很滿足，因此我很難告誡自己，這是最後一次。

下一則。

如果不仔細回想，我就會忘記我在老師面前成為這種學生，是出自老師的善意。

我一個禮拜花超過十個小時準備老師的指定閱讀，然後花半個小時隨便敷衍其他作業。我並不是內建了奮發向學的原廠設定，也沒有穿梭在各堂課之間游刃有餘的聰明，是因為老師先認可了我的能力，我就非常狼狽也要做到。

本質上，我和國小二年級想要考一百分的自己沒有差別，實際上，我常常把這些關係簡化為我喜歡老師。全力以赴為了一個人的感覺真是太好了。

下一則。

老師，好好，唉。

她停在這一頁。

「大概是這種感覺。」

朋友說，「這真的好像妳會打出來的網誌內容，原來所有的好老師都這麼好。」

「對吧。」她說，「而且這個人還在更新，最後一次是三天前。」

「好刺激喔，那我想要從第一篇開始看。」

「我其實也還沒看完，就看了第一篇，跟剛才那三篇。」

「這種東西要怎麼忍著不在找到的當下就看完啊？」

朋友興奮地點擊畫面，讓文章按照時間先後順序排列。

「因為我想跟妳一起看。」

第一頁。

今天在要去買咖啡的路上遇到老師。

我想起我第一次在路上遇到老師的時候，本來想跟老師打招呼，但老師沒有認出我是誰，露出給路上所有與老師打招呼的同學的那種笑容。

今天老師說也想要一杯。

老師當然是在開玩笑，說完老師就轉身走了，我們要去不同的方向。

但我的心臟差點爆掉，再不說出來我應該會死掉。好想跟全世界說，喜歡老師的人生是有意義的、有回報的。

「哇，哇，哇，太好看了吧。」朋友抓住她的手，「我要聽妳再說一次妳第一次跟老師講到話的場景。」

「我昨天看到的時候也是這樣想。」

「雖然完全不一樣，但放在一起就更好看了。」

下課，同學陸續起身收拾，她抬頭看見講桌上留了一瓶罐裝水。

老師忘記拿走了。

她看了一眼自己寫滿筆記的文本，匆匆將東西塞進背包，經過講台拿走那瓶水。小跑步下樓，她看見老師還沒有走遠。

她深吸一口氣，想要一鼓作氣上前，卻被一台腳踏車擋住去向。

她站在路的這一側看著老師。

老師繞過幾片落葉，停下來，陽光穿透樹葉的縫隙，老師抬手摸了摸肩膀，側頭看見襯衫上的一小片光亮，露出笑容。

細雨一連下了幾週。

幾台腳踏車從身邊經過，老師就站在那一塊小小的陽光裡。

片刻，老師摘下耳機，繼續前進。

小路蜿蜒，綠樹在兩側，路的盡頭是藍天，老師的背影在三者之間，非常好看。

她情不自禁保持落後幾步的距離，跟在老師身後。

她踩在每一片老師踩過的落葉之上。

八十六棵樹的間距總和有多長？她胡亂想起小時候深感棘手的植樹問題，最後她總是生硬地把結論背下，頭尾都種樹答案要再加一，細想或許能理解其義，她並不想要，她只想不斷再加一棵樹。

路的盡頭，老師要向左轉，她還沒想好該說什麼就叫了：「老師，」

老師轉過頭，看起來有些訝異，對她禮貌性地一笑。

老師沒有認出她是誰。

到嘴邊的話忽然卡住，她也假裝這只是一聲招呼。

兩人點了點頭道別。

她轉身將罐裝水丟進垃圾桶。

「妳領到很苦命的劇本。」

「這才是普通人的現實世界。」

她點擊下一頁。

下一頁。

下一頁。

下一頁。

比起期中考很難，更難的其實是準備期中考。

被老師記得的快樂在這時候通通反噬，雖然知道我不是那種會得到老師特別期望的學生，也知道自己再怎麼努力都只能寫出一些普通的答案，我還是停不下來。

後來我去了書店。

我把書架上有關老師的書通通拿下來，老師翻譯的書、老師導讀的書、老師與其他人合著的書。

老師在一篇文章的結尾註腳寫了謝辭。感謝給了幾位同輩學者，還有那一年老師在學校開設課程參與的同學。

老師果然是老師。

我也希望我能用這種方式靠近老師。好想為了老師，變得更聰明一點。

公布期中考成績的那天下課，老師叫了她的名字。

老師問她，有沒有時間聊聊？

教室人來人往，外面飄著小雨，老師說，去辦公室好了。

老師打開門，示意她坐下，走到辦公桌前拿了一份考卷。

「妳的考卷。」老師說，「這次寫得很好。」

「謝謝老師。」

考卷上滿是意味著讚賞的底線，她的眼眶發熱發脹，伸手要去接。

老師沒有給她。

「妳考試前有跟已經修完這堂課的同學討論過嗎？」

她搖頭。

「妳的答案寫得很好，但整體而言讓我有些疑慮，妳行文的方式讓我有種似曾相識的感覺，不過我的確沒有找到相應可以讓妳參考的答案。我也有與助教討論過這個情況，但是他沒有這種感覺，所以我想問問妳是怎麼準備考試的。」

雨聲忽然變大。

「妳可以慢慢想。」

老師站起身，去把窗戶關上，雨滴噴到老師的褲腳。

「我複習了老師開的指定閱讀還有老師上課的簡報檔案，也有看之前的考古題寫擬答。」

她打開平板，將擬答的檔案拿給老師看。

「妳寫了兩個版本？」

「對。」

「這兩個版本的口氣的確有點落差，但內容都差不多，寫得很好，可以問妳為什麼又寫了後來這個版本嗎？」

「我寫完第一個版本以後，覺得好像不夠好，但不知道要複習什麼了，就去看了老師寫的文章。」

「妳是說我補充的講義嗎？」

「不是，是老師在網路上公開的文章，我可能看太多了，所以後來這個版本的語氣有點像老師。」

「為什麼看呢？」

她回答不出來。

雨聲之中，老師慎重地感到抱歉，跟她討論她的答案，還有老師文章的內容，最後老師問她有沒有帶傘。

她搖頭，老師給了她一把。

「好巧喔，這就是狂粉的邏輯嗎？」

她看了一下文章日期，「她的期中考比我們晚了一個月。」

「希望她不要被她的老師誤以為是抄襲。」

「下一篇她有說結果嗎？」

朋友點了下一頁，「沒有欸，發生更重要的事了。」

老師問我要不要當助理。

我沒有立刻回信，可怕之處在於我知道需要思考，如果老師不只是老師我會想從老師身上得到什麼？其實就連現在而言，我都沒有認真思考我這麼喜歡老師是因為我缺乏了什麼，沒辦法從他人身上獲得的感受。我總是模糊地渴望，胡亂地感到滿足。如果老師像是神燈、或是生日蛋糕，我可以清楚地向老師許下三個願望時，我會說出什麼？

首先，我會希望老師不要告訴別人。

下一則。

我原本以為我不應該在老師面前流露失敗的一面。被老師看見我的失態，我就會從已經不是很聰明的學生，變成更加幼體化的存在。在往光譜上的普通學生靠近的路上，我可以說是進一步退兩步。

這些芥蒂在經過老師的辦公室門口，看見老師的時候全部瓦解。

老師輕描淡寫地叫住我，問我還好嗎？

我根本不必思考我想得到什麼，這一切全部都是老師決定的。我想有一部分的我，著迷於此。

下一則。

以身分而言，我與老師會立刻從一種嬉笑怒罵的擬態中解消，成為學生與老師。權力關係的兩端，傾斜的天秤、受困的少年、狡猾的大人。

我一直都知道。

下一則。

私人文章。

她們對視一眼。

「劇情怎麼急轉直下？」朋友說。

「可是我也說不出是從哪裡開始，我們好像就不應該再看下去。」

「但一定是在這裡之前。」朋友指著螢幕上游標閃動的位置：密碼。

「雖然我也沒想到自己會去當老師的助理，但我從來沒有想像過老師會給我什麼，這樣說好怪，好像跟這個人一樣，我的意思其實跟她相反，我喜歡老師不是為了要從老師那裡得到任何回饋。重點不是回饋的隨機性，而是我不想。」

「對，老師是一種典範。」朋友敲了敲螢幕，「不應該是活生生的男人。」

「但她是不是沒有提到她老師的性別啊？」

她們快速捲動滑鼠，發現所有文章都沒有使用到代名詞。

「她好謹慎，竟然避開了所有性別線索。」

「她也沒有提到自己的性別。」

「我們在心中預設了一個讓事情變得不妙的腳本，所以現在我們才會覺得不妙。可以這樣想嗎？」

「其實我前幾天也目睹老師做了一件看起來不太妙的事。但不管是老師的決定或是我的感受，我都可以理解，我甚至覺得兩者是可以並存的。這樣算是一種相似的處境嗎？」她說。

老師寄了一封信請她聯絡參與計畫的人選名單。

她點開檔案看見一個眼熟的名字。關於那個人她所知的訊息，都來自謠言。她無從確認真實性，然而她從四面八方聽過一模一樣的故事。

她有些訝異，只能當作自己並不知情。

對方很快回覆，她將信件副本給老師，便準備退出這場討論。

兩人卻都還是將信件副本給她。她按捺不住好奇，一封一封點開。對方禮貌而含蓄地詢問自己是否適任，老師狀似不介意，卻私下請了別的助理去打聽事件的始末與後續處理。助理輾轉來找她八卦，她們順著前人留下的蛛絲馬跡，找到了匿名論壇上的文章。

「妳怎麼知道這篇是在說他？」

「那時候大家都會互相分享。」

「所以沒有任何證據？」

「對啊！我又不是性平會，我只是負責看八卦的人。」

「所以我要把這篇八卦轉傳給老師喔？太怪了吧，她也沒有更新後來怎麼樣了欸。」

「反正他們自己會看著辦吧。而且如果他們一直按到『全部回覆』，我就會全部都看到。」

她全部都看到了。

老師的詢問、對方的解釋，兩人最後客氣的結論。一切照常。

兩人的來往乾淨俐落，言之鑿鑿，沒有任何包庇與踟躕的空間。然而她始終有點猶疑，沒有如往常一般，回頭就把關於老師的小事一字不漏地轉述給朋友。這個故事即使把過程還原得有血有肉，還是一不小心就會落入握有權力的人聯手扼殺了一個女孩的痛苦的窠臼。

「雞蛋與高牆是一種資格論，我並不常這樣看待一件事情。有時候要仔細辨認兩者之間的關係的代價，便是做出看起來支持優勢的決定。」

離開辦公室以前，她反覆看著由老師寄出的結論，最終將那一串信件從自己的信箱裡刪掉。

下一則。

「雞蛋與高牆是一種資格論，我並不常這樣看待一件事情。有時候要仔細辨認兩者之間的關係的代價，便是做出看起來支持優勢的決定。」

我停不下來，腦袋一直在重播老師說的話。

反覆之間我早已想好下一句對白：「老師，你其實一直都這樣嗎？在雞蛋與高牆之間，選擇一顆雞蛋，把它帶回高牆那一邊。」

最新一則，三天前。

「妳剛才是不是說過一模一樣的話。」

「對。」

「這不是妳的部落格。」

「對。」

兩人長久的沉默。

她受不了一直看到那行字，胡亂點回上一頁。

她們緊盯著電腦螢幕，不敢轉頭深怕瞥見彼此的眼睛。

「請輸入密碼。」朋友喃喃念出畫面上的字，「密碼、密碼。欸，妳有那組老師在用的學校帳號的密碼對不對？」

「對。」

「要試試看嗎？」

她深吸一口氣，點擊下一則，再看了一次那一句無中生有的回覆。

「好。」

文章解開了。

她有我想像中棄兔應該有的眼神，溫馴、渴慕、空洞。很難假裝沒有看見她，就像路過一隻趴在水溝蓋上的白兔一樣。我會停下來。

和我對到眼的瞬間，她立刻別開了視線。

我因此點了她回答問題。我想看她肩膀一跳，低下頭若無其事地翻找書頁掩飾自己的驚慌，明明已經組織好完整的答案卻還是緊張到唇齒不斷擦撞。

我為了她的努力，稱讚了她的回答。

她沒有抬起眼，髮後的雙耳發紅。

後來整堂課我沒有再提出問題，隨機點名的緊繃很快就在班上消散無蹤，剩她挺直的背獨自警覺到最後。人群三三兩兩地散去，我照例留到最後等待有沒有人想要發問。

我注意到她深吸了一口氣。

然後她走到我面前，叫了我一聲。

「老師，」

—

她敲了敲門，老師請她進來。

「來的路上下雨了嗎？」老師問。

「沒有。」她將傘遞給老師，「要還給老師的。」

「喔喔，我都忘了，謝謝。」老師接過傘，放回辦公桌旁，順便拿了一瓶礦泉水走過來，「坐呀，妳想跟我討論什麼？」

「老師知道前幾天一開始是由我代為寄出的邀請信，後來老師們都把回覆的信件副本給我了嗎？」

「我沒有注意到。不過如果妳看到了也沒關係，本來就是請妳幫我處理這件事，只是沒想到後來他都直接跟我對話了。」

「老師本來就希望我看到嗎？」

老師的眼睛張大了一點，似乎沒有想到她會這樣問。

「可以這麼說，我想讓妳知道我怎麼考量這件事。」

「那這個呢？」

她從資料夾中拿出一張紙。

她沒有給老師。

「密碼是我輸入的，跟老師給我的學校帳號密碼一樣。所有文章我都看過了。」

她們很安靜，她第一次看見老師嚇壞的模樣，這才慢慢和部落格文章的語氣重合。否則老師還是老師，和那個模擬她語氣寫部落格的人完全沒有關聯。

她拿著那張紙，維持不動，直到紙的前緣發顫。

「對不起。」老師的聲音也微微發抖。

「我看完以後想了很久要不要跟妳說。我想了許多說與不說的版本，為什麼我要跟妳說，為什麼我不該跟妳說，我寫了一份稿，讓我一口氣念完，好嗎？」

首先，我不該看到這一切，妳沒有主動讓我接收，現在妳也沒有追問我為什麼看到，所以我是在因為妳沒有實踐意圖的想法感到恐懼或是憤怒。其次，其實我看得出來妳詮釋的內容，如何建構在我們之間真實發生過的事件，簡單來說，如果妳收到的感受是一百，我不能否認我表現了八十，而且那些時候我都很開心，老師的一舉一動的確讓我覺得很開心。最後，老師是女生，我很抱歉這麼說，但對老師的迷戀讓我覺得安全，或許也因此洩漏不該外溢的快樂，我應該為了這份不正確的安全感負起責任。這些加起來，都足以說服我自己消化我的震驚。

可是，總是有可是，所以我今天才會來找老師。

那天回到宿舍，我覺得很冷，洗了澡也沒有好轉。

我一直在發抖。

我不確定是氣溫、咖啡因還是恐懼。雖然什麼事都沒有發生。

我明明掌握了可以讓老師很慘的證據，我當下就印出來了。我知道該如何描述這件事，我擁有適切的詞彙可以抵抗。我也知道怎麼和腦海裡預設的蕩婦羞辱進行激烈的辯論，把它們趕走。心智上我並不害怕。

可是我一直在發抖。

彷彿知識是無用的，我最恨的其實是這個。老師是帶給我這些知識的人。

她暫時停下來，看著塌陷在椅子中的老師，站起來走到離老師幾步的地方，遠遠看她縮小的模樣。

誠如老師信中所言，以資格論而言，我們已經認知到這世界上有脆弱的雞蛋和狡猾的高牆，這是一個很好的消息，但我不想要我們只有一種面貌。

迷戀老師的過程的確讓我成為一個更喜歡的自己，是我主動想要把自己擺放在這個位置，我還無法割捨體制的肯定。我依然有過時的追求，尚未成為大人，仍然需要來自我之上的認同，證明我自己。

但是在二十歲的時候，我其實已經有能力去承受我所選擇的事物對我造成的傷害。只對我自己解釋是不夠的，我要讓妳知道，也讓我知道我做得到：我的無知與迷戀不該提供給老師任何逾越的感受，我感到安全應該是必然的，軟土從來都不是為了等待深掘。

我遇見的人，絕大多數都是世界上的好人，現在，我也能成為自己的好人。

用力捏著紙張過久變得青白的指尖，緩緩著色，回復到肉身的溫度。慘白透著絲絲的紅從她的指尖轉移到老師的耳畔。

「老師，妳真的看過被拋棄的寵物兔嗎？」

她搖頭。

「我也沒有。那天晚上回家後我看了很多流浪兔認養的頁面，我想知道妳想像的我是什麼樣子，後來我才發現我找錯地方了，

「我應該來看著妳現在的樣子。」

——原載二〇二三年四月二十四～二十五日《聯合報》

一九九九年生，高雄人，畢業於台灣大學歷史系，現就讀台北藝術大學電影創作研究所。創作範圍涵蓋影像編導與文字。小說曾獲馭墨三城高中聯合文學獎、台積電青年文學獎、林榮三文學獎。出版短篇小說集《玻璃彈珠都是貓的眼睛》。目前正在從事影像工作者的路上被老師痛毆不要再想考一百分了。

扮仙——黃宥茹

藝術節辦在文化資產園區，酒廠舊建築搭上充滿活力的彩繪，讓我一個才來台中兩年的人，無法想像它從前蕭條的樣子。進會場前，沿途貼著各式倡議獨立建國、自由民主的海報，旗幟在春天的空氣中飄揚，舞台融入一個老建築再生的空間，主辦方在鐵皮屋頂下懸掛各種花花綠綠的布條、貼滿仿通緝令的議題介紹公報。

樂團主唱走上台時，台下人群還若有似無，直到他唱起那些寫給土地的歌。

「哇，他打通鼓沒有用爵士鼓的手勢，真講究！嗩吶竟然不是常見的二號吹，而是噠仔欸，符合道場的意象！」我在心裡暗自驚嘆，該樂團常以北管元素加入演出中，雖然在我眼裡有些生疏，但比起許多將傳統樂器拿來亂打，宣稱創新的樂團，他們算是對脈絡很有掌握的了。

一沒留神，身邊的人已經開始搖晃頭部，開始舉手高呼，舉起各種紅色底黃色字的毛巾、布條，隨著音樂擺動。他們拿著啤酒在舞台前不遠處跳舞，台上主唱鼓動大家舉起手、舉起毛巾、舉起土地上的正義。

「拜請……」他開口。自由、民主、人權、自由、民主、人權……前呼後應的尖叫聲撕裂肉體迸出，眾人的呼聲衝撞舞台，刺痛我的耳膜。

走出活動會場，心上餘留的震動還在迴響，隔壁倉庫是個瀰漫著慘白燈光的畫展，人潮相較藝術節少許多。不過數步，會場傳出的聲音已十分模糊，主持人用台語要大家珍惜自由、爭取權利，縱使我一聽就知道她不是母語使用者。

回到宿舍，我一邊整理我的嗩吶，一邊滑著Y學姊的限時動態。破碎的時間軸中充斥著片段的演出影片，隔著螢幕，舞台紅色的光依然將轟鳴和壓迫感迎面送來，直到幾秒後畫面突然變得柔和，「這是最後一篇了，希望大家都可以勇於追求正義，捍衛土地的價值。」她寫下，下方當然，也附上了羅馬字台語的版本。

我背著嗩吶包出門，對面床上的學妹抬起頭來瞥了一眼。

綠空廊道是台中鐵路高架化後，重新劃設的一塊帶狀休憩區，阿銓說他都快找不到地方練嗩吶了，「每次都去重劃區餵蚊子。」他總無奈地說：「然後路過的人就會問，你是學國樂的嗎？這是西索咪在用的嗎？」傳了一個翻白眼的貼圖。他看了綠空鐵道附近的環境後說，欸這兒感覺可以，妳可以對著建國路吹，反正四線道，應該不會被趕被罵。

所幸傍晚時分都是老人，有個散步的伯伯靠近：

「唉唷，不錯喔！妳這是學校的嗎？」「呃，這是北管的。」「妳不是某某高中的嗎？」因為我穿著制服，他這樣問我，「對啊。」「啊妳們學校不是也有人在學這個嗎？」「對，呃，我們這個是北管的，跟國樂不太一樣。」我尷尬地回答著，他說很好很棒加油啊，然後緩緩離開。

早知道就別那麼快在阿銓翻白眼之後，傳大笑貼圖了。

晚上九點的南屯路，店家的鐵門多已拉下一半，除了捷運沿線的住宅高樓，燈火還死白地亮著。

大師兄在廟裡忙前忙後，招呼大家，阿銓叫我幫忙排椅子。「上元排場基本上只要是館員都有義務回來，所以這應該是一年中人最多的一天。」阿銓邊牽著音響線邊說。桌上擺滿了供品，阿銓說他小時候廟裡都會拜全羊，現在只剩麵粉的了，麵粉羊被貼上眼睛、畫上鼻子和嘴巴，軀殼卻是空的，只有一副塑膠骨架，纏上滿身的膠帶。

四十個人圍坐一圈，我們焚香後開始扮仙。「瑤池金母法無邊，蟠桃一熟幾千年。」瑤池金母念道，設宴款待八仙，八仙帶著各種珍奇寶物，接連上場祝賀，除了曲牌旋律不同，唱詞意義是那麼的相近，而白鶴、青鸞更是未曾在我生命中出現的祥瑞神獸。在嗩吶的喧鬧聲中，我唱著「拍掌下丹霄，正庚星」，廟裡零星進來一些人，拍了幾張照片，又從同一個門離開。

慶賀啊慶賀，阿銓總這樣說：「妳唱到飛起來都沒關係，因為這是大日子。」我說晚上十一點好想睡喔，他尷尬地笑了笑。

一炷香，過子時，劇情急轉至〈封王〉，故事是韓擒虎將軍降順北蠻，受封領賞的過程。超無聊的，一點情緒都沒有，阿銓都這樣說，我說年輕人哪，難道你對升遷、財富自由沒有嚮往嗎？他撓了撓頭：「妳知道我要七十年不吃不喝才買得起一間外埔的房嗎？外埔喔，還不是南屯。」線香的煙充滿我鼻腔，一開口總是免不了吞下好幾口煙。妳身上為什麼一直有一個廟的味道？同學常這樣問我。

排場結束後，我問唱扮仙戲唱了四十年的師叔，為什麼要扮仙啊？「唉妳們小孩子不懂，北管就是拿來跟神明講話的語言，我們不可以都沒有付出就要神明保佑我們啊，總是要拿出我們有的一些東西獻給神明，才可以讓神明感受到我們的誠意！」他用不甚標準的國語，一臉理所當然地說。摸了摸我的頭，他說年輕人認真學啊，以後就靠妳了。

阿銓常說，找妳同學來玩啊。

我說他們才不屑，有次他們好奇我在翻的手抄本，我解釋《大醉八仙》的故事給他們聽，他們拍拍我的肩：「欸妳其實滿多才多藝的，但為什麼都不學一些現代的東西，越學越回去。」我說這才不是什麼關在博物館裡面的化石，而且認識歷史很重要，他們說：「我們這個世代已經不只要追求庸俗的溫飽了，我們要追求精神的東西，要民主要人權，這是歷史累積在我們身上的進步。」好像真的有那麼一回事似的。他們要一起去聽大港開唱，全班一半的人有票，揪團只是在區分誰跟誰比較要好，我說我那天要出陣，沒辦法，他們說妳好無趣喔真掃興。

有什麼了不起，我之前也是聽團仔啊，幾乎把台灣的音樂祭都跑遍欸，聽完我的抱怨後阿銓說，直到中邪一般被北管打到。「那你一定都沒在睡覺。」「我以為妳會說我一定很有信仰。」他略顯失望地說，其實排場祝壽在現代社會大可不必這麼晚，「固然可以解釋為南屯還保有傳統農村的作息。」他欲言又止：「但其實……因為如果不是這麼晚的話，根本就沒有人會回來。」這讓我想起某次排場祝壽完，一位師兄與館務在香爐前爭執，不知為何突然轉過頭來，向我比了一個「三」的手勢：他在外館做一場有三千，還不用大半夜的，在這裡無酬忍受香煙薰鼻，以及煩人的人情壓力。

慶典過後，我們分著供品，我完全不懂如何吃那隻乾癟的羊，阿銓說他也不懂。「有得吃就很不錯了，以前排場都嘛只有吃一餐，哪有錢。」九十歲的老師說，作為有學過台灣史的中學生，我判斷那至少是七十年前的記憶了，忽然覺得同學的進步說好像有那麼一點道理。

阿銓邀我一起去他常去的地方練嗩吶，我說蚊子不是很多嗎？他說不然妳是可以無師自通喔。他騎機車穿過布滿鐵絲圍籬的大馬路，寸草不生的土地，鑲嵌著黃色的ＰＰ瓦楞板，標示著每塊土地的價錢。一塊綠色的牌子寫著「新八自辦重劃」，我問這是單元八嗎？阿銓說其實是單元四，然後笑說只有我這種外地人會去背數字，對他們來講只要是重劃，其實都差不多啦。

「以前水碓離南屯庄很遠，因為溪流很多，然後主要道路又沒有通。」阿銓的話夾雜風聲吹到我耳邊，在寬敞筆直，還可以直接通七十四號快速道路的中環路上，我好難想像。阿銓說水碓是今天台中最後的淨土了，而我看著破碎的農地還是會感傷，我家那兒從不缺一望無際的田，他說妳怎麼可以拿雲林跟這邊比。

我們到緊鄰水碓庄的一處開發地下車，地上感覺被噴過除草劑，但因為挖土機還沒來得及開到這，所以又有些草倔強地冒出來。阿銓從機車裡拿出一塊防水布，有些不好意思地示意我坐下：「我們出陣的時候也都這樣啦，隨便坐。」我說沒關係，我也是這樣長大的，我甚至覺得地上的雜草應該多一點，我們相視而笑。他取出了裝哨片的盒子，本是分裝化妝用品的塑膠盒，被戳了好幾個小洞，「為什麼要把好好的盒子弄得這樣充滿傷疤啊？」我問，他說用途不同啊，「如果今天有人專門做裝北管嗩吶哨片的盒子，我也不用把它弄得全身是傷。」這對他而言，好像從來不是個值得費心的問題。

「不要駝背，要把氣送出來，手要抬高一點，再高一點……」阿銓說，我總覺得站在高樓環繞的荒蕪土地上，抬頭挺胸吹著嗩吶，樣子很滑稽，但他認為要吹好還是得抬頭挺胸，沒有理由，「如果妳真心想學好的話。」他說。把【八句詩】練完，我說嘴好痠，他說一開始學難免啦，我剝下被口水浸濕的哨片，他說不如我們去附近的土地公廟晃晃。

住宅區、建案、公園綠地、大馬路……不知重複了幾回排列組合，我們停在一間小土地公廟，單薄的廟體外延伸出長長的紅色鐵皮，天公爐的香火被鐵片包裹著。阿銓說以前這裡有一個曲館，他們的老師還跟我們老師認識，「但現在問老師，老師都會說記不得了，老朋友都往生了。」他說，我們苦笑。廟邊是經過整治的河，河床整齊清澈，石頭大小相似，水泥做成的河岸上，刻滿了「台中文化城」的圖騰，花草柳樹被擠到水泥步道一側。「這首其實是喪曲，而且是八音。」阿銓將我從望著河川的沉思中抓回來，我說唉喲現在誰講究那麼多，都嘛唱片拿來放個意思的就好，「而且你們喪禮不也吹【風入松】嗎？好端端的喜慶曲牌被這樣亂用。」我說，「再不然就沒東西吹了，又沒有人會。」阿銓撇著嘴，而且你不覺得八音比較有氣質嗎哈哈，我說，他說但那就不是我們的東西。

後來我們又去了幾間土地公廟，幾乎一模一樣的元素，「妳能想像這裡以前全部都是田嗎？」阿銓問，我說我只能從土地公推測了，且除了一片綠油油外，無法再描繪更多，畢竟土地公廟都只剩紅鐵皮和沒有香煙的天公爐了，還能想像什麼？他拍完廟裡的各種裝飾後，問我要進去參觀嗎，我說我沒興趣，反倒一直盯著公告欄：石碑上，建廟的捐助者一整排都是同一姓氏，配上一些如「土水」、「金池」之類很土的名字；近年慶典的贊助者，卻都變成了「××建設公司」、「××食品材料行」。

「其實我不怎麼信傳統宗教。」阿銓突然冒出這句話，我先是一陣震驚：那你為什麼那麼瘋遶境、瘋北管？他低頭不語，玩弄著嗩吶包上白沙屯媽的吊牌，我轉頭望向那排贊助名單，忍不住笑了：「好啦，其實我也不太信。」

●

為保生大帝接駕那天一早，沒有班導的班級群組不斷刷新著訊息，他們在比較前往大港開唱的交通工具哪種最酷。甚至有人直接從火車站騎腳踏車過去。「青春的熱血啊！」我回了一句，他們說妳沒來真是很大的損失，這可是一年一度土地文化的震撼洗禮，我把訊息框滑出螢幕，關閉通知。

廟口榕樹下，阿銓剛去大甲媽遶境發完補給飲料，潮紅的臉夾帶滿身汗臭味。我們整理車台、掛上彩旗，身邊閒話家常的師姊們在討論要讓臨時被帶來的妹妹打什麼樂器，「妳就跟著前面的人打，反正打錯不會有人管妳，誠意有到就好，打完就有紅包可以領了，知道嗎？」師姊說，妹妹點頭，阿銓尷尬地看著我笑，我想到他之前說入破用的〈苦相思〉幾乎沒人打得出來，但凡用到這個鼓介，都只剩我在撐，站遠點也只能聽到銅器鏗鏗鏘鏘，根本聽不出統一的規則。

保生大帝的神轎近了，鑼鼓外還夾雜電音、國樂、大鼓等花式的聲音。女子穿著清涼的窄裙，在鋼管上磨蹭；又或是坐在三輪車上，穿著短旗袍，演奏著重複的國樂曲，她們用規格化的笑容向我們示意，一群伯伯們從失神的演奏中抬起頭，眼神發光。我低頭看了看身上的唐裝和長褲，阿銓把手上的嗩吶遞給我：「要不要吹，我換個哨片妳就可以吹了，她們吹那麼爛，妳隨便吹都贏她們。」我冷笑，他說算了啦不要太在乎，陣頭不過就是這個樣子。

保生大帝的神轎終於到了，我們奏起【風入松】，之前向我炫耀價碼的師兄拍拍我的肩說我打得不對，叫我看看身邊的人——剛剛說「打錯不會有人管」的那些師姊。阿銓放下嗩吶，教我不要理他，「勇敢一點，妳打的是對的。」他用嘴型示意。轎班共有約莫二十個壯丁，肩上披著毛巾，臉上略顯疲態，他們吃力地踏著腳步在廟前參駕。突然，一個站在轎前的壯漢似乎倒下了，周遭其他的人附過去，努力將神轎撐起來。鼓手大哥依然冷靜地打著鼓，其他陣頭行禮如儀，好像眼前沒有發生什麼大事。

鞭炮燃起，眼看轎班的人要撐不住了，阿銓放下裝著擴音器的嗩吶衝進鞭炮堆中，鼓手大哥向我使了個眼色。我很怕炮，要不是為了出北管，我遇到炮向來都是躲得遠遠的，此時，我卻發現用力敲擊手上的鈔，就可以發出放鞭炮的聲音，我想起阿銓說打到飛起來也沒關係，於是猛力地打，假裝耳邊鞭炮聲沒有停，假裝忽略腳踝上若有似無的刺痛，避免擔心阿銓就此消失在鞭炮灰中。

把倒下的壯漢拖到醫務室後，阿銓跑回榕樹下找我，他笑著，臉上布滿了灰，褲管多處被燒破，我問他有沒有受傷，他說就算會痛，我們還是要做啊。「那個人是怎麼了？」我問，他看一看陣頭離開後的廟埕，四下無人，「心肌梗塞。」他說，但切記這不可以隨便對參與這次廟會的人講，要說他是被神明帶走了，能夠把生命獻給神明是他一生的願望，況且他病痛纏身多年，終究是被保生大帝眷顧了。

我陪阿銓坐在醫務室處理傷口，點開限時動態，一群同學舉著啤酒在音樂祭撒冥紙，Y學姊則沒有去大港開唱，而是來看了這場保生大帝的遶境。

「嗚嗚，犧牲了去大港的機會來支持本土廟會，果然把腳放入土地才能感受到真正的台灣價值啊！」她放上幾張神轎停駕的照片並寫道。

本文獲二〇二三年第二十屆台積電青年學生文學獎短篇小說獎三獎

——原載二〇二三年十月十二～十三日《聯合報》副刊

二〇〇五年生，成長在雲林古坑的農家小孩，城鄉流動的載體，目前就讀台中女中三年級，正處在學測苦海之中（出版時應該已經考完了）。作品曾獲紅樓文學獎、台積電青年學生文學獎、台中文學獎。小時候喜歡唱戲所以寫了一些戲曲相關的文學，近期關注城鄉發展、都市開發、文化保存等議題，正努力往貼近鄉土的路上前進。

SW33T REVE-793.AVI——林冠彣

（本文由ChatGPT產生）

「來一槍吧，或者看看你最愛的女優在新作裡隆的乳長什麼樣子。

關掉惱人的彈出式廣告、心裡暗暗靠北最近的劇情越來越腦殘——脅迫強暴的權力上級從教師變成超商店員到底是不是代表社會對學術的鄙視？一回神，人已經在A片網的第三十頁了。

凌晨兩點，而你隔天一早還有工作。

我的服務應運而生，三百五的超值會費，根據關鍵字與顧客喜好提供番號，隨call隨到，這下再也不必擔心遲來的聖人模式耽誤睡眠時間了。」

早上四點搭車北上掃墓……山中靈骨塔的公廁真的很陰森、很噁爛。

我坐在男廁最深處的坐式間，對馬桶蓋底下的一大坨卡住馬桶的屎視而不見，熟練解開拉鍊掏出陰莖，我每每將這個動作想像成西部電影裡的孤膽槍俠，而我的洩洪也確實乾淨俐落。

透氣窗外傳來木魚與佛曲（南無阿彌多婆夜……）然而這種背德感讓人更加興奮。空氣中瀰漫著氨水的異臭，混上了焚燒金紙的煙與沖不掉的屎味。嗅覺影響味覺，伸出舌頭恐怕能嘗到大便塊，所幸龜頭感覺不到，這樣即可。右手套弄，享受海綿體逐漸脹大的過程，我左手從口袋撈出手機，通訊軟體的綠色泡泡浮現，頭貼是某動漫的銀白髮美少女，「SSNI-147，連身泳衣、圖書館、小隻馬、輪姦。期待您的下一次光臨。」

ＡＶ偵探——網友這麼稱呼他。一年前出沒於ＰＴＴ的JAPANAVGIRL討論版，幫那些「【請神】之前看過某部，現在想要回味一下」的網友解決胯下之危，數月後在宅男雲集的巴哈姆特論壇也開始活躍，標誌性的銀白髮美少女頭貼也是出自於此。

這年頭在網路上幹什麼都能紅、都能賺錢，他很快擴展業務，在討論串開始收費找片、推薦片、替A片無碼化與上字幕，成為了網民們爭相歌頌的網路紅人。從某方面來說，他正是電影裡的蒙面英雄。

人紅是非多，不久後人們開始好奇ＡＶ偵探的真身：有人說他那誇張的廣告詞一看就是中文系畢業的手筆。另有一群宅男則根據頭像分析，說他應該是二〇〇三涼宮春日時期就已經成年的社會人士。還有人開始對著頭像意淫，認為他的真身就是九頭身的銀長髮千金，「深閨的大小姐談起A片卻毫不害臊，超萌超可愛⋯⋯」形成一種邪教般的個人崇拜。

但我每月繳交的三百五新台幣可不是拿來玩偵探遊戲的。此刻，我只在乎螢幕裡嬌喘連連的日本女子與我挺立的龍根。我的氣息越發急促，兩小時的影片在我胡亂的跳過中掐頭去尾，最後停在顏射，時間不過五分鐘。一五〇出頭的身材與水手服、連身泳裝確確實實打在了我的性癖好球帶，可見ＡＶ偵探的審美確實有一套。

我把白漿留在最深處的坐式間。彼岸花開，應許之地流著洨與沖不走的硬屎。打開水龍頭、雙手沖沖水、在褲上隨手一抹，一身輕地離開男廁。

哼著歌一頭撞上藍色的防火鐵捲門。

「哈？」摀著頭，看向痛感傳來的方向，一道鐵捲門堵在了我剛才進入廁所的路上。狹長的走廊被這玩意兒一分割，我只能勉強站在廁所外剩餘的狹小矩形空地，臀部緊貼洗手台。

我伸腿踢了踢，鐵捲門紋風不動地理所當然，上次看到這門拉下來的樣子還是在去年的防災演練。我繼續用腳擺弄著鐵捲門，模樣頗似為受虐癖服務的足交Ａ片，但那些被踩在腳底的男優不過十來多公分，遠遠不及眼前兩公尺高的鏽蝕金屬板。

幾次失敗後，我決定呼叫外援，同時也要好好向管理單位興師問罪。

我拿出手機，按下開機鈕。可當螢幕一亮，剛剛沒滑走的、銀白長髮的美少女頭貼進入視線，我又情不自禁的把「客訴」跟脅迫類的ＡＶ連結了，酥麻的屌又戰慄著豎起。

我點開了打字欄。

「ＡＶ偵探？」

「？」

我信步走回那間有屎有尿有洨的最內隔間，坐回馬桶，調整好姿勢——「Ｄ罩杯、人妻、脅迫、密閉空間。」

於是我又花五分鐘統整了MIAA-086的劇情：被困電梯的人妻與上班族發生性關係。但我並沒有對著內容打手槍，因為那個飾演丈夫的、老婆被睡走的演員實在太像我了，又胖又醜，導致我被迫代入了被戴綠帽的那方，很不是滋味。

莫名其妙受困，又被推薦了一部不合口味的AV……此刻我終於意識到在清明祭祖的時候在公廁打手槍有多蠢多白癡，也開始因為密閉空間與各種臭味而焦慮。我打給管理處，無人接聽，遠處的誦經聲讓我感覺自己是孫悟空，但廁所跟如來佛一比，神性上可遙不可及。

無名火起，我遷怒到AV偵探，多虧無遠弗屆的網路讓我們能隨心所欲地對素昧平生的人找麻煩。打定主意，我隨便找了個情色網站，按下「照類別排序」後把每一個標籤、關鍵字都複製下來，然後傳給AV偵探：

「找不出來我就退訂會員。」我輸入。

我一點都不愧疚，也不害怕。我付了錢，而且他的那份「工作」又不受法律保護。要是真的惹到對方、被封鎖，屆時只要再開個小帳便又是生龍活虎。

我離開隔間，回到鐵捲門前等待。等待給管理處的電話撥通，也等待AV偵探的回覆。從已讀兩個小字冒出到現在已經一分鐘左右，我期待著他究竟會跟我翻臉，還是像個標準的服務業人員將我的胡鬧大事化小，小事化無。

震動，我饒富興致地看向對話。

「SOD演的都是真的。」

這都幾年前的哏了？他的回答與我的期待相差甚遠，PTT出生的AV偵探最終選擇了裝瘋賣傻的最佳解，想要就此呼嚨過去；他把球踢回我這裡，似乎能看見他無奈聳肩，表示自己力不從心的模樣。

我剛要封鎖AV偵探，管理處的號碼就跳到螢幕最前。我按下接聽，刻意加重不耐煩的口氣：「喂！東側二樓的廁所門口被鐵捲門封住了……」

「林言歸，嗯——」甜膩的女聲，帶著間斷的嬌喘，似乎有點耳熟？

「妳是哪位？」

「尼的女碰友屄真緊。」突然接上了一段奇怪的中文，應該是外國人講的，在我尚未反應過來的時候對方突然又切回女聲——「對不起啦，林言歸，黑人的雞雞真的比較舒服。」

掛斷。

即使是性中毒如我也花了一段時間才意識到這是那種寢取、出軌類的AV常有的場面：女方被外國人（通常是黑人，他們屌大）幹到失智，打電話給男友、丈夫宣布自己移情別戀。

所幸我又肥又醜，根本交不到女朋友，所以方才這通電話並未使我露出哪怕一點的吃驚；只認為興許哪個腦殘網紅又Feat了某AV女優，隨機打電話給路人再錄音觀察反應，果然是幹什麼都能賺錢的二〇二三年。

可再想想，這通電話的來源不是陌生號碼，而是方才拚死連環call都無人接聽的靈骨塔管理處。這YouTuber就算想靠爭議引起流量，偷公家機關的電話搞惡作劇實在過於誇張，在抽象虛無、萬物可笑的網路世界裡難得顯得有些過火。我試著思索哪個頻道有可能幹出類似出格的舉動，而且一旦想出來，我就要馬上把錄音紀錄和頻道名稱發到ＩＧ上讓記者抄。

可我的推理還沒來到高潮，眼前的鐵捲門卻先行抬起。

此時耳邊的誦經聲也突然停下，聽著金屬摩擦發出的嘎吱聲緩緩開門的過程真像封印解除。我也以興奮呼應，不等它完全打開就衝出廁所，奔向狹長的走廊，直取盡頭向下的階梯、樓梯口的光芒——

SOD演的都是真的。

披麻的孝子反轉孝幡，把旗桿插進躺在地上的未亡人胯下，後者發出一聲邪魅的嬌呻，肉穴噴出的汁水濺上一旁法師的袈裟；而那袈裟正被法師纏在褲襠，濕潤著呈現帶點透明的白，它的主人把手臂上的佛珠串取下，幫自己入珠，隨後蹲下，把那加持過的法器捅進下體正在被插的寡婦嘴裡。

而幾步外幾個男女，有老有少，正在互相插著彼此，屌接穴、穴接屌、屌又接到手或口。他們繞了一圈，形成一個巨大的法陣，圍繞著中心被前後貫通的寡婦。

我正被眼前超現實的魔幻景象嚇得震懾，胯下卻傳來震動，我以為自己因為眼前的４Ｄ做愛場面產生幻肢癢了，反射性地向胯下一撈，原來是手機。

「NTR、寡婦、入珠、雙管齊下、亂倫、詛咒」綠底黑字此刻看起來怵目驚心。他在說三小瘋話？廁所裡是NTR，葬禮上是這場大亂交？

我小心越過不知成分的、滿地的黏稠液體，趁著構成圈圈的男女們在變換體位的同時闖出人體封鎖圈、衝向公車站。路上，我勉強給了自己一個解釋：「ＡＶ偵探就是那個網紅，剛剛的惡搞電話跟野戰戲碼都是他策畫的，想證明他的誠信……」

正好來了一輛掃墓專車，門一開我就跳上車。

一跳上車我就後悔。

並非來自塞爆車廂的掃墓群眾或是滿溢鼻腔的乘客的體味，而是他們——他們之中，坐著的乘客給站者舔陰，或者吸屌，然後把精液射在柱上、座位上、下車鈴的按鈕上，這還只是門邊的景象。我的眼角餘光瞥見車廂內側幾個滿臉鬍渣的中年人圍住一個女學生，似乎在指姦她、爭相向乳房出手，然後把屌插到她因人群而緊縮的大腿間素股。

「操你媽這什麼！」我大叫。

胯下又傳來震動，我有點害怕了，要是這一連串的怪事都不是惡作劇呢？我右手伸出，竭力地在裸著的人體中嘗試插進口袋，盡量不要碰到盤根錯節的男人老二。

「癡漢、學生、臭味、素股、公車」

「幹！」我用力把手機扔出，打破駕駛座前方的玻璃，玻璃渣噴飛，受到慣性把車內靠前的人們刮出一道道的血痕。但他們仍在做愛，甚至因為痛楚而更加挺立，有些人還動手把血珠在彼此身上抹開，然後繼續抽送，像在醃漬活跳跳的沙丁魚。

此刻就算我再怎麼是個喜歡看女人被幹的異男也受不了了。趁著駕駛還在自慰高潮，根本無法阻止我拉下手煞——伸手，我握的機械屌不會噴精，但會讓血與洨與碎玻璃在車內的地板亂竄，我踩著他們被歪七扭八沾滿體液的胴體縱身一跳，從那個砸出的破洞飛出車外，不帶走一滴汁水。

我的腿很痛，大概斷了。我一拐一拐取回螢幕龜裂的手機，滑走ＡＶ偵探發來的「護士、醫院、癡女、榨精、手交」一系列標籤，馬上查看起新聞與論壇。果然如我所想：女主播們跨坐在屌上，柳腰上下擺動還故作正經，好一個經典情節。於是我大抵確定，在我於靈骨塔二樓公廁尻槍的時候，某種變化讓全世界開始照著A片的規則行動，而且跟ＡＶ偵探肯定難辭其咎。

我繼續往山下走，希望計程車不要是FAKE TAXI，然後我突然想到：「不對啊，A片既然是異男幻想的產物，那我不是既得利益者嗎？是在怕三小。」可我還沒開始豁然開朗，在強姦合法化的世界裡「初極狹，才通人，復幹數十炮」一個可怕至極的念頭浮現——

我那年邁的老母！

我慌張解鎖手機，查看自己傳給ＡＶ偵探的標籤，在一片職業、劇情、體位中，我很快驚覺有不少標籤可能讓我老媽被幹：教師、母子、人妻、素人……一想到最壞的可能，我開始跑，因為斷腿而每步都是心腳痛，但是不快點我爸就要換人當了！邊跑邊想，首先排除教師，清明連假學校沒開，我媽應該不會自願跑去學校給人幹。但是母子與人妻可就難搞了，一方面我必須看著老媽不被其他人幹，另一方面，誰能保證我媽不會看到我就撲上來幹？

連滾帶爬下了一段斜坡路，我總算回到交通便捷的城鎮。這裡的居民果不其然都在車震，另有幾個穿得像站街女郎的老外正在跟計程車司機殺價，大概很快也要開幹了。

褲襠裡還是時不時發出震動，讓我隱約明瞭陷入小死的世界只剩AV偵探還在打破死寂。

緩步前進、一拐一拐，我來到某對正在後座喇機的情侶檔旁，拉開駕駛座的門，逕自坐入。

「三小！」炮房突然升級移動功能，男主人的聲音聽上去很不滿，剛剛還在摸奶的手瞬間就朝我伸來。

我油門踩死，盼著慣性能把他壓回後座，然而物理學再次讓我失望，開始晃動的只有後座女人的巨乳；他的指甲則亂中有序，十指齊上一下就把我脖子絞住，開始在我的頸脖亂擠亂抓，留下好幾道血痕跟瘀青。

我火了，右手離開方向盤一拳就往他臉上灌，「肏你媽時間暫停！」我大吼。

褲襠傳來震動、那男人停下動作，凝成一張猙獰的臉在我右手邊，還會呼吸、眨眼，就只是不動了，真的跟AV一樣。

我用力把他推回後座，長舒一口氣，繼續向著市區前進。現在沒有警察了，法庭上、監獄裡大概也正上演著性愛秀。在安慰自己「至少立法院現在和諧不少」之後，我大膽超速，在遍地裸男裸女被時間凍結成剎那的台北市裡狂飆。你只有一個人你只有一個人！哪個A片男主角會像我這樣，在寂寥靜謐的都市中前進？除非他一回家就會看到自己老媽被幹……

我把車違停在防火巷裡，來到頂樓加蓋的鐵皮屋門口。此刻我不想插鑰匙，或者說我不想做任何與插、捅、出入有關的動作——「暴露療法。」我暗想，下半輩子就算橋本有菜對我投懷送抱我也只會因PTSD而漏精。

我敲門，門緩緩敞開，伊底帕斯王會住在這種彆扭的房子嗎？十坪的空間裡，沒有我媽，沒有性、沒有愛，只有人，那個人是我。我如大的環伺，仔細檢視每一面牆——家具都還在，也沒有愛液噴濺的痕跡，遑論用過的保險套了。我不敢去想我媽是已經被幹，或在被幹的路上，還是正在被幹，只能無力地癱倒在餐桌上，焦躁地滑起手機。

我瀏覽起AV偵探剛發過來的所有訊息，暗暗慶幸內文沒有出現母子、人妻。

這時一個男人的腦袋從門口探出來：

「林先生，請問是林言歸先生嗎？」

「幹完我老媽了嗎。」

「我以AV偵探的名義起誓，令堂不重要。」

AV偵探真身是個寸頭鬍渣理工男，果然只有這種人才會用美少女頭貼。此刻他正坐在餐桌的另一頭，沒頭沒尾地講著話——「您不會真覺得我可以整天縮在電腦前，一有人要A

片我就找給他吧？」

他說不必擔心我媽，我半信半疑，但也沒有其他事好做了，畢竟外頭那些亂交狂歡著的人們大概都有性病，現在也不能去醫院。

他倒了一杯熱水，開始解釋。

「二〇二三年，ChatGPT已經能模擬人類語境寫出情色小說，不久後繪圖AI也能依據關鍵字生成體位、種族、畫風各不相同的裸體辣妹與壯漢……所謂的『AV偵探』也是如此，其真身不過是依照關鍵字找出A片的一串代碼。」

「所以呢？這跟我們面臨的全球性愛秀有個屁關係。」

「當然有關係了，一旦有人輸給它過度的元素——」

我吞了吞口水，想到幾小時前，我為了找麻煩而複製的一整頁AV標籤。AV偵探似乎沒有注意到，自顧自地繼續說：「因為找不到合適的影片，它只能自己動手做，把好幾部A片的片段串在一起編輯、加工，然後輸出給使用者。」

「這還是跟現實世界的異變無關啊！」

他左手指向天空，直勾勾地望向我，「你不懂嗎？我們的世界是被某個AI模擬出來的，現在你看到的所有的屌與陰道的暴露，都是為了滿足更高維度的存在。暫時把祂們稱為神吧，眾神把一個個關鍵字輸入程序，運行出淵遠的人類文明。祂們喜歡戰爭，我們便互相屠殺；英雄豪傑灰飛煙滅、萬世王朝土崩瓦解，不過幾串代碼運算……我們現在能坐在這裡、保持著最低程度的個人意志，僅僅是因為天然形成的奇景勝過人為成就的作品。

「而你，林言歸！這一切都是你的錯！祂們原本純潔得像是三歲小孩，不會刻意去看疊在一起的蒼蠅、前後運動的孔雀；把觀看我們其他時候的碌碌無為當作一種娛樂，偶爾看到性愛場景還要雙手遮掩、尖叫跳過。可當你！當你用一連串十萬年濃縮成的人類性史的關鍵字顏射我的『AV偵探』一臉之後。祂們發現了：『喔幹原來ChatGPT還能這樣玩，這比看他們工作一輩子然後死掉有趣多了，多來一點。』」

他喝了口水，從椅子上站起身開始踱步。

我啞口無言，一開始只是想在網路上找人家吵架，更早之前不過是想在清明掃墓時尻一槍，誰知道會這麼嚴重……胡思亂想間，我突然產生一個念頭：A片並不全是男女性交的，其實也有男——

「閉嘴！」AV偵探從流理台抽出一把菜刀指著我，表情凝重，「你現在是祂們的『大功臣』，祂們正試著從你身上拿到更多性愛靈感，讓世界的大亂交更混亂無序……」

AV偵探手上的刀忽然莫名插進他自己的胸口，他對我說的最後一句話是：「DEBUG……快去自殺。」

我的腿，我的腿不痛了。一抹脖子，那些血與疤痕都沒了。難怪我一說時間暫停，那男人真的停下了，那是諸神的新玩具，也是我免死的關鍵字。我箭步衝上前，奪過AV偵探手上的刀，可一摸上去就變成按摩棒；立刻回頭向椅子一站，奮力掀開屋頂的鐵皮，從六樓往下跳，結果一個隆過乳的女人接住我，她的矽膠與脂肪被砸得爆開，我毫髮無傷。

「綑綁、主奴調教、窒息式性愛！」我狂奔到大街上大吼，從開始互相掐住彼此的人們手上奪過皮鞭，把一端掛上行道樹，另一端纏住自己的脖頸——我把自己吊起。

幾分鐘過去了，一點異狀都沒有，我不用呼吸也能活。

我不死心。跑回防火巷內、上車，隨地撿塊磚頭壓在油門上，直直衝向防火巷另一端的銀行大門——儀錶板從零瞬間飆到六十，然後八十、一百！車頭全毀、安全氣囊在我臉上炸開。

變形的車門不能向外推，我晃晃腦袋、雙腿一蹬從擋風玻璃滾出來。

很快車頭起火、爆炸，站在一公尺內卻連燒傷都沒有的我赫然想起：好像尚有一對炮友在裡面。但很快我連僅存的慈悲都喪失——那也不過是兩段代碼，刪掉他們，說不定還能增加運算效率。

我回到街上，再也不想對那些性交中的男女有所觀察，開始沒有目標的遠行。

此後我每天渾渾噩噩到處亂走，不吃不喝不呼吸不思考，就一直走，身體卻一點變化都沒有。水電在一週後就因為無人控制而永久停供，我有幸目睹了核電站爆炸的瞬間，甚至親自體驗半徑內的爆燃；但是過程很無趣，最後結束在大爆炸的一片餘燼，我在其中獨自矗立。

我偶爾會想起ChatGPT出現前的那幾年，當時我還以為三年後病毒會毀滅人類。沒想到前者在一年內就奪走了我的工作機會，讓我活不下去；接著又禁止我邁向不可逆的死亡，使我不朽。

手機的電池在無窮盡的時間中顯得異常脆弱，使我有無窮的時間重拾閱讀。我讀到阿基里斯跟齊格飛，沐浴在冥河、浸泡於龍血中的勇士都擁有特權式的死亡；可我一介凡人之身，卻以沒營養的AV劇情與百人感謝祭獲得了永生。

由於神並沒有給予其餘人類永生，我也不知道整個世界剩我一人之後究竟會如何，我用「哺乳」、「孕肚」、「未成年」之類偏門、獵奇的標籤維持著部分人類的生命與傳承。但我知道人類總有一天會死光光，缺乏足夠的資源、能力，這不過幾個月的事情。

像是在呼應我的猜測，幾週之後街上的裸屍顯然多過相姦的活人，我新增了「戀屍癖」的標籤來假裝社會一如往日活絡，但無濟於事。

有一天我習慣坐著的、圖書館角落靠窗位子的座椅壞了，我臀部著地，這時我才猛然注意到一直被我放在口袋裡的手機。畢竟電力停供後我再也沒用3C產品。

我深知這也是推演出的宿命，大概AI極需新的關鍵字在人類文明完全消亡前來一場巴比倫塔上的狂歡。但我此刻已經坦然。

於是我越過一座座高聳的屍山，來到一處家電賣場，這裡的行動電源跟超商的電池是全台灣僅存的電力來源。

我接上電源，充電燈亮起，再用袖口抹去塵土與棉絮，最後長按開機鍵。先是商標亮起，沒有人提醒我這牌子的資安問題，因為人都死完了，而且沒有Wi-Fi、沒有訊號，現在這不過是一塊會發光的磚頭。

但並不是虛無。

銀髮美少女的頭貼還是跳出來了。看來從我嘗試自殺到電力完全中斷的這段時間，AV偵探（那個AI）還在持續演算，並且斷斷續續傳來訊息直到能量見底。我點開，一則則往下看，絕大部分是我發過去的那些標籤：少女、巨乳、中出、顏射、短髮、絲襪、凌辱、多P、OL、強姦、輪姦……我一邊看一邊笑，越笑越大聲、越笑越瘋狂，我以前他媽竟然喜歡這些東西？現在一點感覺都沒啦！

我繼續往下滑，訊息的傳送時間越來越接近我已知的大停電時分，最後停在了——

暴露療法。

我愣住，傻在原地而不可置信。

一邊大吼一邊衝出賣場，跨坐上一台腳踏車，輾過一具具高潮而死的屍體、撞飛有氣無力用傳教士體位強暴小女孩的男人——我只有一個人我只有一個人！猛地調轉龍頭甩尾飆進台北市中山區的防火巷內，兩階一跨衝上階梯，破開頂樓加蓋鐵皮屋的大門。

因抽象的後網路時代而起，那就該以同樣的方式結束。讓他們一輩子都不敢再用ChatGPT吧，畢竟，無遠弗屆的網路就是為了讓我們能隨心所欲的對素昧平生的人找麻煩。

AV偵探的屍體像一襲華美的袍，爬滿了蛆，血汙已經氧化成棕黑色，但屍臭仍然濃烈。我搗著鼻子伸手往他的口袋翻，果然找到了他的手機。

接上電源，開機時間像幾輩子那麼久。後來我的瞳孔接受到螢幕亮光，點開通訊軟體，這時我興奮得快要叫出來了；而像是在回應我的呼喚，裡面的確有他自己編寫的ＡＶ偵探原始碼，以及供機器學習所需要的上萬部成人片。

「呵！」我放聲大笑，隨手點開幾部，但並不看完。現在我有無限的時間與精力與耐性去看完一部完整的Ａ片，但卻因為電力不足而只得掐頭去尾——「注定不會有人從頭到尾看完，這就是Ａ片的宿命嗎？」我想著。

簡短回味一下，我並不耽溺於過往。打開輸入欄，我搜索枯腸，把所有我還能想到的ＡＶ標籤輸入：先是在一切開始之前那個Ａ片網站的標籤，然後是外流社團對素人女優的分類，再接著給宅男看的色情動漫，還有深層網路裡的非法情色影片——**飲精、斷肢、斬首、蟲姦、獸交、乳頭姦……**

彈出幾個視窗告訴我ＡＶ偵探的素材不夠，不能理解這些標籤的意義。但事到如今還有什麼好收手的呢，世界都毀滅了，誰還管符號接地問題！所有人，所有人都將娛樂至死——**GURO、梟首、內臟姦、排泄、子宮脫落、插眼、死嬰、絞首、喉管姦、乳腺姦！**

1是黑而0是白，黑白交錯，無中生有。兩儀生四象、四象生八卦——生理性別有兩種，卻能派生出這麼多你我想都不敢想的可畏玩法——五十年五千年五萬年的歷史全都掐頭去尾吧！上百個上千個上萬個人類的大感謝祭要來啦！留下最後兩個半小時的性愛大雜燴，在劇烈呼吸的公廁隔間裡，濃縮成女優臉上牽絲的濃精！

「是否要另存新檔？」輸入檔名，我按下enter。

我回到「【請神】之前看過某部，現在想要回味一下」的那個討論串。Wi-Fi沒通，所以只有預覽，發出去的留言字體也呈現灰色，所幸我的留言本來就不是給人看的。

我再次蹬上椅子，從上次跳樓失敗的那個地點眺望地面。

終於來到尾聲了，看到天空中那些滾動字體了嗎？我親眼見證了人類史這部A片的結局，這還是我第一次把A片看完。「讓卡司表滾起來！」我高嗥，「讓祂們讚嘆連連、驚懼不已！」

讓不可逆的宿命，接受這光芒萬丈的最後一擊！

「番號：SWEET REVE-793，不用謝。」

「謝謝，射了。」祂們這麼回覆。

本文獲二〇二三年第十屆青年超新星文學獎優等獎
——原載二〇二三年十月《印刻文學生活誌》二四二期

建國中學畢業，現就讀國立清華大學中國文學系。高中曾獲建中紅樓文學獎小説組首獎，二〇二三年獲清大月涵文學獎散文組、小説組首獎，以及印刻文學舉辦之超新星文學獎優等。現於臉書經營寫作粉專「馮剋廝」。

打拳頭——張郅忻

阿森叔看壁頂个月曆皮，舊曆二月初二祭祖个日仔會到了。從細到大，逐年拜阿公婆佢毋識無去。身體緊來緊弱，這駁仔愛擎拐棍仔正做得行路。阿森叔看自家腳骨恁無力，哪有半點像打拳頭个人？這係佢第一擺毋知到底愛去拜阿公婆無？宗親毋知會仰般看佢？

阿森叔係大窩口客家拳个傳人。九零年代，族長想傳承頭擺个客家拳。幾個張屋細人逐禮拜六來公廳練拳。有細倈，也有細妹。

「莫恁嚴，細人佇毋著啦！」族長勸佢。

「拜託！佢頭擺學打拳頭，逐日四點……」阿森叔應。

「阿森，你頭擺係幾多年前个事情？時代無共樣了。」

廳下傳來鐘聲響，五點了。幾隻屋簷鳥在樹頂啾啾滾。阿森叔擎拐棍仔慢慢行到外背。倈仔阿騰在門口放張藤椅，分佢做得坐等看車仔打發時間。行到門脣，明明無幾遠，行到滿身汗。正坐好，一台貨車堵好駛來。

貨車司機看著阿森叔，放慢速度。開車窗，大聲喊：「阿森師傅恁早！」司機个牙齒分檳榔汁染紅。阿森叔目珠金金，想看清楚係麼人。司機下車行到阿森叔旁脣講：「阿森師傅，你毋記得佢了哦？頭擺摎你學過打拳頭个阿壽啊！」阿森叔想起來了，逐擺企在壁角，又烏又瘦个細倈，共下學打拳頭个細人喊佢「細猴仔」。

「細猴仔係無？」

「這下變肥，當久無人喊佢細猴仔了！」阿壽笑起來像笑佛。

「細猴仔，你討餔娘了無？」阿森叔問。

「無啦，有佢早請你食酒了！」

「今年幾多歲了？」

「會四十囉。」

「恁夭壽，會四十還無討餔娘，你爺哀會愁死！」阿森叔搖頭，這下後生人毋結婚也毋降。阿騰也係恁樣，四十歲還無交過細妹朋友。

「你又毋記得了？佢爺哀早就無在。」無在了？係啦。阿壽个爺哀摎佢共輩，頭擺在市場賣豬肉。兩公婆車禍過身，伸正十歲个阿壽。

想當初時，阿壽厥爸愁倈仔毋罅高，會分人欺負，跍跍渡佢來學打拳頭。「阿森師傅，阿壽拜託你了。」還帶一盒林檎分阿森叔。

車禍該時，阿壽也在車頂，一隻腳骨斷了。阿森叔去醫院看阿壽，帶林檎切分佢食。後來阿壽分厥叔渡，逐禮拜騎自行車來公廳學拳。阿壽無像阿騰恁好个目水，一學就會，毋過當煞猛練。

「這下个細妹恁無目珠！」阿森叔講。

阿壽笑：「等阿森師傅摎𠊎紹介啊！當久無看著阿騰了。𠊎還愛去送貨，下二擺拜阿公婆正摎你兜打嘴鼓。」阿森叔無講話，對阿壽揲手。阿壽跳上貨車，車仔緊走緊遠。

阿森叔又係一個人了。雖然兩子爺共下戴，毋過阿騰厥姆無在以後，阿騰就無麼个摎佢講話。看著阿壽，阿森叔想起阿騰還係細人个時節。逐擺跈等佢，講愛學阿爸打拳頭。阿騰讀高中就變個人，講愛認真讀書莫打拳頭了。大學畢業去台北補習，考著公務員。大家恭喜：「阿森叔，你倈仔恁會哦！」阿森叔當然歡喜阿騰考著公務員，毋過還係有點傷心。想著第一擺看著這細孲仔，就想下二擺愛教這細人打拳頭。阿騰四歲就跈佢打拳頭。

阿森叔學拳个時節七歲，加倈仔三年。

該時，還吂搬到大窩口，還戴芝芭里老屋。大窩口全係客家人，芝芭里有客人也有福佬人。河壩對面就係福佬人个地。佢兜人多，逐擺來搶水。有擺，幾個福佬人走去阿爸个田，摎屘叔冤家。屘叔想打福佬人，分阿爸遽遽拉走。

「屌你姆！」轉到屋家，屘叔大聲罵：「你做麼个拉𠊎？𠊎正毋驚佢兜！」

「進滿，你仰會恁戇？佢兜人恁多，打也打毋贏。」阿爸講。

「𠊎就吞毋落這口氣！佢兜若再過來，𠊎一定會分佢好看！」

「𠊎韶早去大窩口尋族長，看佢有麼个好辦法。」

「𠊎摎你共下去。」屘叔講。

「佢也愛去！」阿森喊。佢最愛去大窩口，尤其上北勢大街，有當多人賣東西，仙楂仔、麵攤、豆腐花，比這位鬧熱多了。

「大人去講事情，你細人去做麼个？」阿爸毋准。

「阿森明年愛讀書了，分佢去看看也好。」屘叔係直腸直肚个人，平時對細人盡好。阿爸聽屘叔恁樣講，就無講麼个了。阿爸最大，屘叔最細，阿婆過身前交代阿爸愛好好照顧屘叔。屘叔愛个，阿爸當少講做毋得。

打早，阿爸摎屘叔帶等阿姆準備好个包袱，行去大窩口。族長戴个地方離公廳無幾遠。包袱裡背，有幾條番薯、弓蕉摎青菜。行在頭前个大人面色嚴肅，後背个阿森像出去搞恁樣歡喜。

朝晨行到晝，來到大窩口。阿森看著公廳个屋簷。阿爸摎屘叔無入去公廳，行細路去族長屋家。日頭當烈，阿爸尋著大榕樹，大家坐地泥，一人分一條番薯。行恁久，肚屎枵死了，阿森用手抹抹衫褲，就拿等番薯食起來。食忒正行去族長屋家。

族長屋家當闊，窗門雕花。廳下門無關，阿爸大聲喊：「順慶叔公！」一個老人家行出來，面容瘦長，有幾分像阿森屋家壁項掛个阿公畫像。老人家看著佢兜，笑等講：「係舜滿、進滿啊！遽遽入來坐。」

「叔公，敗勢，恁晝正來尋你。」阿爸看阿森念：「還毋喊人！」

「順慶阿太！」阿森大聲喊。族長順慶係「慶」字輩，輩分當高。

「逐日遊遊野野，也毋知拿書來看。你若有順慶阿太个一半就好囉。」阿爸罵阿森。順慶阿太个故事，阿森毋知聽過幾多擺。台北第二師範學校畢業，到東京讀明治大學，日本時代就做湖口庄役場助役，後來又做到新竹水利組合長，退休去義民廟做管理委員。阿姆有擺講順慶阿太像「蜞蚻」恁韌命，分阿爸罵。

「阿森還細，大了一定比𠊎慶。」順慶阿太看阿森問：「有食飽無？」阿森搖頭。阿爸一巴掌抨過來，阿森摸等頭那，毋知哪位做毋著。阿爸遽遽講：「正食飽啦！」

「唉呀！你兜大人食飽，細人還吂食飽啊。來，阿太拿好食个分你食。」阿森聽著，歡歡喜喜跈順慶阿太行。阿太拿出圓形鐵盒，裡背放當多餅，有心形、圓形，還有四角形。阿森拿一埕圓餅細細口慢慢食。

「今晡日仰盯盯來？」順慶阿太問。阿爸講起芝芭里福佬人來搶水个事情，順慶阿太聽著發閼罵：「該兜人緊來緊過分！這問題也毋係一日兩日了，政府也毋管，𠊎去拜託阿善伯，看佢做得來教大家打拳頭。學會了，還驚佢兜？」

「若做得請著阿善伯斯好了。毋過，聽人講佢這下歲數大了，無麼个想出去教拳。」

「你毋使愁，等𠊎消息。」

「承蒙叔公！𠊎無麼个東西，這一滴心意。自家屋家種个弓蕉、青菜。」

「下二擺人來就好，帶麼个東西。」

阿爸摎屘叔緊講承蒙正離開族長屋家。三人去公廳拜謝天公祖先正轉屋家。

「阿善伯到底係麼个人？」阿森問。

「細人就係細人，連阿善伯就毋知。」屘叔挑挑毋講。

「屘叔，拜託你摎𠊎講啦！」

「阿善伯係北部客家人裡背，武功最高个人。會軟拳，也會硬拳。會防守，也會攻。棍仔、刀仔這兜五色傢伙也會。也學過打獅。麼个就會。反正講你係阿善伯个弟子，無麼个人敢欺負你。」

「正式有恁慶个人？」

「當然有啊。佢會打拳頭，人又好，大家尊敬佢，喊佢『阿善伯』。」阿森想，阿善伯一定生到又高大又派頭。

像阿爸講个，無順慶阿太辦毋著个事情，聽講佢用當多辦法，阿善伯正講好。阿善伯戴芎林，到大窩口愛翻過山，還愛渡過鳳山溪，路程愛好多日。阿善伯按算來三隻月。大窩口這搭仔个宗親當多人愛來學。毋過芝芭里較遠，還有田事愛做。阿爸想來想去，決定使進滿去學打拳頭，學會了正轉來教大家。

阿森在旁脣聽著大人參詳學拳个事情，就學戲棚頂个孫猴仔，摸頭摸面，跍等馬步講：

「𠊎也愛去學拳！」

「戇牯！你正幾歲？學麼个拳？好好讀書。」阿爸一巴掌又抨過來。這擺分阿森閃過。屘叔看著緊笑講：「倨看阿森牯个手腳盡遽，講毋準下二擺會做張屋个拳頭師傅哦！」阿森聽著「拳頭師傅」緊頷頭。

「倨講做毋得就做毋得。」阿爸擎等钁頭走出去。屘叔對阿森搖頭講佢也無法度。

阿善伯來張屋个日仔會到了，阿森看著阿爸就拜託。阿姆對阿爸講：「你自家也大字毋識，做麼个愛你倈仔去讀恁多書？佢想學打拳頭，就分佢去，下二擺正毋會像你分人欺負！」

兩日過後，進滿渡阿森共下去大窩口。兩儕背等包袱，有衫褲，還有食个東西。阿姆還偷拿零角仔分阿森：「愛食飽來，睡飽來，知無？」阿森頭一擺離家，心肝肚也會驚。毋過，這係自家選个路，講麼个也愛行到底。

屘叔摎阿森戴阿伯个屋，離公廳無幾遠。阿善伯來大窩口係大事，張屋幾儕老人家早早在公廳等。公廳滿哪仔就係人。無幾高个阿森，爬到公廳唇頭个大樹頂。竹林外背打紙炮。阿森心跳緊來緊遽，比在廟台看孫猴仔大戰如來佛還較緊張。幾個人行來，帶頭个差毋多六十零歲，滿頭白毛，面容紅潤，行路緊遽。族長看著佢，遽遽帶大家去迎接。該日，族長在公廳前辦桌請阿善伯食飯，感謝佢行恁遠个路教張屋子弟打拳頭。

這係阿森食過最豐沛个辦桌。食到忒飽睡毋落覺，阿森看窗門外背个星仔，想起屋家个阿姆。

天還冇光，屘叔就喊阿森䟘床去公廳。阿森緊行緊啄目睡。

到公廳一看，當多人來了。十多歲到七十歲全部都有。屘叔對阿森講：「看起來你最細哦。」阿善伯也到了，企在公廳門口，跕等馬步。大家目盯盯看等阿善伯。

阿善伯看起來當嚴肅，毋像昨晡日恁有笑容。兩手揢拳頭、挺胸，腳睜向外背，膝頭無過腳尖。屘叔看到當認真。

阿森拉屘叔个褲腳問：「阿善伯在該做麼个？」

「佢頭擺看過老人家打拳頭，講這安到虛步。」

「虛步？愛企緊低緊好係無？」

「戇牯！企忒低就走毋遽。虛步最重要係穩。」

「穩。」阿森想學阿善伯企，結果跌倒，好得無人看著。阿善伯抱拳，用虛步向四方行禮，講這係「請拳」。阿善伯做一遍，愛大家跈等做一遍。無想著虛步看起來簡單，做起來當困難。阿森練到腳骨痺痺，跌倒當多擺。

阿森歸身痛，毋過實在當悿了，一下就睡忒。隔日自家䟘床，拉等屘叔去公廳。

「你這細人，正式當愛打拳頭啊！」屘叔緊擘嘴。阿森明明比昨晡日早到，還係有人比佢早。阿森毋想輸，遽遽去練習三戰吞吐浮沉。

這日練拳，可能係阿森較細，阿善伯有幾擺行到阿森面頭前教佢。阿森看著有人緊看佢。張屋个子孫多，阿森又戴較遠，逐年跈阿爸轉來拜阿公婆，還係有當多人毋識。阿森問熟事人，正知該人安著阿行。比阿森大兩歲，生到當高大，會讀書又會相打。

阿善伯緊來緊嚴，來个人緊來緊少。愛耕田、餔娘愛降，麼个理由全部有。半隻月過忒，伸二十零儕。

連屘叔也逐日喊當㤼。阿森當然試著苦，毋過無想過愛放棄。有時屘叔睡較晝，阿森就自家行路去公廳。除忒愛打拳頭，還有一隻原因，阿行。兩儕差無幾多歲，心肝肚想比麼儕較慶。兩人企个位，從後背、中央，到當頭前。阿善伯也當歡喜這兩個後生子弟恁拚。

半隻月過去，阿森學會幾隻步數。阿善伯愛大家尋對手對打。大人全尋著對手，伸阿森摎阿行兩個細人。

兩人還無講過話。

阿行看等阿森講：「細貨欸，愛摎𠊎打無？」阿森無愛阿行喊佢「細貨欸」，有兜看毋起佢个意思。毋過也無別儕了。

阿森做出「請拳」个動作。阿行企虛步請拳。相打毋係高个就較好，越高就代表做得攻擊个地方越大。阿行身體一沉，進步撩掌。阿森用左手接手，右手進步衝拳。兩儕緊打緊認真。阿善伯企到脣頭，大家也圍等看。

阿行一掌打來，阿森遽遽「跌馬」，抓著泥想愛朝阿行个目珠擲過去。結果又放手，跌倒在地泥項。大家為阿行搭手。阿行行去阿森面頭前伸出手來扶佢起來。

第二隻月開始，阿善伯教大家五色傢伙，大刀、長棍，連耕田用个耙仔也做得做武器。第三隻月，阿善伯愛大家用拳法學打獅。阿森摎阿行變當熟事了。阿行擎獅頭，阿森做獅尾，無輸專門个獅團。族長看著，愛阿森摎阿行在拜阿公婆該日打獅。

阿善伯轉去个日仔會到了，族長又辦桌請阿善伯摎學成个子弟。老个一張桌，後生个一張桌。阿行用茶代酒敬阿森。韶早，阿森就愛跈屘叔轉去。佢當然掛念爺哀，毋過想著看毋著阿行，還係有兜毋盼得。

「你轉去愛逐日練三戰，下二擺正毋會輸佢忒多。」阿行講。

「你放心，下二擺𠊎正毋會輸你。」阿森笑。

轉去芝芭里以後，屘叔摎阿森教附近幾個張屋子弟打拳頭。大家當早就跍，耕田前，先在禾埕打拳頭，打到地泥咚咚響。對面个福佬人正式無再過來尋麻煩。

逐年割禾，幾個摎阿善伯學打拳頭个子弟，會去下山鄭屋摎阿善伯㧡手割禾。阿森摎阿行也有去。逐日農事做煞，阿善伯會教這兜子弟打拳頭。一年過一年，阿行摎阿森讀中學，兩儕負責張屋拜阿公婆打獅六年了。

客家獅主要係青色，頭頂圓，四方嘴，老人家講這係「天圓地方」。頭擺，打獅个人流浪四方，嘴大正做得食四方。獅頭頂有八卦，打獅愛行七星步。阿森摎阿行个打獅當有名，除忒張屋，還有別位庄頭个人來邀請，全部分阿行个爺哀用愛讀書拒絕。

阿行當會讀書，阿森逐擺考試都係尾磡。國中畢業，阿行考著新竹高中，練拳無像頭擺認真。讀國中个阿森交細妹朋友。毋過對阿森來講，無麼个事情比打拳頭重要。拜阿公婆个日仔會到了，逐擺佢尋阿行打拳頭，阿行五擺有三擺無來。

細妹朋友係阿森个同學，兩儕坐隔壁。先生在粉牌寫詩詞，細妹朋友看阿森面臭臭，細聲摎阿森講：「你又在該想打拳頭个事情係無？阿行哥昨晡日又無來？佢看阿行哥係毋想打拳頭了。」阿森聽細妹朋友恁仔講，毋管先生還在該上課，大聲罵：「你毋知莫亂講！」細妹朋友嚇著，先生摎同學全看等阿森。結果阿森分先生喊去教室後背罰跕。

該日下課，阿森去阿行屋家。佢知阿行會留學校讀書，無恁遽轉，就在門脣等。肚屎枵就食路脣个烏鈕子。暗晡夜九點，阿行慢慢行到這位。書包鼓鼓，肩頭歪歪。「左右愛打平，身體愛正。」逐擺練習，阿善伯就會恁樣講。

阿行看著烏影肚行出个阿森，問：「你仰會來？」

「你問佢？佢還愛問你，昨晡日講好愛練習，你走去哪位？」

「讀書。」阿行講起來無要無緊。

阿森一隻拳頭過去，分阿行閃過。阿行書包擢忒，打轉去。阿行个嘴角流血，阿森个面也烏青。

「打鎛了？」阿行問。

「毋鎛！」阿森回。

「你毋係交細妹朋友了？你交你个細妹朋友，偓讀偓个書。」

「你講該麼个話？講好个，愛共下打拳頭到老。阿善伯過身个時節，你還答應佢，愛摎客家拳發揚光大，你全毋記得了？」

「偓毋係毋記得，係時代變了。這下哪有人愛打拳頭？正式對武術有興頭个，全去學跆拳道。你書讀毋好，還交細妹朋友，自家無用心，還好意思講偓？」阿行應。阿行厥姆聽著外背有聲，打開門喊：「係阿行無？」阿行背起書包，對阿森講：「這擺祭祖，偓愛考試做毋得去，你去尋別人練。」講煞就行入去。

阿森轉去屋家盡夜了。阿爸看著佢歸身傷，驚佢學人去做鱸鰻頭，拿棍仔緊打。阿森也無閃，企等分阿爸打。阿姆行過來講：「好了啦！愛打死你倈仔，你正甘願係無？」

阿行無愛打拳頭，細妹朋友也無插阿森。阿森毋想上課，逐擺背等書包出門，也無去學校。

國中畢業，阿爸就送阿森去隔壁庄个國術館。當久無打拳頭个阿森，重頭練習。一開始在國術館揙手，幾年過後在大窩口開間清河國術館，教客家拳。佢當想組打獅團，毋過這下學拳个細人無心出師，全係來打發時間。打獅愛盡多時間練習，家長也毋支持，讀書較要緊。

阿森當多年無看著阿行。聽厥叔伯阿哥講，阿行考著國立大學。讀六年正畢業。聽老人家建議，去考農會。這下在農會上班，無結婚也無降。

阿森厥爸開刀戴院。這日，阿森去農會辦阿爸个農保。佢看著阿行。阿行坐到櫃檯裡背，摎一個老阿公講話。

二十零分鐘正排著阿森。阿森拿等阿爸个印仔摎貯金簿，行到阿行面頭前。阿行變老了，頭那毛一半變白色。兩儕看著，久久無講話。

「恁久無見。你好無？」阿行先講。阿森笑笑，明明有當多話，結果一隻字就講毋出。

「今晡日愛辦麼个？」阿行問。阿森正想起有正事愛辦，摎印仔、簿仔拿分阿行。阿行手腳當遽，一下仔就辦好了。還摎阿森講，醫院有麼个東西愛記得留等，下二擺愛申請補助較方便。阿森講好，後背還有一個老阿婆等。佢拿出一張皺皺个名片。該係幾年前印个，仰般也發毋忒。

「這係𠊎開个國術館，有閒來尞。」阿森摎名片拿分阿行正走。

阿行看阿森行出農會，問面頭前个老阿婆：「阿婆，今晡日愛辦麼个？」

禮拜一下晝，阿森一個人在國術館打拳頭。打到忒認真，無注意有人開門。阿行行到壁角無出半點聲。等到阿森打煞，正看著阿行。

「你幾時來个？」阿森當歡喜：「今晡日毋使上班？」

「請假。𠊎做當多年，有當多假做得放。」阿行講：「你這位所當好，整理到當淨俐。」

「𠊎餔娘整理个。」

「恭喜你，討著恁好个餔娘。」

阿森有當多話想摎阿行講，又毋知仰般講。阿森企虛步，請拳。阿行看著緊笑，也開始請拳。正開始，阿行還做得還手。阿森看著阿行還記得，心肝肚歡喜，速度變遽，結果踢著阿行个腳骨。

「唉呦！」阿行跌倒。

「你有仰般無？」阿森行過去扶阿行。阿行汗流脈落，衫全濕忒了。阿森行去拿條淨俐个面帕，擲過去分阿行。阿行接著面帕，感覺著阿森个內功。

「生意好無？」阿行問。

「唉！你也知，這下愛打拳頭个細人緊來緊少了。」

「無法度，時代無共樣了。」

「係啦。時代無共樣了。」

過一日，阿森接著族長个電話。老族長過身當多年。新族長頭擺也識跈阿善伯打拳頭。堵好政府愛做地方創生，族長想用這機會傳承客家拳。

「你也知，政府愛看結果，最好拜阿公婆个時節分細人打拳頭、打獅，正有畫面分政府个人看。」族長講來講去全係政府，阿森試著當煩躁。佢從細到大，有政府像無政府。尤其做細人个時節，愛摎福佬人對拚，也係靠自家个拳頭。

「阿森啊，你看恁樣好無？」

「你看仰般就仰般。毋過，你知佢係阿善伯个弟子，毋會儘採放水哦。」

「這下大窩口張屋就伸你會頭擺个客家拳，全聽你个。」

阿森心肝肚想，族長講毋著了，張屋毋係伸佢會打拳頭，阿行也還會。想著阿行，阿森試著無恁孤栖。

公廳打拳頭係拜六朝晨。老公廳早拆忒，這下个公廳係新起个。來學打拳頭个細人全係張屋子孫，有細倈有細妹。送佢兜來打拳頭个大部分係阿公。該輩人正知頭擺人做麼个愛打拳頭，係為著生活。

第一擺上課，來个細人有二十零儕。阿森尋來阿行搀手。麼人知第二擺上課就伸十零儕。阿森當嚴條，有時講話像罵人，幾個細人驚到噭出來。阿行驚細人無愛來，摎細人補習，無收錢。補習个地方就在公廳左片个會議室。從細對讀書無辦法个阿森，敗勢先轉，就自家去右片个倉庫，整理頭擺老公廳搬來个東西。皮鼓、長刀，還有兩對獅頭。阿森用桌布慢慢捽。獅頭个色目舊了，大嘴毋知有幾多年無打開。

天暗，細人全部接轉去了。阿行看著倉庫電火還光，就行過去。阿森看著阿行過來，擎獅頭，打開嘴。

「唉！正毋係恁樣，佢頭擺就摎你講過了。」阿行也擎另一隻獅頭。

阿森決定下二擺拜阿公婆，愛分細人表演打獅。細人經驗毋罅，逐擺打獅會踏著別儕，無注意就跌倒著傷。幾個細人裡背，阿壽摎阿騰學到最好。阿騰讀國中，功課當多。阿行花最多時間教阿騰，阿騰一下變頭三名。做阿姆个看著倈仔功課變恁好，也放心分阿騰跈厥爸打拳頭。

拜阿公婆該日，公廳外背个大路停當多車仔，有高雄來个，也有花蓮來个。

請神請過，幾個細人在公廳頭前打拳頭。阿森看著有打毋著个地方，毋過，恁短時間做到恁樣當好了。打拳頭打煞，換到打獅。阿壽摎阿騰一儕企頭前，一儕企後背。獅頭請師傅整理過，還貼亮片。師傅講，這係這下最時行个款仔。

阿壽摎阿騰出場，大家盡搭手。兩儕著黃衫烏褲，阿壽瘦瘦个手骨擎獅頭，阿騰細義跈等阿壽，行七星步。公廳放等租來个跳台，打獅跳上台，兩儕順等跳台緊跳緊高，餔娘緊揢阿森个手骨。阿森也當緊張，看著對面个阿行，阿行看著佢笑，又比「讚」。阿森看著也笑了。

幾年過忒，阿行好恬恬發癲風，戴安養院。阿森逐禮拜去看佢，一開始阿行像頭擺恁樣笑笑，到尾正變毋講話，也毋想看著人。

公廳學打拳頭个細人無阿行補習，阿森嚴條又硬殼，一個個無愛來。國術館也開毋落去。

最尾一擺看著阿行，阿行歸身插管仔，做毋得停動。阿森看著阿行手指頭停動一下，就用手緊揢佢个手。「阿行哥，你有好兒無？」阿森問。阿行矚目，又緊看屑頭个矮櫃。「你想尋麼个係無？」阿森打開拖箱仔，看著一隻紙袋。阿森打開紙袋，裡背有一張舊名片。該年，阿森拿分阿行个。還有兩張相片。一張係烏白个，後生个阿行摎阿森擒等獅頭。還有一張係彩色个，佢兜摎公廳打拳頭个細人共下翕个。

「細貨欸會陪你。」阿森對阿行講。阿行該日暗晡過身。

阿行走忒，餔娘正分阿森知，有異多擺國術館做毋下去，係阿行偷偷拿錢分餔娘。阿騰無愛打拳頭，考公務員，多少也係知屋家个事情。

阿行做仙幾多年了？阿森叔行轉房間，打開拖箱仔，尋著該張烏白相片。阿森叔決定愛去拜阿公婆，佢愛去看爺哀、餔娘摎阿行。

拜阿公婆个日仔到了，阿騰駛車載阿森叔，兩儕無麼个講話。公廳路脣忒多車，阿騰車停較遠。阿森叔擎拐棍仔，阿騰扶等，慢慢行去公廳。

阿森叔坐壁角个凳仔，阿騰自家去放牲儀。

「阿森師傅！」阿壽行過來。

「愛食支菸無？」阿壽拿煙出來點火。阿森叔正⿰口尃一口，就聽著阿騰个聲。

「喊你莫食煙了。」

「唉呦，過年嘛！一支就好。」阿壽講。阿騰無再過念阿森叔，毋過面臭臭。

阿壽看著倉庫門開開，講笑問：「阿森師傅、阿騰，愛去裡背看看啊無？」阿森叔擎等拐棍仔想跋樓梯。阿騰、阿壽一儕扶一片，陪阿森叔共下行落去。皮鼓、刀槍還在，獅頭放到桌頂。阿壽撥撥獅頭頂个塵灰，擎獅頭。

「阿騰，來啦！」阿壽打開獅頭个大嘴對阿騰講。無想著阿騰正式行過去。兩儕忒久無練習，有時行無共片，阿森叔看到緊笑。門口毋知幾時恁多人在該看。一頭青色个打獅在暗摸摸个倉庫行七星步。

本文獲二〇二三年台灣文學獎客語文學創作獎

＊本文承蒙邱一帆先生、許家旗先生協助客語用字校對。

洪沛澤攝影

成功大學台灣文學系博士。著有散文集《我家是聯合國》、《我的肚腹裡有一片海洋》、《孩子的我》、《憶曲心聲》，兒少小說《館中鼠》，長篇小說《織》、《海市》、《山鏡》。另出版論文《重寫與對話：台灣新移民書寫之研究（2004-2015）》。曾獲金鼎獎、台灣文學獎客語文學創作獎小說首獎、馬偕傳教士紀念電影劇本首獎、年度最佳少年兒童讀物獎等。《孩子的我》入選《文訊》「二十一世紀上升星座：一九七〇後台灣作家作品評選」二十本散文集之一。

大腿山——程廷Apyang Imiq

火車到站，Kimi抬頭看一下遠方那片裸露白色岩石的山，哇，更白了、更大片了。還是小女孩的她曾用食指對著那片山，在空氣中使勁揮舞，像畫圖一樣，在蓊鬱的綠色底圖紙上，抹上一層層乾淨的白色，巨大的大腿山被塗上厚厚的藥膏。

大腿山，哈哈，她心裡笑了一下，其實沒有人這樣稱呼那座山，只是Payi（註❶）曾經告訴她，用那長滿皺紋的手，指著Kimi瘦小還沒發育的大腿：

「Btriq，Btriq ka nii，大腿，這裡叫做大腿。」，Payi再把手指向後方那座山。

「Btriq，Btriq ka nii uri，山，這裡也叫山。」

山有很多名字，dgiyaq、daya、yama……都是山：一整片山、分不出形狀的山、日本人說的山；Btriq指的是三角形的山，從頂端往下，從高處往低處，山的形狀從尖變鈍，從細變寬，寬得必須用手張開來擁抱的地方，就叫做Btriq。

她慢慢走出車站，兀自站在門口發呆，享受風涼涼地吹，她用紅色絲帶把頭髮盤起來，露出漂亮的脖子，風吹在髮絲上一陣癢癢的感覺。哥哥明明說好會來接她，火車只是誤點七分鐘，他走了嗎？還是沒來？Kimi耐不住性子，看著頭頂的大太陽，盤算著走回部落差不多半小時，也還好吧，總比台北木柵市場前那條小巷子，走五分鐘都令人覺得難堪，覺得厭惡。

離開部落的時候十五歲，就在這木造斜屋頂的車站前方，Payi握著她的手，眼淚在眼眶打轉，一句話都說不出來，好像魚刺卡在喉嚨，如果手上有刀子，她想用力劃開來，把魚刺取出來，讓Payi把話說清楚講明白。

她逃避Payi的眼神，遠望那座大腿山，白色的土石流，白色的瀑布，砂石車還在搬石頭嗎？記憶裡龐大的卡車經過家門前，連水溝裡的紅線蟲都會躲起來，Payi養的黑嘴狗依偎在路邊吠叫，揚起的灰塵像瘟疫一樣籠罩整條筆直道路。

火車站前有一條小小的商業街，步行不到五分鐘，無數家山產店：阿美、添丁、青葉、縱谷傳香……餐廳裡的野味來自部落，菜單上標準的國字，山羌是pala、山羊是mirit、山豬是bowyak，山蘇是sruhing……只要用「山」字開頭，味道自帶新鮮又充滿野性，吸引許多Teywan（註❷）前來。

Payi曾說Kimi像山羊，一雙腿細細長長，又愛爬上爬下，專挑難的高牆走，她卻不希望自己是山羊，至少是一條魚，順著水流往大海。

筆直商店街聚集很多Teywan，穿越過去就是Ngayngay（註❸）的住家，接著是蔓延山上和山下的Ipaw（註❹）。

每一種人有自己的邊界：Ngayngay居住在山邊及外側的田區，跟族人一樣務農為生，他們跟著日本人進來，等日本人走了以後住進他們留下的菸樓和積木房子。他們田裡豐沛的水源引自部落南邊的Yayung Qicing（註❺）——陽光照不到的溪，Kimi和那群野孩子戲水玩樂的地方。

國家幫他們搭建整齊又方便的渠道，清澈的水蔓延數公里，永遠不間斷，水田錯落，綠油油好幾片。Yayung Qicing的水經過部落卻無法灌溉自己的農田，地比水高，看得到水卻吃不到水，旱田水田，我們和Ngayngay最大的區別。

Teywan（註❻）住在省道兩側和車站的商業區，診所、雜貨店、五金行、木材行、西服店和眾多的山產店都是他們經營，初始全因大腿山後方的伐木事業聚集而來，伐木鐵軌沿車站往部落的山上爬行，日本人走了以後，鐵軌被族人拆掉賣給Teywan，取而代之一條蔓延六十公里的林道。

林道迂迴穿越大腿山，是檜木扁柏的運輸道，也是野狼125奔馳的山產之路。山羌、水鹿、山豬、猴子、竹雞……獵人們一包一包送給車站旁的山產店，一道道桌上的美食。

伐木停滯後，一群Ipaw因採礦及修築台九線，跟著軍隊一同進駐，他們的房子沿鐵路關建，每一間都是方形洞穴，門窗小小，像田裡的工寮。Ipaw的足跡遍布平地和山區，甚至在大腿山的登山口，設下管制站，儼然一座小部落，餐廳、卡拉OK、檳榔攤、雜貨店，他們緊握山上，帶來一台台卡車走過的粉塵和噪音。

從前，Payi常帶著她去大腿山底下的輔導會賣菜，一群難看的Ipaw聚集的地方，他們普遍有些年紀，手臂上刻有殺朱拔毛或是鯊魚刺青，其中一個斷了小拇指，舌頭卻像多一條，二條舌頭的老黃，負責開路及挖礦工人的食物，收購支亞干新鮮的蔬菜和山產。

他總是咬文嚼字說難懂的話，國小教室上國語課，有幾句寫在黑板上的成語，就從老黃嘴巴吐出：妖言惑眾、事半功倍、一無是處……字句抑揚頓挫，他張嘴：「黃花閨女要不要當我太太！」

黃花閨女要不要當我太太，多像老孫也會說的話。

Kimi的丈夫老孫，「老」到配得起這個字，老黃是他的軍隊同袍，在部落炸山挖石頭，他則在台北木柵教書教哲學，白紙上寫一堆Kimi看了也不會懂的字。「你懂馬克思嗎？沒關係，反正也不用懂，你不是大學生，也不會當教授。」老孫盯著她讀出白紙上的教學筆記，「長得標緻漂亮就好，會燒菜就好，這樣很好。」手溫柔地撫摸Kimi的屁股，她骨盆下意識地往另一個方向挪動，到底有多好，到底什麼時候身體才能適應。

每一個在床上的夜晚，Kimi的思緒像闖入兒時的田間遊戲，他們在田裡抓青蛙，腳印踏在混濁的泥地，追逐跳躍的雙腳，青蛙後腿張最開，向前逃竄，他們雙手等在稻根，青蛙撞上之前，一個一個放進塑膠袋。

內臟不用清，水滾了放進去，哥哥袋子一倒，Kimi鍋蓋立刻闔上，青蛙在熱水裡跳舞，青蛙不會叫，Kimi也不會叫，在床上發不出聲音。

「叫啊，老婆，幹，老婆叫啊，我屌很大吧，夠緊的，啊……叫啊！」老孫幾乎像搖著尾巴的狗，哀求她施捨一個聲音，一個key。Kimi不是沒嘗試，但聲音到了喉嚨就蒸發，像青蛙一樣，身體的溫度高速攀升，也許會死掉，老孫的屌像一根粗壯又厚實的杵，但無論怎麼使勁地搗，Kimi這個臼就是撞擊不出聲音，打不出黏膩可口的年糕。

第一次和老孫見面正是在大腿山，Kimi和Payi騎著機車去賣菜，箱子裡裝滿田裡的地瓜、青江菜、大白菜、龍鬚菜……還有老黃指定要的山羌肉，生鮮最好，流滿塑膠袋裡血肉模糊，鈔票就再多一張。Payi要她乖乖坐在機車上等，不准跳下來，不准進屋子，更不能跟這裡的人說話，Kimi點點頭。Payi解開綁在機車後面的蔬菜箱，箱子抬到肩膀上，走進輔導會旁邊的餐廳。

老孫遠遠地從河邊走來，影子被太陽曬得拖到溪流一般長，湊近時，連同他布滿皺紋的雙手，隨流水碰觸Kimi的肩膀「小妹妹幾歲了？」她趕緊從機車上跳開，眼睛隨著頭上的流籠線頭滑到對面大腿山，停留在光滑觸目的採石場，她的雙腳站立在河邊，夏季沒有颱風的水平平靜靜，風吹在她赤裸的雙腳感到一陣黏膩。老孫跟著她的腳步來到眼前，「要吃牛奶糖嗎？」他從口袋抓出一把糖果，方方正正地擺置於手掌，黑板上的加減乘除。

Kimi緊張地拿一顆，拆開包裝紙，把糖果塞進嘴巴裡細細咀嚼，聲音小到只剩水中石頭撞擊的聲音。老孫從頭到尾盯著她，從腳趾到頭頂，再回到上下左右搖晃的雙唇，「小妹妹真的很漂亮啊，眼睛那麼大，幾歲了啊？有十六歲了沒？」老孫在太陽底又問了一次。

下午四點，夏天的太陽依舊炎熱，Kimi走過熟悉的街道，龍眼粒粒分明，樹木和農田有垂直水平的隱形線，按照位置謹慎布置。離開漢人社區，轉進通往部落的小徑，眼前景象驟變，盡是高低錯落的樹冠和雜草：茄冬樹、樟木、梧桐，葉片亂七八糟卻又自由自在，偶有母雞帶小雞在一旁啄蟲吃。

馬路前方冒起海市蜃樓，實在太熱了。摩托車的撕扯聲從後面傳來，她回頭看，遠方一個年輕男生打著赤膊，嘴裡叼著菸，微長的捲髮在空氣中糾結，害羞的她低下頭，看雙腳的影子在冒煙的柏油路交換前進。

機車停在她身邊，「要不要載妳？」Kimi眼睛看著他，熟悉的臉孔長得好精緻，五官挺立，眼睛深邃，唇上和下巴伏貼稀疏的鬍鬚，講起話顯得輕浮卻又自然率性。

「上來啦，還有一段路呢，妳會走到蒸發喔，太陽會吃掉妳，我載妳啦。」他暴筋的前手臂駕著摩托車，厚實的肩膀像btriq，胸肌寬大兩片，小腹微微凸起。Kimi對這樣的模樣感到熟悉，不是做農就是綁鋼筋，像哥哥也像部落其他男人。

她還在猶豫不敢動，「上來啦，多難啊，又不會抓妳去賣！」男人右手拉著她往車後甩，機車再次啟動，Kimi的臉燙得像排氣管。

「妳是怎樣，認不出我囉？Ayung啊，才去台北幾年，眼睛就壞掉囉，我是Ayung啊。」他一邊說話一邊回頭，鬍渣卡在肩膀，左手抓肚子，右手按住機車龍頭。

「原來是你，我認不出來了啦！」Kimi腦海裡翻出那一個個赤裸地橫條肋骨，從前還那麼乾扁，現在Ayung全身像長齊的樹豆，一顆顆斗大又有活力，滿是青春氣息。

「怎麼那麼久沒有回來，妳回來幹麼？不是結婚了？老公沒有一起喔？」Ayung的問題是一陣陣迎面而來的風，有些可以停留，有些寧願撇過頭散去。

「你話好多！」Kimi乾笑，「我Payi生病，才會回來啊！」她的雙手擠在Ayung寬大的後背，保留空隙讓風繼續吹。

「哇，那時候才國中畢業，現在變得那麼漂亮，又會打扮，去台北果然不一樣……還有香味，擦香水吼，太漂亮小心被吃掉喔。」。Kimi聽著輕浮的話，心裡反倒覺得舒服。

「你呢？結婚了沒？」Kimi問。

「結婚喔，算了吧，那麼麻煩，都是錢錢錢，交女朋友還比較自在，我女朋友很多喔，妳要不要也當我女朋友，就算妳已經結婚也沒差啦，大家都說他老到可以做妳阿公，我還比較適合！」Ayung的嘴巴像樹葉一樣毫無節制，沒有規則地亂竄。

「你白癡！」Kimi大笑。

「到啦，妳家到了……」機車駛到家門口，沒等話說完，Kimi迅速跳下來。

Ayung拉住她的手腕：「難得回來一定要再約，跟妳說，我山上蓋了新工寮，我爸死後，沿著那條稜線上去全部都是我的獵場，都是我的地盤，妳來，可以烤火，可以吃肉，小喝幾杯，還有……我們小時候玩過的那些石頭，我的山上超多，我蒐集好多，放在竹床底下，妳記得嗎……」

Kimi不知道第幾次暈紅了臉，甩開手掌，什麼都沒說，迅速跑進矮小的房子之中，跑進那些難忘的回憶之中。

大腿山的對面，是一座平坦的山腹地，上面一處Payi種田的天地，她和Payi一起工作時，一個人發慌就撿田裡的軟玉，這個山頭處處軟玉，圓的、扁的、長柱形，鑽了洞的、敲掉半邊的，摸起來平滑柔順，像黑嘴狗的背脊。

好幾次，她摸了摸圓柱那塊，再偷偷塞進雙腿之下，玉石被她的雙手搓揉得有些溫暖，碧綠色的表面上浮起一顆顆小黑點，像難以化解的情緒，長久地淤積在喉嚨，她伸手滑過去時難以言喻，好喜歡這種感覺，樹葉在唱歌。

Payi好幾次問她為什麼每次蹲在梧桐樹下，肚子痛還是挖田鼠洞，小心被人說在找香菇。

「我撿石頭回去玩跳房子啦。」她模仿山下那群小孩，假裝自己喜歡跳房子，敷衍回應。

他們都是一股野勁，Kimi也是，她根本不喜歡跳房子，她更喜歡玩追逐遊戲。有次，Ayung和幾個小男生丟掉上衣，喊叫脫衣服跑得比較快，Kimi看著猛烈起伏的胸膛，精實的肋骨更顯修長，像筆直的檳榔樹，兩顆小黑點像按鈕，她毫不客氣跟著脫，沒多久就被Payi拉著耳朵拖回家。

●

「外銷是不檢點，出去賣的啦！」

「外銷是去賺錢，那些日本人多喜歡我們的女生，你看那個Yuli家的房子，不就這樣蓋出來。」

「外銷沒有不好啦，我外婆以前就說要結婚就要嫁給Ipaw，比較不會這麼辛苦。」

Kimi兒時就和玩伴不斷討論「外銷」的事，很多姊姊阿姨被送去美國、日本或是台北，大家都說他們是去「外銷」，用太魯閣語念出來變成Waysiaw，好像本來就屬於族裡該有的字。只是沒想到自己最後也變成Waysiaw，外銷到木柵。

剛到台北木柵的那段日子，Kimi怎麼樣都睡不著，她受不了老孫總稱讚她長得漂亮，雙手總搓揉她的臀部，好像她全身沒有其他地方可以觸摸了，夜晚難熬，白日更難熬。

Kimi被囑咐清掃家裡，洗衣煮飯，等老孫教完書回來。她走過道南橋去木柵市場，地板濕濕滑滑，味道五味雜陳，攤販挨著攤販，鮮魚肉塊還有服飾手飾，悉數擺在同一個視窗之中。認出她的人喚孫太太，認不出她的人說你山地人，你番仔，山地人肯定要吃肉，大腿肉好不好，買一斤回去吃啊，花蓮來的番仔……

市場二樓有一間圖書室，她偶然發現這裡竟是唯一可以安靜的小天地，躲避那些難以遠離的標籤。她學著其他人坐在沙發上翻報紙，在層架上解開祕密。她常翻閱家庭健康及衛教的書，認真檢索那些夫妻性事的文字和圖片。

從沒有人告訴她結婚後應該如何面對床上之事，她一直以為大腿之間只有Ayung和那些撿不完的軟玉，就足夠供應彼此永不停歇的歡愉，來到台北，她卻怎麼樣也喚不回從前該有的快樂。

老孫給她錢，要她買衣服，要她擦口紅，假日上館子吃水餃；老孫叫她老婆，在她脖子上吐一口難聞的氣，還有那粗大的陰莖，夜夜化身莽撞的斧頭往她身上砍，她把自己想像成堅硬的黑板樹，那些鄉公所列植在路旁的行道樹，砍完之後發出噁心的屍臭味，像木柵市場，像潮濕陰暗的景美溪，像老黃手中收到的那些山羌肉，堅持不要用火燻乾，生皮活肉的騷味直衝天際。

正是老黃將她像一隻平躺的山羌送入老孫手上，每一次Kimi跟著Payi去大腿山，老黃兩雙眼睛打量又打量，低頭跟Payi小聲說話，話語拼拼湊湊，有一些她聽到，有一些她沒聽到，沒聽到的那些隨部落其他人的嘴巴逐漸完整。

老黃對Payi說：「Kimi國中快畢業，已經算大人了，你們家也不能光靠妳一個人種菜賣菜，收購山產，妳兒子出遠洋多久沒回來了，妳媳婦去了台北就不見，現在這也是一種方法，讓小妹妹過更好的日子啊！對方是大學教授，怎麼樣都是讀書人，一定是大拇指的幸福啦。」老黃從大腿山下來，頻繁出現在家中客廳，搭配送不完的果乾、肉乾和高粱酒，最終讓Kimi坐上火車離開。

●

Ayung常來找Kimi，頭幾天說邀她唱卡拉ＯＫ，Kimi幾次說Payi生病沒心情，或是被哥哥攔住，說妹妹都已經結婚就放棄吧，山上那麼多山羊，你偏偏找她幹麼，放過她吧。後來幾夜，Ayung索性趁著夜晚在Kimi的房門外丟石頭，Kimi始終不願意打開窗戶，害怕斗大的星星就此全部落地。

某天，Kimi在窗戶底下看到一整排的軟玉，按照大小整齊排列成一直線，她發愣著看圓滑的表面，陽光曬得晶瑩剔透，卻遲遲不敢用手觸摸，怕就此回到那個她和Ayung兒時的遊戲。

小時候，她常和Ayung偷偷地潛入高大深邃的玉米田，他們折掉那些乾掉或半乾的玉米葉，整齊地鋪在玉米和玉米的間距之中。Ayung不知從哪找來山棕和月桃，更大片更柔軟的葉子，他說這樣更舒服哦。他們用雙手蓋了一座小工寮，一張屬於大地的床褥，一個個短暫夏日午後的祕密基地。為了不讓大人們發現，蓋好了又拆，拆好了又蓋，反反覆覆卻樂此不疲。

陽光浸流於兩人之間，他們把蒐集好的各種軟玉從口袋裡拿出來，放入一旁從山上引流的水桶裡。山水沁涼，Ayung把水潑在她臉上，Kimi笑著捏他黑色的奶頭，Ayung抱著她在舒適的床上打滾，月桃葉有一種浪漫的香氣，Ayung拿白色的花輕輕放在Kimi頭上，Kimi折山棕葉的尖頭繼續玩弄他的黑色鈕扣，「是不是這樣很舒服啊？」兩人異口同聲，邊笑邊說，邊說邊遊戲。

Ayung選一顆圓滑的軟玉，大小像香菇，放入口中慢慢吸吮，口水像溪流潰堤，衝破唇齒間，Kimi接過那一顆香菇，安靜地放入赤裸大腿之間，頭頂上的月桃花片片碎落，涼風在玉米葉之中窸窸窣窣。Kimi注意到Ayung額頭左方，有一條血管鼓脹得好像無數台卡車正載運著砂石，汩汩地來回穿梭，連帶肩膀上的鎖骨，摸起來堅硬地像開山刀。

「我們可以躺在這裡一輩子嗎？」Kimi問。

我們可以像老人家一樣在山上過夜，數算天空中還有幾顆即將掉落的星星，撿更多美麗的軟玉，當作我們的寶物，放在枕頭下，玩我們永遠停不了的遊戲。還有，永遠不用再進去大腿山。

「好啊！好啊！好啊！」Ayung對著玉米天空大喊。

Kimi把軟玉一顆一顆地收進口袋裡，此時，門外又再度響起Ayung的叫喚聲。

本文獲二〇二三年台灣文學獎原住民華語文學創作獎

註❶：Payi：太魯閣語，女性耆老之意，這邊指的是祖母。

註❷：Teywan：太魯閣語，漢人的統稱。

註❸：Ngayngay：太魯閣語，客家人。

註❹：Ipaw：太魯閣語稱外省人為Ipaw，為華語「義胞」之諧音。

註❺：Yayung Qicing：太魯閣語，清水溪。

註❻：Teywan：這裡的Teywan，專指閩南人。

吳欣穎攝影

太魯閣族，生長在花蓮縣萬榮鄉支亞干部落。畢業於台灣大學建築與城鄉研究所，現任社區發展協會理事、部落簡易自來水委員會總幹事、部落旅遊體驗公司負責人。曾獲多屆台灣原住民族文學獎散文組獎、二〇二〇台灣文學獎原住民族漢語散文獎、國藝會創作補助等，二〇二一年出版散文集《我長在打開的樹洞》（九歌），並獲台灣文學獎蓓蕾獎、Openbook好書獎年度中文創作、二〇二三年台灣文學獎原住民華語文學創作獎──小說等。

桃子——林佩妤

2019.12.15

我開始寫信給妳，因為我怕我忘了自己的語言，也怕妳學不會。

好久沒有拿筆了，這讓我想起童年和家鄉。我在七歲上小學，拿到了第一支鉛筆，在那之前我和鄰居妹妹會撿來細樹枝，模仿哥哥寫字。筆握在手上的感覺還是好不一樣，它好平滑，要用手指用力夾住才不會溜走，我歪歪扭扭地簽名，覺得練習那麼久都白費了。

就像現在，手腕拖動筆的痕跡，紙放在硬床墊上的觸感，我還要一點時間才能習慣。

來到這裡第二個禮拜了，我說過的話也就是那麼幾句，「好」、「知道了」、「謝謝」、「吃飯」。說著另一種語言的時候，喉嚨和舌頭像住著另一個人，她有甜甜的聲音，乖巧聽話，又強壯，所有軟軟地應下的事都一定會完成。

他們把我的手機關機，藏了起來，說怕我被人找到。其實他們一點都不用擔心，沒有人會找我的，我們這種人早就習慣了彼此的失聯；警察也是，都多久了，他們根本就不會追來。

最近天氣應該不錯，妳那裡能看見太陽嗎？

這裡難得一連幾天都有陽光，只是穿過白色窗紗後，照進來的光都是一種髒髒的顏色，像老家旁邊那條泥沙滾滾的小河。他們說白天少開燈，浪費電，於是整個空間都泡在昏沉裡。沒有手機，我每天花好多時間盯著磁磚地上的影子變化，通常是糊糊的一團，偶爾才有點形狀。

後來，村裡突然傳說河的上游蓋了工廠，河裡的水現在有毒了，不能再去玩水。那天我正好從河邊回來，想不起水的味道有什麼差別，但確實覺得那天的河流特別僵硬，流不動，也沒辦法把我們浮起來。一直沒有人真的看過工廠，不過也沒有小孩再去了。

如果在那條有毒的河上，躺著不動，完全不動，那感覺是不是就會像在這裡：一點，一點下沉，沒有聲響也沒有人看見，被水用很慢的速度填滿口鼻，逐漸窒息，然後沉沒的終點是什麼呢……

好啦，不會的，我不會沉沒。

不就是這樣？和大家都一樣。又不是第一次了。還不習慣的時候總會胡思亂想，然後慢慢就會找到出口了，不是那扇我還沒推過的門，是另一種，讓生活還有風能透進來的出口，不用很久妳也會懂的。

晚安。作夢也是某些人的出口，如果今天半夜沒被吵醒的話，也許我會試試。

真想快點見到妳。

2020.1.31

妳真是我的幸運！上次寫信給妳之後，我那晚真的一覺到天亮。雖然不記得做了什麼夢，但我一直記得這件事，想著下次寫信時要告訴妳。

不過幸運總是有一點代價，從那之後阿公的身體變得不好，那天晚上他沒有起來尿尿，也是因為虛弱得幾乎動不了，我又太晚睡了，累得沒聽見他的聲音。我的工作變忙了，但其中一項是每個禮拜有一天要帶阿公去診所。我終於可以出門了！

生活總是這樣，一點點好，一點點壞。

我們今天也去了診所，不管天氣怎麼樣，外面的空氣都很好聞。阿公怕冷，在家裡不愛開窗戶，他的房間有一種尿、臭鞋子和樟腦混合的味道，為了照顧他，我最近都睡在他房間的地上。客廳和連通的廚房有一股霉味，我試過拿香水來噴，但它們只是疊在一起，沒有誰消失。

老闆好像都聞不到霉味，但她發現了我的香水味。雖然沒說不行，我想她應該不喜歡，台灣人都不喜歡。

今天是雨天，我其實很喜歡雨的味道，要是不那麼冷就更好了。雨水可以洗淨城市的髒空氣，在雨天裡呼吸，可以感覺到一大團空氣順暢地穿過鼻孔，流進身體裡，最後還可能在喉嚨嘗到一點泥土或鮮葉的味道。好像那些高樓柏油路都是幻影，雨水會洗掉它們，露出土地原本的樣子。

去診所很輕鬆。阿公不用坐輪椅，我們只要勾著手，一人撐一支傘慢慢走。醫生、護士和阿公都互相認識了，到了診所，阿公會自己到櫃檯，自己坐著等，再進去找醫生，我只需要扶著他，確定這一切有好好發生。

不過今天出了一點差錯。

今天我們比平常晚一點出門，到診所時已經很多人了。等待的時間好長，我自己到外面走走。這不是第一次，阿公也知道，我都會準時回來。但今天走得太遠，算錯時間了，我回到診所時發現阿公在低頭打瞌睡，掉到他大腿上的號碼已經過了。

櫃檯的護士很不耐煩，我緊張地想要道歉，卻聽到阿公先說了「歹勢」。他居然自己挪到櫃檯邊，細瘦的身體在我背後擋住天花板的燈，就像一座可以憑靠的高高的牆。

像爸爸在我小時候那樣。

阿公真的人很好。後來，他還教我怎麼用手機玩遊戲。老闆給了我一台按鍵式手機，裡面只有她、她老公、醫院、警察局的電話，和最基本的按鍵遊戲。「妳以後無聊就可以用這個吼……」我一直拍阿公的手背，跟他說謝謝，他浮在皮膚上的青色血管好像隨時會爆裂。

其實我早就知道那個遊戲，也早就在阿公睡午覺的時候玩膩了。我不怕無聊，我怎麼還會怕無聊？我只是很想一個人在路上走走。

一個人走在台北街上，沒有一直想到工作的時候，台北好像才是小時候認識的那個，「流星花園」裡的台北。有時尚的男孩女孩，他們有用不完的時間和精力，在彼此身上隨意揮霍。我當然知道那些少爺的霸氣暴力、皇宮一樣的高級房子都是不現實的，我只是很喜歡那種充滿自由和希望，什麼都有可能的感覺。

妳會懂嗎？只是走在人行道上，輕碰一棵行道樹的葉子，想像它可能也曾經飄在某個偶像明星的身上，就覺得好親近、好神奇喔。那時候我不是阿公口中的阿玉，我是Ayu，和任何一個匆匆經過的行人都一樣——我沒有想成為台北人，我從來不會奢望自己可以。我只是想感覺真切地走在台北裡，不只是困在一座廚房和沙發之間，一個沒有時空，正緩慢下沉的孤島。

不過感覺到阿公這麼站在我這邊，我還是很開心。那天走回家的路上，我把攬著他的手往上提了一點，讓他的手臂抵著我的胸部，當作獎勵。

啊，不知道該什麼時候跟妳說這件事才不算太早，不過早點知道總不是壞事。男人一直都是小孩，長大只是讓他們學會演戲。Agus、Nicole爸爸、阿公，他們看著我胸部的眼神，全都還是肚子餓的嬰兒看見乳汁的樣子。

這是真的。我原本以為阿公不會這樣，他那麼老，那麼慈祥溫柔，直到我發現他假裝經過門邊偷看我換衣服。比起失望，我反而鬆了一口氣，好像找回一點熟悉感和掌握能力。太完美才讓人不安，怎麼會有人是完美的。

阿公的手臂像棍子，沒有肉的觸感，一點都沒有色情的感覺，比較像某種健康檢查時用來托住胸部的設備。他也沒有說什麼，只是一路上都掛著笑，像小孩被請吃糖果，不想聲張又忍不住得意。就像他每次在我彎腰或沒關好門時「順便」看一下，真的只有一下，又慌忙避開的樣子，我幾乎要覺得可愛了。

偶爾，這也讓我想到Agus，他喜歡看我慢慢脫衣服的樣子。但想念得在這裡止住，不然那些畫面會讓人想笑，又在消失後痛苦，而且越來越渴望。每次Agus出海，我們就沒辦法聯絡，也不知道他什麼時候會回來。等待看不到終點，所以我最好讓自己不要上癮。

我是不是也不應該太期待見到妳？不過，如果什麼都不期待，好像就不知道為什麼要努力生活下去了。

可能就是這樣吧，一點點痛苦，一點點希望。

晚安，我還是會期待快點見到妳。

2020.5.24

抱歉一直沒有坐下來寫信，收不到回音讓人沒有動力。但我常常在心裡跟妳說話喔，總有一天我會把它們全都親自說給妳聽，總會有一天的。

自從上一封信到現在，日子改變了很多。最不一樣的是，現在出門都要戴著口罩，量體溫噴酒精。汗會讓口罩貼住臉頰，裡面都是蒸氣，感覺沒有氧氣可以呼吸。酒精在夏天涼涼的，很舒服，受不了的時候我會偷抹在脖子後面。好多地方的門口都要排隊。

阿公說，外面有一種很可怕的病毒，但他們的政府很厲害，人民很配合，病毒一定很快就活不下去了。我比較想知道印尼的政府是不是也這麼厲害，酒精夠不夠多？

我現在越來越常和阿公聊天，他以前是老師，懂得很多。阿公說第一句話的時候，我通常只聽懂一半，他不會用手機翻譯，所以要很努力找簡單的字，加上比手畫腳來解釋。我喜歡這樣，可以多練習中文，阿公好像也覺得很有趣，反正我們的時間都多得用不完。

另一個會和我聊天的人是Dewi，她是我在診所認識的新朋友，也是印尼人。她打開了我的世界。

我們是在診所遇到的，第一次說話我就哭了。好久以來我第一次聽到另一個人說印尼語，不是Google翻譯的冰冷語調，也不是我迴盪在無人客廳的喃喃自語，是另一個握著我手的人，一個音一個音黏在一起，充滿感情，像田裡濕潤的土。

她告訴我，住在附近一區的印尼勞工們有個社團，平常會在群組中聊天，假日有時也一起吃飯逛街。雖然我現在不能上網，她還是邀請我加入群組，我們還交換了電話，她說有什麼活動或資訊都會告訴我。

之後我們還是常在診所遇見，有時候阿公會在看診後說要休息一下，讓我們多聊幾句再走。假日我們也會講電話。妳能懂嗎？那不只是交到一個朋友，是我和印尼、和外面的世界，終於又有連結了。我和妳說過出口吧，和阿公聊天、想像和妳聊天、想像再次見到Agus，這些都是出口，但只有這次是真的。它是我封閉在老闆一家人、醫院和公寓間的生活的一道裂縫，就算只有一根手指能穿過，還是碰得到外面的風。

但這有時候讓我更孤單了，尤其在假日。老闆和老闆的老公都在家時，我不好意思和阿公一直聊天玩鬧，又想到外面就正有一群印尼姊妹，可能正開心地相聚，就覺得一個人看陽光特別刺眼，雨聲也特別讓人煩。

幸好還有Dewi，她好會說故事，每次聽她分享和其他姊妹發生的事，我都感覺就在現場。

也許我下次該試著問問老闆，她很善良，一點都不像上一個老闆，應該會答應我出去玩一天的。說不定我還能去找妳，只是想像就讓人好激動。

祝妳平安健康，不要遇到病毒，我們很快就會見面的。

2020.6.3

我失敗了，也許Dewi說得對，老闆沒有那麼好，怎麼可能會那麼好。

今天Dewi告訴我，她和其他姊妹星期天會去地下街。我也問了老闆，我把全部都說了，從我們怎麼在診所認識，到那個印尼姊妹社團，我沒見過Dewi以外的任何人，卻好像都和她們相識好久了。我發現自己的中文變好了很多，一下說得太開心，太晚才注意到老闆慢慢皺起的眉頭。

後來老闆跟我說了好久，不知道是不想太直接，還是怕我不理解，但她說得越多越繞只會讓我越昏。總之我想我沒有漏掉重點：在外頭少和別人互動，能不要就不要，看完診就趕快帶阿公回家，什麼其他地方都不要去。

我的表情可能變得太快，老闆一直說抱歉、不好意思，說病毒也讓她很辛苦，每次她要求我之後都會這樣。但這次我沒被打動，反而有種抽離的感覺，不太相信她表現出的任何感情。

前幾天，Dewi才知道我這半年多都沒有放假，也知道了我的薪水。「這是違法的！」她在診所外大叫。

「我也是違法的。」我說。

我不喜歡和Dewi聊到這個話題，因為她會變得好陌生。不管我怎麼嘗試說出惡魔前老闆的凶狠可怕，或和她分享現在的老闆有多友善，她都是一副冷冷嘲笑的樣子。她總是說我不應該從錢多休假也多的大房子逃跑，工作是為了賺錢，不是交朋友，朋友只能在和錢無關的地方遇到。

「像我們啊。」

她放軟聲音，攬住我的肩膀，那是我記得的最後一句話。一直到牽著阿公走了，我的腦袋裡都還轟隆隆的，一片混亂。

那些我不喜歡回憶的畫面又不受控制地回來了。乾淨冰冷的大理石，讓整間房子都冷到刺人；細跟高跟鞋的喀喀聲，血一樣紅的嘴唇一開一闔，大吼或咋舌或吐口水。那間房子裡明明還會有Nicole軟嫩清亮的笑聲，和Nicole爸爸天使一樣的關心，但那些令人頭皮發麻的總是最先出現，伴隨著眼淚埋進枕頭後的吸氣聲。

我只在Agus以外的人面前哭過一次，在第一個月去給仲介錢的時候。但仲介阿姨沒有理我，只叫其他姊妹把我帶開，她們圍著我反反覆覆地說，告訴我各種更悲慘的遭遇。妳不該抱怨的。雖然她們聽起來很溫柔理解，背後真正的訊息就是這樣：妳拿的錢多，每個禮拜都放假，照顧的還是乖巧的三歲小孩，妳別抱怨了吧。

很好，都一樣。後來我都對仲介阿姨這麼說，她都會滿意地點頭微笑。

可是真的只有錢嗎？Dewi比我多工作十年了，十年以後，我也會這樣想嗎？

其實我又不笨，做過幾份工作了，錢多錢少當然也有感覺。當它只是感覺，還能故意不去想，可以多看這家人對我好的地方，在心裡把它們相互抵銷。但被另一個人說出來之後，這好像就變成清楚的事實了：老闆一家人對我不好。

不對，應該說是有一部分不好。老闆和老闆的老公到現在還會搭配Google翻譯跟我聊天，在我學會新的中文單字時開心拍手。我還是相信老闆來幫忙我煮飯、要我試吃新口味的時候發亮的眼睛是真心的，我也相信阿公告訴過我這麼多事，總有一部分不是因為我的胸部屁股、不是因為他太無聊。好和不好都是真的，人不都是這樣一點點好，一點點壞嗎？

但為什麼，手被老闆握著的時候，還是有點想抽開，有點難過呢？

老闆還是直直看著我，我抬起頭，勉強地笑了一下。我理解她的擔心，阿公現在那麼虛弱，為他的健康多做一點保障也是很合理的。但她如果曾經站在我的角度想，一定會知道見見朋友對我來說有多重要。

最後我還是沒有收回手，我能怎樣呢？

不過，前幾天看新聞的時候，阿公告訴我台灣的疫情已經快過去了，應該很快就能恢復正常的生活。看到其他朋友，還有看到妳的日子，我想也不會太遠了吧。

晚安。大部分不好的人或事情都有好的那一面，在這個世界上，只要珍惜著這些就好了。

2020.11.5

我寫給妳的信都不見了。這一兩個月，我幾乎每天寫，全都不見了。還是其實已經過了三、四個月？我不知道，都不重要了。

老闆的老公在我幫阿公洗澡時，以為是廢紙丟掉了。老闆一直罵他，她雖然不知道那是什麼，但看過我寫了很多次。老闆的老公也一直道歉。我後來才發現是自己沒有反應，讓他們越來越著急，趕快說了幾次沒事，他們才鬆一口氣。

但好奇怪，我是真的沒什麼感覺。丟掉了也好，等到真的能交給妳的那天，我也不確定自己會不會寄出這段時間的信。

阿公不再去診所了，改成老闆拿好一個月的藥回家，偶爾有問題再和醫生視訊。老闆的老公常常在家工作。我不知道多久沒出門了。

我開始覺得沒有力氣，睡了多久都還是昏沉，什麼也不想做。時鐘的轉動變得很奇怪，時快時慢，我抓不準。自從某天看到時鐘的時候突然愣住，不確定現在是凌晨還是傍晚，我就開始設鬧鐘，提醒自己該煮飯、洗衣服，或幫阿公洗澡了。

該做的工作一項也沒漏掉，但我的生活和它們越來越脫節。早餐只是早餐，再也不代表早晨或一天的開始，只是停滯的時空裡一個規律的動作。我可能常幾天沒洗澡，也可能一天睡了好幾次，所謂的「天」已經沒有意義了。

沒和Dewi見面，我們也會講電話，不過忘了上一次是什麼時候。最近也比較少和阿公聊天，我知道老闆和老公在討論，阿公最近身體都維持得不錯，又不出門，他們也常在家，是不是不需要請看護了。只有我知道，就算各項指數都好看，阿公確實是在衰老，每天困在搖椅、床和陰暗的浴室，他的反應變慢，話和笑容都變得很少。那具身體裡有些東西在萎縮、消失。

我大概也是吧。沒有精神，沒有想法，沒有心情。

偶爾看著自己寫出來的東西，我才會恢復一點感覺——是害怕。那些混亂沒邏輯的字句，好像我已經發瘋的證明。

我會發瘋嗎？

日子不好就期待未來，但我真的不知道還能期待什麼了。病毒沒有走，它把世界凍住了。我不知道明天是不是會被趕出去，又能去哪裡。到處都在關門，全世界好多人死掉。印尼家裡的人都還在嗎？在海上漂來盪去的Agus呢？

為什麼一切會變成這樣？糟糕得像一場懲罰。我最近常常在想關於「要是」的問題，會不會有哪一步是我走錯了，原本可以不用走到這裡的？

要是我最後一次出門時偷跑去姊妹的聚會，交了一些新朋友，現在會不會覺得好一點？

要是我和Agus去了海上，我們現在會不會全都抱在一起，隨著海浪滾動的韻律入睡？還是已經染上病毒了？

要是我少一點在前老闆罵人的時候和Nicole爸爸對視偷笑，她是不是就不會越來越歇斯底里，甚至有可能會接受我？

想法越漂越遠，我就會想起在訓練所的時候。所有準備出國的姊妹一起學習，一起聊天，為想家偷偷掉眼淚。如果知道未來是這樣，我們還會在上飛機前那麼開心地合照嗎？我還會和隔壁床因為消夜吵架嗎？

訓練所再往前就是卡拉旺了。我離開的時候吃著香蕉片，只記得那裡的風都是甜的，混合了香料、水果，和風吹開樹葉流出來的甜。要是爸爸在那前一天沒有喝酒，沒有在工作的路上出車禍，我現在大概還聞著那甜甜的空氣。

要是我繼續讀書下去，或要是我早點離開學校去工作，現在會是什麼樣子？

每一個「要是」都是一盞熄滅的，再也不會亮起的燈，把我困在陰暗的原地。請原諒我再也說不出充滿期待的話了，但我還是會什麼也不做地等著，等到這什麼也不發生的日子到個盡頭。

2021.2.10

我見到妳了。

桃子，我才知道她們叫妳桃子。謝謝妳那麼認真地吃飯睡覺，乖乖長大，謝謝妳讓我看見那麼可愛的樣子。

中國新年剛過，今年老闆一家人待在家，也沒有客人來。可能是真的太無聊，老闆和老闆的老公和我說的話也變多了。他們告訴我，貼了春聯放了鞭炮，壞事都會留在舊的一年，好的東西就要來了。

是啊，好事都來了。阿公的身體突然變得很不好，我又可以留下來了。天氣變冷之後，不知道為什麼，他連走路都很困難，常常大半天都待在床上。真的很對不起，我居然為這件事有點開心。

老闆把手機還我了，說是新年禮物。他們說很抱歉，之前也是不得已的，怕逃跑的我被發現，抓回去，阿公就沒有人照顧了。一年過去，他們總算相信不會有人來找我。我們相互擁抱，說明年一切都會變好。

還是他們其實是覺得阿公快死了，就算少了人照顧也沒關係？我不知道，認識Dewi之後我好常忍不住想太多。

老闆和老闆老公一離開，我馬上打給關愛之家的社工，她沒有接，到了晚上才打給我。她說妳很健康，很乖不愛哭鬧。桃子，我輕輕念妳的名字，覺得心臟震動得太用力，讓全身都在發抖。

「妳覺得她看起來是台灣人還是印尼人？」

「嗯？」社工停頓了一下，好像聽懂了什麼，又好像正在理解，過了好幾秒才慢慢地說：「妳是印尼人，只要帶桃子回印尼辦理，她就可以是印尼人。」

電話結束後，她用簡訊傳了照片給我。

妳趴在地墊上，小手握著拳頭放在臉旁邊，臉頰圓鼓鼓，直視鏡頭的眼睛好亮好亮。我覺得妳就是在看著我。一股熱流從胸口燙至全身，我動彈不得，直到水珠滴在螢幕上才發現自己早就哭了。最後一次見妳還只是一團小肉球，眼睛鼻子嘴巴和手腳都不清楚，在我的手臂裡，那麼小，哭聲那麼弱，好像一下就會消失。一整年，我在心裡和妳講話，妳越來越像一個想像出來的人，樣子越來越模糊。

但我看見妳了，妳在這裡，不是我想像出來的。妳很好，努力在等著和我見面。

那天我整晚睡不著，想起好多好多以前的事。我躺在阿公房間的地上，這裡很寬敞，卻一直想起海港邊那個又擠、又不通風、塞滿濕悶臭味的房間和床。我在那裡嘔吐、抽筋、頭痛到把指甲掐進手心。醒著太糟，太讓人想放棄了，Agus叫我多睡覺，但大部分時候我都卡在睡眠和清醒的邊緣，就像在生和死中間拉扯。

「我不要了！」有一次餓了一整天，等到Agus回來才吃到飯，一下又全部吐出來了。我看著瘦了好多的Agus，抱著抽痛的頭大叫。他蹲下來，一隻手摸我的臉，一隻手放在我的肚子上。

「妳說過的，他是我們的禮物。」他看著我，Agus很少那麼認真，一個字一個字慢慢說，好像要把它們刻進我心裡，「現在放棄的話，前面的全部都白費了。」

我真的記住了，在以後每一次辛苦的時候，學他的樣子說給自己聽。

我已經做過太多壞事，不能放棄了。

從我扛著行李，看最後一班公車開走，決定再也不回那棟豪宅的假日；不對，從更早之前，從我不躲開Nicole爸爸放在我頭上的手，時常對著他笑，從我走進他的書房，在他遲疑地停頓時跨坐到他腿上的那個瞬間，就停不下來了。我不知道自己是在贖罪，還是壞事本來就像山崩，只會越來越多，反正就是停不下來了。

我沒和任何人說過這件事，除了怕Agus知道，更是覺得丟臉。我真的有那麼一下子，期待這樣能傷害前老闆，我以為Nicole爸爸從此會對我更好。

其實在穿上褲子的一瞬間我就想到了，是我先開始的，我什麼都不能要求。惡魔和天使才不會分開，只有我可以隨便被丟掉。我努力地保持笑容，走出書房，其實像走在水上，隨時會翻倒沉沒。我們原本可以假裝什麼都沒發生過，但驗孕棒上的第二條線那麼紅，好像在說：沒有祕密是藏得住的。

我丟下Nicole跑了，沒有去付最後一個月的仲介費，我在找到下個工廠的工作前都沒寄錢回家，我沒和Agus說實話，他為了先拿到去診所生產的錢，在看見妳之前就上了遠洋漁船，直到現在都沒有消息。

做了那麼多壞事，我擔心我會恨妳，讓我的生活變成這樣。但妳的第一聲哭聲就讓整個世界亮起來了，我知道妳真的是禮物，是我接下來要努力的原因。

我不是壞人，只是在做一個媽媽。

姊妹介紹關愛之家給我，說社工和保母可以照顧妳。那是妳出生第九天，第一次從我的手臂離開，那裡的風好冷，吹進我突然空了的胸口。那時候我就和社工約定了，一定會存到錢，帶妳回家。

妳不在的日子也沒有比較輕鬆。脹痛的胸部讓我一直睡不好覺，乳汁總是把衣服弄濕，我總在發冷。在工廠整天坐硬椅子或搬東西，下面的傷口發炎一直好不了。身體的痛都握緊拳頭就能過去了，最可怕的是沒有盡頭的擔心、想念和愧疚。有時候我甚至想，是不是不該讓妳來到這個世界，妳應該快樂地繼續在上頭作天使，Agus也會繼續住在岸邊的船上，聽我抱怨惡魔的壞脾氣……

但都過去了，那些辛苦好像都是為了讓我像現在這樣看著妳。

啊，寫到這裡手好痛。最近一直用冷水洗菜洗碗和衣服，手指的關節都裂開了，一塊一塊紅紅的。

前幾天我問阿公：「你很痛嗎？」我覺得自己又做了壞事，我應該幫他祈禱的。他的身體回到之前那樣或早早上天堂都好，就是不該卡在這裡，雖然這讓我有工作。他那時精神很好，摸了摸我放在床邊的手。他說，痛不是壞事，可以讓我們知道身體有問題了，需要幫忙，然後我們才會變得更健康。

我想妳一定也很辛苦，和那麼多其他孩子生活在一起，也許沒有足夠的衣服或食物，沒有很多玩具可以玩，沒有人陪。桃子，一點痛是好的，我們會長大，會變得更好。

外面又有咻咻蹦蹦的聲音，拉開窗簾，應該可以看到很多顏色的煙火。新年快樂，桃子，好的事情都要來了。等到病毒消失，我也存夠了錢，我就要去接妳了。

本文獲二〇二三年第二十二屆紅樓現代文學獎現代小說組首獎

現就讀台灣大學社會學系。曾獲台大文學獎、紅樓文學獎、台積電青年學生文學獎等。曾出版小品文集《長大後，不想忘記的事》。

聖水——偷筆

過年前的台北，十幾度下著小雨。我撐著傘在木柵動物園門口找到穿著黃色輕便雨衣的哥哥。

「啥物風共你吹來？還會找我來動物園喔！」難得他今天沒有穿宮廟衫。

「無啦！tshuā我朋友來踅踅（seh）——」他說得越來越心虛。

「喔！信主得永生的姼仔（tshit-á）彼个。」現在才有機會好好看看哥哥，怎麼好像又更胖了。

「哭爸啊，現在要說伴侶啦！」他向遠方人群裡穿著洋裝、眉清目秀的女生招手。我也回頭向她揮揮手。「我就參母仔講欲對你出來嘛。」還是一樣不會說謊。

「蔡豬哥欸！」他趕緊叫我閉嘴，不要讓他的伴侶聽到。

我在長頸鹿園區，看牠們用長長的舌頭跟樹上葉子舌吻。護欄把長頸鹿隔得好遠，距離讓我們的體型看起來相去不遠。但其實牠們好巨大，黃橙橙的鬃毛配上斑點，好美。

「你欲啉（lim）水無？」哥哥從後背包拿出媽祖平安水。我接過水瓶喝了幾口。

（哪有人出來約會還帶自己家宮廟的聖水啊？）

「麒麟鹿敢會當燖（tīm）補？」

這哪裡來的怪問題。「他們不同科，有鹿茸的是鹿科，牠們是長頸鹿科。」我拿起手機拍長頸鹿低頭的樣子。

「讀大學著是無仝（kâng），好有洨問。」雨變小了，他拉開輕便雨衣，從桃園悶到這裡的臭汗味撲鼻而來。我假裝沒聞到。「無啦，看你面色遮穤（bái），另工轉去乎阿母補一下。」我看了他一下。

「麒麟鹿相姦進前會咻對方的尿喔！」一般百姓最愛聽生物系的人講這種冷知識。

「幹，遮爽！啊下禮拜過年，你不找你伴侶來家裡吃個飯？」

喔。原來今天的主題是這個啊。「分手了。」「我今年過年不回家了，學校很忙。」

好像沒預料是這個答案。「喔，無要緊啦！」說完他跑回去找在涼椅上休息的伴侶。

（怕尷尬又硬要問，問個屁啊。）

離園時，雨過放晴後的夕陽拉長他倆的影子，信仰殊途的兩個人走到了一起。我好像可以再努力一下。

除夕夜外頭爆竹炸破八樓頂樓加蓋，震耳欲聾。電解質失衡的我一個人在地毯上痙攣。再次清醒好險只是大年初四。倒數第二次，一切都還來得及。

過完年三月分開學打工的錢沒來得及繳學費，沒差反正也沒有要念了。四月分房租也還來不及繳。這間住了三年的套房只有七坪。床墊棉被衣櫃都是房東的，只有白色地毯屬於我。

最近有條流浪狗時不時來打擾。我確定一下落地窗外的露台，沒有人，窗簾拉了又拉確定掩實了。台北的頂樓加蓋就是很麻煩，大樓蓋得密不透風，昨晚他跳著隔壁頂樓闖入我的露台，眼神閃著光注視著我。我假寐，不動聲色，直到天曉才聞不見他氣息，窗外露台只剩下他撒的一泡尿。回房裡拿來三十九元的藍色馬克杯，從壁沿吃力地撈起一小瓢，大概不滿20CC。用力往裡嗅，已經聞得到尿素久置腐敗的氨臭，夾雜著冷氣漏水的鏽蝕味。我大口哈氣，貓咪般的嗅覺消受不了這樣刺激氣味。往樓下倒掉杯裡髒水，拿露台灑水器沖掉地上的尿。回到盥洗台，重複洗了幾次馬克杯。住在台北頂樓加蓋就是很麻煩。

（沒辦法，今天還是得找上動物園的人，好煩。）

「今天約嗎？」我送出訊息。

「母仔說今天家裡媽祖生拜拜，晚上不回來嗎？」突如其來的訊息搶走了手機畫面。

「我今天很想——」（您已收回一則訊息。）

（好煩，你不是我現在要找的哥哥。我找熊又不是找豬。媽的怎麼有人可以放任自己胖成那樣，到底是不是同一個媽生的。）

放下手機，把蓮蓬頭拔下來。一般來說我都灌三次。頂加的水壓不夠強，必須瞄得很準。肛門灌滿水後，忍住三秒。拱起身子，像是一隻鯨魚，在海底憋氣，一二三，噴水排出氣和穢物，一二三再來一次。梅雨季太早報到的四月台北已經好潮濕，頭皮出的油黏著太久沒剪的頭髮。裝回蓮蓬頭開水打濕毛髮，我像是換氣太久的鯨魚，披著一襲黑亮的皮膚，但身體已經太黏了。

離開廁所前把藍色馬克杯順手放床下，然後恣意擱淺在白色地毯上。木地板吸飽了濕氣，我覺得此刻好乾淨。乾淨到當我看向天花板，天花板上的壁癌也長出一雙屬於狗的銳利瞳孔，盯著我看。

（我問心無愧，我直視著他，我不偷不搶。）

房東催討的訊息霸占住螢幕上半部。我小心翼翼控制手指，滑開通知，不要已讀，點回剛剛的對話視窗。

「哥可以借六千嗎？我打工薪水下來就還你。」

「啊不是上個月才幫你擋？」

（對方傳了一個醜豬的疑惑貼圖）

「房租差八千。」

「等一下匯——」

還沒讀完，訊息被收回。門鈴響了，天花板的瞳孔像是翻了個白眼，縮回壁癌的形狀。

他跟照片沒什麼差，三十幾歲留著寸頭小鬍子。皮膚有些痘疤痕跡，魁梧的肩膀掛著背心、短褲拖鞋，胸肌撐著乳頭若隱若現，圈內的標準熊腰虎背。其實長什麼樣子我也不那麼在意。

「我不玩髒不玩藥喔。」

水瓶裝了一公升的白開水，混入利尿劑，再倒進他的白色馬克杯。我讓他坐在床上，床單才烘過，自己則盤坐在地毯上。我跟他聊起那些無聊的開場白，對啊我學生物的你做什麼呢？喔上班族啊真辛苦。今天很悶熱吧多喝點水不要客氣，坐一下我去沖個澡。

坐在馬桶上，廁所門留了一個縫，讓我觀察他水喝完了沒。其實我已經好久沒去學校了，他身上的古龍水讓我想起大二的實驗課，老師帶著我們從豬的唾液中萃取出豬費洛蒙，雄烯酮。這是哺乳類動物中第一個被人類定義的費洛蒙。當時我聞了一口，鼻子紅著過敏了一週。我以為我是貓。鼻腔裡的鋤鼻器沒有隨著成長退化，我擁有比人類更靈敏的嗅覺受器。

上動物園很多次之後才發現錯了，我是長頸鹿。

「尿給我！尿在我臉上！」躺在地毯上，他拱起熊背俯視著我。趁還沒有完全勃起，我一邊刺激他的性器官一邊捶打膀胱。

「你這樣我硬不了。」嘴上這麼說，身體卻敏感顫抖著。「不是說好不玩髒，不玩聖水、不玩 Golden Shower……啊……」

（真想封住他嘴。）

舌頭潤濕他的性受體，但要留意還不能過度刺激副交感神經。一旦海綿體完全充血，壓迫到尿道就很難排尿。我要他尿，像長頸鹿交配前舔食對方的尿，透過鋤鼻器判斷對方是否在發情期。在他翻過圍籬逃去馬桶之前，我要用藕紫色的長舌頭征服這頭熊。

「啊幹，不行，啊，好爽——」「啊幹，好爽，啊啊啊！」

無論膀胱大小，生物的排尿時間平均都在二十一秒。前五秒舌頭涎著，好溫熱，像黑潮暖流沖進我的冬季太平洋。除了一點尿垢，新鮮尿液其實沒有什麼氣味。不自覺拉起他熊掌，摩挲起來溫暖得像我第一次去木柵動物園，在企鵝館裡迷路半小時，最後拎我回家的哥哥的手。那時候他還沒那麼胖，沒有脂肪阻絕熱傳導。

（必須逃出歡愉快感，我還有正事。）

接下來十秒拉回理智的我掩住他眼，搶過藏在床底藍色馬克杯接著，八、九十，最後一些被白色地毯吞噬掉了。

「我去廁所洗一下。」從他胯下爬出來，轉身顫抖的手小心護好馬克杯，放進房東附的小冰箱，還用杯蓋密封。雙手雙腳蹲在馬桶邊緣，嘩啦啦尿濺到小腿傳來熱感，但我現在並不在意。八、九十，尿液墜落的聲音越來越小。我是什麼時候開始不去學校的？

那堂課叫中醫與現代生活嗎？大一上學期週一早上八點的選修課程。全蠍、斑鳩治痙攣，孕婦不宜，葉老師講得起勁，同學睡到抽筋。葉老師竟從箱子裡拿出乾燥蠍子，問同學需不需要補一補。下課我跑到講台問葉老師，動物入藥常見嗎？蠍子乾燥了就沒有毒嗎？老師說吃多了才有毒。

廁所門外傳來咕咕嚕的叫聲，住在這裡兩年多了沒聽過鳥叫聲。

「我要長翅膀了。」穿好褲子開門，看到他從包包拿出吸食器和看起來很舊的白色塑膠盒。「你要跟我一起飛嗎？」抬起頭看著我，可愛又帶著陽剛的臉龐咧出幾乎不符合比例的笑容。

（剛怎麼沒注意到他眼窩這麼深？）

「是 Skype 嗎？」透著塑膠盒藥丸是藍色的，跟大一時葉老師給的一樣。老師說中藥也一樣，藥吃多了都是毒。說的時候我坐在他懷裡，環抱著我。聞到藥味有些暈眩不斷哈氣，聽說第一次都是這樣的。我說我們好像袋鼠，他問那要一起上動物園嗎？吸食器白煙裊裊如鼎盛香火，琉璃光殊勝十方接引。頃刻間他趴地低嗚咆哮像狼嚎，好瘦，我覺得我們更像是袋狼。

（很長一段時間裡，動物園是我們倆的暗號。當然現在動物園只屬於我。）

「你才幾歲當然只見識過 Skype 吧！」再拿了一些出來，才看清楚是綠色的 LINE。他眼神開始渙散空洞，眼窩越發深沉。他說他根本不是什麼上班族，他是這個學區升學高中的生物資優班導師，上個月才靠著 LINE 嗨了兩三晚趕完教學計畫。我趕緊確定他這兩週沒有用，他說又不是吸毒吸到腦子壞掉。放下心的我拿過藥盒，他繼續碎念念生物沒用啦我們都是食物鏈底層。

（我知道啊所以我不去學校了。為什麼葉老師還要來煩？吃藥也治不好老師們都愛說教的毛病嗎？）

我有些不耐煩，追著吸食器逃逸出的白煙不自覺地張開嘴巴露出犬齒。哈氣的同時看見剛剛還是活生生一頭熊的他，漸漸長出鱗片，顏色要比黝黑的皮膚再淺一些但又比白色地毯再深一點，我看得出神。他又追了幾口，抓住我的頭把藥呼到我嘴裡鼻腔裡，然後大力吸吮我比人類還長的舌頭。我纏上他的頸，在他肩膀上睜開眼看到他胳膊鱗次櫛比的鱗片一片片羽化成灰白漸層的羽毛。他挺進我身體的時候，我幾乎只悶哼了一聲。

（我忙著在想、哇噢，這是演化生物學課本嗎？上動物園以來從沒看過誰能幻化成羽類。）

「咕咕嚕！」他大力揮動上臂，羽翮飛肉弓起身子隨時準備起飛。我再補幾口，鎩羽也要和他一起騰空盤旋。藥讓鋤鼻器受體燥熱在神經網路竄動，每個突觸都更緊密連結，連他揮動翅膀拍打我的臀部都讓我血脈賁張，幾近多巴胺高潮。他的性器並不長卻浸淫尿道球腺液，抽動我幼弱敏感的腸壁焚炙攝護腺。我的鱗片也開始脫皮孵化羽毛，像隻雛鳥被他牽動不能自已。我開始跟著嘔哾鳥鳴，學習鳥類傳遞訊息的方法。

我感覺到他的汗在我濕冷的背上膠著。一念無明，越是用力捅進我的身體，腸壁傳來的炙熱感就越發委靡不振。一旦起心動念，定是要在畜生道裡一念復一念，墮入虛無。囫圇吞棗他鼻孔嗆入更多粉末，壓著我的頭要跟他一起飛。

我們必須起飛，否則邯鄲學步前方盡頭就是高潮後的無力深淵。

「咕咕嚕——我是鳥，我要飛！」他竭盡嘶吼，像是掙扎。但畢竟身軀掛著密度太高的肌肉，腸子牽掛太多排泄物，滾絞（kún-ká）反腹。熊鳥先生氣急敗壞追了幾口，更加振翅狂舞。

（只有這時候我和另一個獨立的生物體建立的連結才是神聖的有意義的，才讓另一個個體得以感受我全然的良善。我們一起見證彼此最無可告人的桎梏病痛，一起天生羽翼上動物園一起治癒彼此。我們之於彼此是生命的源泉是水一般的覺所覺滿、五蘊六根福杯皆溢，只有這時候界門綱目科屬種才接納我，我尋得同類，我才存在。）

頃刻間，一地羽毛揚起七坪大的房間，眼前一陣白如生眼翳，我好像跟著飛起來了。

雨聲摔落在落地窗玻璃，再次重見光明已是次日清晨，房間不見昨夜熊鳥先生的蹤影。手機從小茶几震動跌進發臭的地毯。為什麼地上都是凌亂羽毛？撿起身上的破布才循線找到羽絨被的屍體。

（崇尚動物的我們，靈魂被肉體束縛。即便終究飛不起來，藥解六慾藥讓我們活得像個人。）

三通未接來電，今天必須擺脫這件事，今天是重生的大日子。快速沖好身體排掉殘留在腸子裡的體液，窗外的大太陽幫我脫水。

我知道那條狗昨天也來過。

大一那年寒假認識了男友。開學後意識到被藥控制的我，開始蹺掉葉老師的課，封鎖訊息往來。那年的梅雨季來得晚，五月和今天一樣下著要死不活的雨。頂樓加蓋的窗戶外面發現他淋雨站在外面露台，拍打著落地窗問我上動物園不開心嗎。我靜靜不動，看著他好像又更瘦了，找不到上課時眼神裡的風采；比起袋狼，現在就只是孱弱的一條狗。

之後落水狗時不時帶著相機出沒在我的露台。嘗試過把窗戶整個封起來，隔天發現門鎖被撬壞膠帶被撕爛。那次換門鎖花了一個月打工的薪水。

學期結束，原本我和男友約定好暑假要到木柵動物園當志工。這條狗拿偷拍的性愛照威脅，我們分手。我索性放棄，每天從交友軟體找到更多上動物園的新夥伴，從哺乳類動物演化到更遠的分支，有時甚至挑釁般敞開窗簾對著鏡頭張牙舞爪，他都在外頭參與。

兩週後的深夜，他在外頭像被主人遺棄的流浪狗委屈巴巴。隔天警察敲門接到鄰居檢舉，要我配合尿檢。

在警察局做完語焉不詳的筆錄，剩下的暑假忐忑不安躲回家裡。濕熱不成眠的兩週過去，掛號信還是被媽媽攔截。她說沒拆我信，不過上面寫著地檢署傳票。

藥物成癮者是犯人也是病人。初犯的我被判緩起訴兩年，其中包含地檢署保護管束一年八個月、醫院戒癮治療一年。為了負擔房租、治療費用，還有減緩戒斷症狀學的抽菸，一週四天都得去西門酒吧打工，剩餘時間還需要每週往返回診和地檢署採尿。

（他們不斷強調我使用的是二級毒品。明明只是生病吃了太多藥。）

能上的課做的實驗越來越少，但至少整個大二過得還算踏實。八月暑假，戒癮治療告一段落，醫生說維持得很好，後續有問題再回診就好。接下來只剩每兩個月、為期八個月的地檢署採尿。離開醫院特地跑到木柵動物園幫自己慶祝，卻在門口吸菸室遇到葉老師和師母。

他叫住我，快速打完招呼後我整包香菸盒揉爛丟掉，回到家大汗淋灕癱在白色地毯上，怒瞪壁癌。

渴望回到動物園。是海豚就應該現在遁入馬桶下水道，是貓就應該獵玩這條爛狗，是長頸鹿就立刻發狂踩踏愚蠢的這群人類，不該逃出動物園。我立刻敲了所有 Skype 線上的人，馬上問誰今晚要一起上。

結束後我懊悔不已，還有一週就要到地檢署尿檢。照著網路上的說詞到附近診所請醫生開利尿劑，大量喝水大量排尿不斷慢跑排汗，想把藥全部都代謝出去。不知道是不是電解質失衡，一直吐，比牛和羊更擅長反芻，吐到食不下嚥，膽汁才下咽頭卻上心頭。

那已經是去年九月，台北依舊是個火爐。騎著摩托車不知道該去哪裡。騎過台北橋差一點和摩拖車擦撞也不管，沿著大漢溪從三重新莊樹林，河濱草腥味和溪底淡淡魚屍體的味道不斷滲過口罩刺激鼻子，還摻雜工業廢水的氣味。在樹林焚化爐外被拍了張測速照相，穿過樹鶯交界的墓仔埔沿著鐵路，不知不覺騎回了桃園。

那是我去年除了過年外，唯一一次回家。我想我的嗅覺遺傳自媽媽。刻意站在家門口香爐讓香火的味道熏滿全身。騎了這麼久的車，終於感覺到口渴。從杯桶中抽出免洗杯，轉開白鐵仔的水桶，上面紅色書法寫著「聖水」兩個字，是國中時候媽叫我寫的，居然已經斑駁了。被香火熏了好久，久到爐主哥哥從隔壁教會拿著大包小包餅乾回來。

「欸，遮罕客！聖誕快樂啦，欲食無？」

「你提香拜拜的人嘛學人聖誕快樂喔？」正對著哥哥的肚皮說，上面媽祖廟三個大字被肚皮撐得更大。

「人七月半普渡嘛會來鬥鬧熱啊。」他拆開一包軟糖。

「還是那邊有妹妹喔？信主得辣妹喔！阿們。」哥哥把軟糖塞進我的嘴，一邊確定媽還在樓上煮菜。我喊著這豬皮做的這葷的啦。

「上樓食飯莫哭爸。」他把軟糖包裝紙塞過來，裡面捲了四千元紙鈔。

媽媽燒好一桌子的素菜，哥哥吃個晚餐像普渡一樣。盛了一碗竹筍湯，問媽媽怎麼不一起吃？媽媽居然忙著擦地板，水桶裡還混了香到刺鼻的地板芳香劑。她沒有回我話。我看著哥哥，哥終於停下碗筷。

「蔡女士你嘛莫按呢！弟弟總算轉來一逝（tsuā）。」

「弟弟，你在外面自己住，如果衣服洗不乾淨，就拿回來洗。」我困惑地放下碗看著媽媽。

媽媽也望著我，望穿我一般眼眶居然紅了起來。

「自己在外面遇到什麼事，都可以跟我們講，知影無？」低下頭繼續擦她的地板。

躺在我原本的房間地板，現在更像是儲物間。地板明顯有一塊比較白的圓形痕跡，這原本是白色地毯的位置，現在只剩下它在頂樓加蓋陪我。哥哥敲門進來，說他看我最近氣比較不好，是不是學校怎麼了？背對著哥哥，苦笑著說對啊，課業比較忙。他拿著媽祖的紅色平安符要我戴身上。問他是不是有很多動物靈跟著我，他說我學校念生物是比較需要殺生，不要想太多。關上門前他又說，媽媽也是想比較多，要我不要放在心上。

大半夜趁大家都在睡覺，在房間找到一件輕便雨衣裹住自己。躡手躡腳騎上摩托車，害怕身上香灰都蓋不掉的味道再次觸動媽的鋤鼻器，路上反反覆覆想著自己被撤銷緩起訴坐牢該怎麼辦，一路狂飆回頂樓加蓋的動物牢籠。悶熱的輕便雨衣反覆蒸發再凝結我的汗和裡頭的尿酸，爬上八樓樓梯時終於聞到自己身上Skype的味道，自己也忍不住哈了幾口氣。

拔掉沾黏皮膚的輕便雨衣，癱軟在地毯上，和天花板的壁癌對望。

兩三天不成眠，星期一早上十點五十，蹺掉打工久違地到學校。大三剛開學，也不在乎學弟妹都在看，堵住準備下課的葉老師，問他把我害成這樣還想怎麼樣。葉老師說他有辦法，先回頂樓再說。他比上次見到的樣子還更瘦，爬上八樓他氣喘吁吁。我拿藍色馬克杯倒給他水。

「我以為我們是同類。跟我上動物園你不快樂嗎？」他炙熱的目光投射在我臉上，但窗外好像又要下雨。

「我不懂你都害我分手了，現在尿檢過不了要勒戒要坐牢了，你還想幹麼？」衣服好久沒曬。

「你知道我有多累？一個兼課老師要怎麼養老婆小孩，又要教甄又要國科會。枸杞紅棗都補不回我的氣……你知道——」葉老師把頭埋進手裡。

「你是不是吸毒吸到腦子壞了。我現在問你我的尿檢要怎麼辦。」

（我衣服都沒還曬還要聽你廢話。）

「你知道人類的腦細胞是有可塑性的。神經突觸受損都可以修復，你是無所不能的。」他抬起頭。

「我已經不是你的學生了，不要再對我說教。」我怒視著他。

他發出詭異冷笑。「你以為你很特別嗎？你們剛升大四的學長，還有隔壁農經系籃那位你認識吧？他們都搶著跟我上動物園。」

（原來學長上次傳訊息給我是這個意思；老師對每個人都說動物園嗎？）

「那請你帶著你的巨嬰問題去找你的動物森友會。」

他從後背包拿出白色塑膠盒，裡面裝著綠色的藥丸。

「你瘋了。」一起身走往門的方向，卻聽到我背後傳來水聲。葉老師拉開褲襠，從雜亂的陰毛剝包皮褪出黑灰色的龜頭，橙黃的尿液射進藍色馬克杯，有幾滴滴滴答答反彈落在白色地毯上。

「你跟我再去、最後上一次，讓我幹你，我就把尿給你。」我手停留在冰冷的門鎖上。

「這批 LINE 很純，絕對能治好我們。」葉老師從身後抱住我。

我掙脫開，把藍色馬克杯封好冰進冰箱。吸食器呼嚕呼嚕冒著白煙。

那一次我幹了葉老師，他的性器根本無法完全充血。LINE 帶我發現我也可以是獵豹，葉老師被我恣意獵捕虐玩。他這次也咆哮，聽起來卻更像路邊被車撞的狗。他沒清肛門，隔一天再看見壁癌的時候他已經離開，留下一地毯排泄物。

（那副模樣更像車禍臨死之前的排遺。）

地毯清了兩個小時，才發現被封鎖的老師傳來簡訊。「Skype 最多九十六小時就會排出體外，你根本無需我的尿」「LINE 比較久，大概一週。」

（幹，姦阮老師。）

過了人生迄今為止最長的一個星期，到地檢署採尿室報到，和醫院檢驗科不同的是這裡的馬桶水都是藍色的，聽說有人會撈水稀釋檢體。馬桶前還有一大塊反光鏡，但我覺得觀護阿姨沒在看，她說我維持得很好，繼續加油。

這次死裡逃生後，我變得比女生還會算週期。在地檢署報到時開啟交友軟體，一邊約好晚點一起上動物園的朋友，一邊到採尿室把前五秒尿液排進馬桶，中段乾淨的尿射進塑膠杯、灌入兩管各三十毫升按捺指紋交給觀護人，然後回家清屁股，一氣呵成。兩個月尿檢之間的縫隙足以讓血液裡動物的氣息完全代謝掉。有幾次被警察臨時抽驗，不足九十六小時，就吃診所另外開的利尿劑強迫加速代謝。媽祖看照，一切順利。

（我才不會像其他上動物園的人天馬行空，以為合成尿素可以以假亂真騙過尿檢。尿液裡該有的尿蛋白幾乎造假不來。）

不管在醫院檢驗科或地檢署採尿室，廁所裡我的尿液總是純潔而神聖。血液打進我的腎臟，腎小球濾過水分和晶體物後進入腎小管二次吸收，最後排出少量氨的代謝物和鹽類，無藥無毒四大皆空。動物和人類的泌尿系統大致相似，在尿液面前我們終得平等。

●

這個四月的梅雨沒完沒了，雨聲摔落窗戶玻璃。次日清晨看著手機三通醫院來的未接來電，還有兩通哥哥的。今天是最後一次尿檢，只要把昨晚熊鳥先生的尿液送到地檢署，提心吊膽偷跑上動物園的日子就結束了。快速沖好身體排掉殘留在腸子裡的體液，窗外的大太陽和我一起迎接嶄新的半人生。

準備好實驗室偷出來的導管和尿袋，打開冰箱卻發現藍色馬克杯裡面空空如也，甚至一點味道都沒留下。

「你要別人的尿可以上網買，這樣偷太下賤了。」熊鳥先生留下訊息後封鎖了我。

（我當然知道可以上網買，我如果有錢我還需要約你嗎？）

我頓時失去了氣力，消融在充滿尿漬的我的地毯上。睜眼盯著天花板壁癌入神，壁癌又生出了狗眼回瞪我。

趁著剛開學，我到系辦公室交休學申請書。回來準備打開鏽蝕的紅色大鐵門，忽然眼前一白。緊握著脖子上的媽祖平安符，懸刻之間我脫離肉體騰空高飛，鳥瞰這間頂樓加蓋。穿過磁磚和水泥屋頂，停在壁癌發霉剝落的位置，俯瞰自己暈眩昏迷在地毯上。內褲被扒開的我屁股上留著注射後黑青的印記，連地毯都被殘留的 LINE 染成奇異的綠色。

（我沒有力氣去想為什麼，是因為不幫葉老師賣 LINE 給同學，還是因為獵豹不能和狗交配。）

再一次從天花板壁癌摔到地毯上，忍不住蜷縮身體，委屈流淚。離尿檢只剩三十六小時。平安符斷裂在地毯上，我們家媽祖沾著黏稠綠光，從此照看不見我。

（我那麼努力，我差一點點就能演化成正常人。）

一聲門鈴打破我的哭聲。來不及擦眼淚，跳起身來緊握門鎖。仔細聽是哥哥在門外喊我的聲音。

七坪大的套房擠進我哥後更加侷促。酷熱的午後從桃園騎車過來，他身上聚酯纖維大紅色宮廟衫傳來尿酸分解的氨臭味。

「啊你房間哪會一个臭羶味（tshàu-hiàn-bī）？」正當我想到什麼的時候，哥哥先開了口。

「無啊！」稍稍挪動屁股，試著遮掩地毯上的黃漬。「啊你怎麼會突然跑來我這？」

「提這予你啊。」紅包裡面是八千塊和一瓶寫著媽祖聖水的寶特瓶。「我對添油香遐（hiâ）挖足久的呢！」

接過紅包袋，邊起身拿起白色馬克杯，擰開媽祖聖水的瓶蓋。「你騎這麼久，先來啉一喙茶。」

哥喝完水，想要借廁所。我說馬桶堵住了，拿了藍色的馬克杯給他。

「我無愛！」我哥眼神越發氣憤。「你是毋是學人食毒？」

「媽媽懷疑我，連你也不相信我嗎？」看了一下手機上的時間，下午四點三十六分，地檢署五點關門，我騎再快也要半小時。「我怎麼可能去碰那種東西？」

咚！我哥的肚子連同肚皮上的媽祖摔倒在地。確定哥哥的豬頭沒撞到，我拉下他的短褲，拍打膀胱直到濕熱的尿液濺到我手上、灑到地毯上，我立刻用藍色馬克杯銜住。窗外陽光灑落杯子，泡沫蕩漾著金黃，我想這是媽祖的應許。出門前哥哥在地上發出呼嚕呼嚕的聲音，舔著自己的手掌。

（這一點 Skype 劑量應該不會讓他上動物園太久。）

「你今天比較晚喔！」「這次驗出來尿酸比較高，最近飲食要注意。」我前後搖晃身體，低頭不敢直視我的觀護阿姨。「恭喜你！一年八個月辛苦了。沒什麼問題再四個月緩起訴期就滿了，等同不起訴處分喔。」走出採尿室，我如釋重負。一如往常騎到動物園的門口，卻發現已經關門了。好多爸爸媽媽帶著小朋友準備回家。我坐在門口石階發呆，看著夕陽沉入盆地。

（努力活下去的感覺真好。）

夜幕低垂，回到八樓。門口還是殘留我哥香灰混雜汗臭的味道。路上先傳了幾則訊息給他，幾則都未讀未回。緩緩轉動鑰匙，發現我哥已經回去了。終於有空清理我的地毯。原本白色的地毯已經透著黃漬，翻開後才發現下面木地板有些發霉，下面除了尿液還有些看起來像是 Skype 和 LINE 的結晶。刷了一個多小時，漂白再除臭，最後拉上我的窗簾，累到躺在地上。想著什麼時候我要再上動物園，才發現天花板壁癌長滿黴菌。

我的門鈴又響了，我再次跳起身來捏緊門鎖。門外陌生的男子喊著我的名字，如鬼魅牽引亡魂一般要我開門。

（會是葉老師的藥頭嗎？啊，還是我房東？我明明說了房租明天再繳，我那麼努力湊好了錢。）

「弟弟你不要這樣！你門拍予開！」我媽激動起來音調超高，好像尾巴被門夾到的貓。

「恁轉去啦！」我用身體抵著門，但不確定我這扇鐵門夠不夠堅固。

門外突然沒有了動靜。我鋤鼻器湊近門縫，甚至連人的氣味都有些消散。我困惑的同時，落地窗瞬間從窗外被打得粉身碎骨散落整個房間。熟悉的幾個警察制服從露台鑽了進來，比起過江之鯽更像是鯉魚潭搶食飼料的吳郭魚台灣鯛。

我立刻蜷縮進廁所以為可以躲著但塑膠門板兩分鐘就被拆下來。我死命掙脫不斷大口哈氣我是比人類還敏捷的貓是矯健的獵豹是碩大的長頸鹿我是比人類更高次元的生物。跳上床墊揮舞之間大概是天花板的壁癌被我打了下來，粉塵撒落混雜著昨晚棉被屍體的羽毛再次被揚起，我的眼前一片白，但這一次我沒有任何騰空起飛的感受。

我依舊不斷掙扎，儘管已經被五、六名警察獵圍。再一次睜開眼皮發現眼翳前水霧帶走粉塵，仔細看哥哥站在警察群身後，高舉媽祖聖水瓶，上面裝著不知道哪來的灑水頭，迎面灑來，強降甘霖嘴裡還念念有詞。一瞬間失去所有氣力頹靡在地，瞪大著瞳孔盯著天花板。壁癌黴菌剝落後露出底下赤裸的水泥牆。眼皮開闔的速度被放得很緩慢，時間也是。周圍的騷動瞬間平息，好冷，忍不住顫抖。

（偷偷跟你們說，在下一個次元裡其實我是貓是豹是鹿，是逃命力竭的失溫動物唷！）

撐著鼻孔打開嘴巴哈氣，空氣中依稀飄散著熟悉氣息。光線再次緩緩映入瞳孔，發現媽祖聖顏矗立天花板，莊嚴靜穆之間我放棄掙扎，失焦光線再次清晰之際感受到溫熱的淚滴墜落臉頰。手腳不再束縛，我盤著身體，手肘黏著膝蓋，想阻止體溫散逸。背脊倏地感受到一股暖洋環流擁抱我，從表皮肌膚觸發神經網路傳導全身細胞。地板芳香劑的氣味對副交感神經交錯刺激再刺激，腦內啡海嘯席捲而來。不斷哈氣，軀體徐徐燥熱，只聽得見心臟費力跳動，血液不斷不斷從心臟到指尖到脊椎再到腦部加速竄動。回頭看，發現是媽媽抱著我，像懷我的時候一樣，我全身心蜷曲在她的子宮裡，我無條件地享受著她餵養的催產素，六覺不盡識但不增不減無所求。她的羊水擁抱我、臍帶連結縈繫著我們，我們兩個個體是一個存在，我們全然理解彼此。看著她流淚，我輕輕踢了踢她的肚皮，我終能共感她的悲傷。

（我是人，我牙牙學語，我能溝通。）

「阿母仔，我共妳講。我閣㷉安胎的乎妳食。」媽媽看著我，不哭也沒有表情。「我們中醫課有教，孕婦也可以進補。」「動物入藥方不是毒。藥吃太多才是毒。」

「好，咱轉去㷉。」媽媽鬆開了手。

（一瞬間我又露出鳥的形態，我升空了我在飛，天花板離我好近。）

警察們把我抬上擔架，送上救護車。

緩起訴被撤銷，我被送進去強制戒治。戒治所這裡不是動物園，也許大部分的人都上過動物園，但只有我叫那個地方動物園。在這裡他們都是人，所以我也活得人模人樣，我也不再玩聖水不偷別人的尿了。頭一週戒斷症狀非常難熬，我不斷高燒痙攣，除了退燒藥什麼也吃不下。沒想到第二週葉老師也進來了。不得不說他的蠍子藥方非常靈驗，配著我哥準備的媽祖聖水，戒斷症狀很快就壓下來馴服了我。後面每天吃一些戒治所給的飼料，上一些基礎的衛教課程，我這個生物系高材生都可以上台當老師了，哈哈。

一個月後戒治所開放家屬探親。我哥載了兩大桶聖水從桃園騎了快兩個小時來看我。他問我一切都還好嗎？我說都好啊，我都戒了，現在好好的一個人，不會再碰了。

他跟我說那天警察抓不住我，硬是打了鎮定劑才緩和下來，然後我就大小便失禁、胡言亂語了。我媽抱我的時候沾得全身都是，回桃園後媽說那個味道怎麼也洗不掉。那些衣服後來就丟掉了。

我忍不住笑出來。「原來那天我以為我泡在羊水裡爽，其實是肌肉鬆弛後我家己的尿佮屎啊！這樣算是聖水拍手銃無？人麒麟鹿相姦會啉人的尿，啊我自產自銷，我最愛自己，哈哈哈。」

我哥臉色一沉，沒有回話。尷尬沉默了片刻，哥說房東那邊媽媽辦好退租，欠款都幫我繳清了。他宮廟那邊還有事要處理，要先走。

除了我哥以外沒有其他人的家屬來訪，包括葉老師的太太。我本來想問媽媽怎麼沒跟著來，但講到那天我才恍然大悟，難怪我在戒治所問了葉老師，和大藥頭們打聽，沒有人聽過這種藥。原來是鎮定劑啊。

以前 Skype、LINE 都沒有那麼爽過，等我回到頂樓加蓋後一定要再上動物園問問這種藥哪裡找。

本文獲二〇二三年第十九屆林榮三文學獎短篇小說獎三獎
——原載二〇二三年十二月四～六日《自由時報》副刊

本名劉憲錡。生於新北市樹林。中央經濟系、清大資應所畢。在機器學習領域研究文字情緒辨識和性別歧視，好累喔。旅日IT社畜，上班敲鍵盤教電腦說人話，講袂伸捙；下班搖筆桿教自己話說人，講到反車。

L'oubli——朱嘉漢

1

他不畫記憶中的故鄉，只畫眼前的風景。

只有風景，他要他繪下的畫面，沒有一點自己的影子。切記，不要留下任何一點亞洲人的痕跡，不為任何異國情調服務。為此他認真學習西畫技法，將色彩覆蓋在畫布上，連顏色都是西方的。

繪畫允許他得以塗抹掉身分，覆蓋身世。如果他始終是在這廣大的邊陲之地的孤獨亞洲面孔，一切的互動中皆不能避免對方閃現的窺視眼神，那麼，畫畫這件事，可以坦開他的目光。讓想看的人看，盡情地看我眼中所見，沒有任何祕密。繪畫無聲，無字，無時間，他不讓記憶如此輕易展示在畫布上。他的畫裡沒有意圖，沒有主題，只有看，只有感受，只有他所融入的風景。他偏愛鄉間的風景，平原、山丘、樹、太陽，偶爾有些鄉間小屋。他拒絕畫下任何都市的風景，任何現代化的痕跡。他的畫裡沒有人。

他如此純粹畫眼前所見，甘願在這異鄉的異鄉裡，既不看向家鄉安南，亦不理會將他放逐到此的法國。既然曾有的抵抗失敗，成為一無所有之人，順從命運，成為唯一的要緊事。

因為他清楚知道，當他被臣子背叛，意欲以祖傳寶劍以死明志，手上的劍卻被輕易奪下，成為一名俘虜，交給了法國。早在抵達阿爾及利亞之前，在沒死成的那一刻，他已經遭受生命的放逐。他將不再與自己的過往有任何的聯繫。意思是，他從一位出生起就注定承擔王朝命運之人，成為了一位全新的人。因此，他已經成為這世界上命運最為獨特之人。因此，他暗自決定。任何屈辱之前，他都不會尋短，而是盡可能地活下去，既然已不再是尊貴之身，輕易的死亡只會證明其卑微。

在現實裡他被放逐，在藝術裡他則自我放逐。這是一位被放逐的皇帝，一點點關於尊嚴的堅持。他以畫作，沉默地告訴世界：我並不眷戀。

他的畫作中，唯一的亞洲記號，是他的簽名，兩個中國字：「子春」。他們認為這意指「春天之子」。他沒有說，這名字來自於他讀過唐傳奇的一則故事〈杜子春〉。

那位杜子春曾經坐擁家財萬貫，卻恣意花費，直到一位老者點醒他，才看破物欲。老者指引他成仙之道，唯須謹守一事：沉默，無論遇上任何幻象考驗，皆不可出聲。通過各種肉刑折磨的杜子春，卻在化為女子之後，見親生之子在眼前被人摔死時，痛哭失聲而錯失了煉出仙丹的機會。

「甚勿語，」他謹記，「安心莫懼，終無所苦。」

他給自己的考驗，是可以談論各種事，唯獨不以任何的方式，透露出他離鄉背井的痛苦，尤其以故鄉的語言。如此，像是以一種祕密的方式，可以將眼前的現實，化為一種幻影，只要不以語言承認它。

2

當他的家鄉，面對著新的保護國（法國人說：你們只能接受我們的保護，而不是清國人的）而不知未來在何方時，他已在法國人徹底的保護下，學習當一位西方人。

他學習法語，交法國朋友，他學會所有法國的時髦事。他跳舞、打獵、打網球、游泳、騎單車、攝影、喝紅酒。他得以不因特殊身分成為上流社會的一員，像是徹頭徹尾的一位貴族。不無諷刺：私底下，大家叫他「王子」（prince）。每當這種時候，他只是輕輕帶過，像後來照片裡顯示的，他一抹淡淡的笑，連眼眉都彎著。

他還是有點寂寞，儘管他不會跟任何人說。他成功地融入上層階級，意味著他與當地人有段距離。他在內心底，反而覺得當地人更為親近，因為他們在某種程度上，相近於他的命運。他暗自寬慰，法國的殖民總督最終將他安放在另一個殖民地，而非法國本土，是對他最為友善的安排。如果可以有更多的機會與他們接觸更好。不過至少，他們享有相同的風景。這是他選擇風景畫的另一個原因，透過這樣的方式，他們可以平等。因為平等，他感覺自己並不那麼孤獨。

他不談論自己，但他卻十分慷慨地，承接了所有法國人好奇的眼光，尤其上層階級對於東方的綺麗幻想。意思是，他清楚這些貴族們、文人雅士們想在他身上窺看的意圖，想借用他的形象餵養異國情調，而他不排斥亦不配合。

毋寧說，他選擇將自己打磨成鏡，映照這些人心中想看到的事物。讓事物的影像停留在表面，這是隱藏心事最好的方式。

3

譬如教他雕塑的羅丹，總是不斷跟他形容受到日本春宮影響有多深，想要探問他關於東方女人的身體的柔軟，或是她們在愛慾之中的扭動與表現，想連皮膚上的毛孔的分布都知道。他從來只是聽而不說，反倒是這樣的無語，讓羅丹連夢中都出現各種亞洲的裸身，如同地獄一般纏著自己。羅丹為了解除這甜美的噩夢，更為迫切希望他能多聊一些關於故鄉的人的姿態。或者嘗試著從他的作品當中窺看他的內心，看見他心靈的景象。無奈地，他雕塑出的作品，好歸好，卻比他的繪畫更缺乏異國情調。直到羅丹急了，逼問他到底在創作的過程中看見了什麼。

他則回答：「什麼都沒有，石頭就只是石頭。」

羅丹問：「那你雕出的人像，除了我教你的以外，是依據什麼原則？」

他想了一下，回答：「沒有的部分。我把我記憶的，家鄉人的肌理、姿態、骨架、動作，全部去除了。」

羅丹看著他的作品的闕如之處，一瞬間懂了自己本來就該懂的道理。

「你不必再跟我學了。」

「謝謝你的教導。」

但他們彼此知道，儘管技術都學成了，他最終仍寧願當個風景畫家。

4

或是那位羅帝（Pierre Loti），就曾在無數的夜晚，酒醉之後，反覆對他訴說的菊夫人（Madame Chrysanthème）的故事，她的如珍珠柔白的皮膚，如夜裡的海潮般溫順，與她如夜的神祕。那時他的法文還未能完全理解，但他始終掛著一個理解的微笑傾聽。實際上他意外地明白，羅帝與「菊さん」，那份愛情，僅在於他們之間的短暫。只因短暫，這名女子傾其所能地愛他，奉獻了全部，而羅帝卻不能明白為何能為注定無法長久的婚姻，如此義無反顧。羅帝猜想在他離去後菊夫人的哀傷會有多深，他只是輕輕搖頭，用一撇微笑抹消了這個猜測。

（當然他不會知道，這個故事的原型，後來一再改寫，有一個版本成了《西貢小姐》，背景則落在他的家園更巨大的不幸上面。倘若他知道，他或許也只是淡淡地笑，並非否定或肯定，只是一種表示：這與我無關，至少與我的記憶與情感無關。）

5

阿爾及利亞的總督見到流放的皇帝願意學法語，融入各種社交生活，且並無反抗之意後，煩惱起另一個問題：他的伴侶。

一開始總督與其他的法國官員猜測，他若是想成家，應該會想娶家鄉的女子。如此，他的血脈才能純粹地流傳下去。善待這位放逐的帝王，無論如何對於治理都是有利的。

阿爾及利亞總督與印度支那總督達成協議，倘若能答應不再回去印度支那，他們可以讓安南的貴族女子前來這裡與他通婚，並保證他們的子嗣將來有權利可以用平民的身分回歸故土。

他則從未答應，直到有天，他對人宣告已與一名年輕女子締結婚約。她是阿爾及利亞的法官之女，名為瑪賽爾，一位為他的風度吸引，喜歡與他談話，卻不會對東方有任何嚮往的女子。

瑪賽爾是天主教徒，他沒受洗，但願意配合。作為一個流放的帝王，他娶了法國女子，並在教堂結婚，接受整座城市的注目與祝福。

他始終彬彬有禮地微笑，跟新婚的妻子勾著手走下車，在他並不信仰的神面前，許下婚姻的誓言。

誓言：一種身分，往後將以另一種姿態生活。他在異國的神面前，把自己託付出去。

他沒有說的是，他記憶中最關鍵的立誓時刻，就是登基之時。他在勤政殿接受了玉璽，在眾人的護送下前往祖宗廟，祭祀祖先告知。文武百官於太和殿朝拜。年號咸宜。然而這麼大的排場，對祖宗立下的誓言，僅持續短短一年，爾後又遭屬下背叛。

關於婚姻的企盼，他只希望白頭偕老，至死不離。既然遭流放，他的願望就是再也不離開這流放之地，直到入土。對他來說，若出生之地無法選擇，至少能夠自行決定葬在哪裡。

他在甚至為數眾多的法國人的注目下完成婚禮。

他沒有說的是，他的妻子出生之後一個月，恰好是他即位的時刻。那改變他人生的一年，如今有個同年出生的女子來改變他的人生。

他預想著：他們的子嗣將是徹頭徹尾的法國人，在阿爾及利亞的土地上成長，並徹底遺忘帝王的家世。這是他所盼望的未來：在此終老，斷絕任何回歸的希望。

這是他選擇的另一種遺忘。他不願娶故鄉的女子，尤其皇室血統者，自願斷絕血脈。他以他有限的西方生物學的知識，想像自己的孩子，只有一半是安南人，加上文化與語言的洗禮，飲食與習慣的薰陶，更加像個法國人。然後再下一代，再下下一代，他的血緣將越來越淡。這樣，他才真的算是徹底的放逐。

這是他的幸福的後半生，不抱希望，是他真正自由的原因。餘生，他只需要融入在這異鄉的風景即可。

6

曾經有個法國記者在凡爾賽宮遇見了他。

當時法國政府招待新婚的他們入住凡爾賽宮附近，作為蜜月之旅。他得以在整個凡爾賽宮任意活動，包括在遊客離開後，可以在王的房間與王后的房間活動。還特地一連三天在宮殿的歌劇院上演了戲劇，並在鏡廳舉行舞會。他相當擅長跳舞，讓許多的上流階層的女子著迷不已。她們私底下交流著，說如果這位越南王子有意，可以有好幾個情人。

第三天晚上，睡前，瑪賽爾問他，感覺如何呢？他看著窗外像是圖畫又像謎題般的花園，只說了一個字：「L'oubli（遺忘）。」

瑪賽爾知道，他可以說一連串完整的法語對答如流。但只有在說真正想說的事情時，他會用上單字。這些單字都是存在的，經常可見的字，但在他口中像是從來不曾被人說出來過，像是語言剛被發明出來。

一名法國記者在休假旅行時，意外在花園的人群中注意到他。記者問警衛這位中國人是誰，為何周圍有人服侍，是否是招待的官員。警衛說：「他曾經是位皇帝，來自印度支那。」記者想了一陣，才猜出他的身分。

記者相當輕鬆地在他散步時，接近了他，而他相當親切地願意回答記者任何問題。奇怪的是，記者準備了不少問題，想要寫成一則詳盡的報導：「當流亡的印度支那皇帝在凡爾賽宮散步」。然而貼身陪伴的兩個白天後，他卻什麼問題也說不出來。直到他們散步一輪又一輪，回到了鏡廳，兩人坐下歇腳時，記者終於將視線移開，看著他在鏡像中的模樣，才看見他臉上的哀傷。記者想，他比鏡廳所有的鏡子更像面鏡子，想要探知其心事者，看到的只是自己內心的幻影。這幻影又往往在重新接觸他的眼神之時破碎成光影。或是這樣一句話：「我的祖先，當初與你們簽約，就是在這裡吧？」

記者才想起近日一掃而過的資料：一七八四年，阮福映流亡暹羅，派其子阮福景與傳教士百多祿前往法國求援，以割讓峴港為代價，出兵幫助阮福映奪回政權。當時的《1787凡爾賽條約》（*Traité de Versailles de 1787*）簽訂後，因為財政問題，並沒有實質派兵相助。後來，阮福映仍靠著自己的力量成立了阮王朝，也就是眼前這個流亡皇帝的開朝帝王，而幾年後法國發生了大革命，簽訂條約的路易十六上了斷頭台。百年後，法國海軍打贏了清國，正式全面地掌握了印度支那，並將眼前這位咸宜帝阮福明流放到了阿爾及利亞。

記者在他身上看見了歷史，也在他的眼神當中，見到了歷史的虛無。這虛無不僅是過去，也會是未來。如果這名年輕的記者能看見將來，會驚訝地發現，再過十年，歐洲會捲入一場史無前例的戰爭，而他會在戰場上輕易地被炮彈炸飛手腳，失去了下巴，三天後才過世。而這場戰役，是他們這些歐洲人，在過往的一個世紀，相信某種歷史進程，以至於殖民也是正當之事，必須與各個強權海外爭地，最後導致的結果。

也許他早已有了預感，但他無人可說。

記者唯一正式的問題，是在這時提出的。夕陽的斜照，透過窗戶，將他背著光，輪廓彷彿剪影。記者好像在這姿態中，隱隱地被什麼打動而恍惚地問：「你還有希望嗎？」

他以世界上最輕的口氣，比死者臨終呼吸還微弱的氣口說：「Rien（毫無）。」

7

他的餘生是幸福的。瑪賽爾與他所生的一男二女皆像個王子公主般，除了高貴的氣息外，也帶有某種遙遠的神祕感。他沒有告訴子女自己的身世，沒讓他們與父親的故土聯繫。但他們總隱隱知道，他們保守某種祕密：他們能在父親的風景畫中，看見他們從未曾到過的父親的家鄉。那些都藏在畫裡，不在深處，而在最表面之處，在那些顏料，在那些筆觸中。

他漸漸給人淡忘，在阿爾及利亞，在法國，也在印度支那。要直到他的故土改回當初清國冊封的國號越南後，他才被重新記起，成為了英雄，但他當然不會在意這些。

他過世於一九四四年，再過幾個月，二次世界大戰結束。翌年，越南宣布獨立，擺脫了殖民的統治。

或許他的人生注定是某種歷史的尺度。法國全面殖民始於他的流亡，止於他的死亡。這整段期間，他都不在自己的土地上。可以說法國的印度支那殖民史，是建基在他的缺席之上的。

8

他們以天主教的方式，在教堂舉行追思，所有的人僅持著安靜無語。不知為何離開之時，心中一點鬱悶的氣息都沒有。或許他無論生前或死後，都是這世界上最能化解鬱悶的人。

據說，他不曾對妻子與兒女說過任何一句越南文，除了臨終之時。

「Tạm biệt。」說完這句話，他就離開了。

暫別。這亦是他離開故土前，對著家鄉講的最後一句話。

——原載二〇二三年二月六～七日《自由時報》副刊

著有小說《禮物》、《裡面的裡面》、《醉舟》，文論集《夜讀巴塔耶》、《在最好的情況下》。

許老師的閱讀史——李金蓮

三角公園的斜對角，是一排陳舊的公寓樓房，公寓面向著公園，被幾株茂盛的雀榕半遮蔽。許老師經常在日落時分，倚著住家三樓陽台的欄杆，遙望對面公寓住戶出出入入，包括她姊姊一家。

結婚後她姊姊在靠近娘家附近買了房子。生活上兩家往來頻繁，有時連著幾天賴在娘家吃晚餐看電視，一家三口洗完澡才盡興了回去。

她姊姊剛才來電，叮囑她有空過去一趟。她還在猶豫不決，傷慟的時刻，見了面說什麼好呢。生死有命、離苦得樂、展開人生另一段旅程……安慰人的話，她在心裡反覆演練，但就是說不出口，即使是自己的姊姊。

下課返家到晚餐之間，十分鐘，二十分鐘，或再長一點，許老師常常一個人在陽台俯瞰眼下的全景。夏季的傍晚，公園附近的樓房牆面，鍍上一層金色光影，那是將沉的太陽玩著她的光之魔術，漸漸地，金色光影轉變成了灰黑。這是一天中最寧靜、也最喧嘩的時刻。附近住家的小孩湧入公園嬉戲，老人在簡易的健身器材旁扭動腰肢，主婦們則聚攏一起，說著話，慢慢移動步伐，去車站那頭的便當店採買晚餐，零星路過的人，則步履匆忙，他們穿過公園，到另一頭的公車站去。居高臨下，寧靜與喧嘩並存，許老師的內心裡，似乎也是如此。

姊姊結婚前，帶她到公車站旁一家平價牛排館，雖然價廉，店內牆壁貼著仿歐洲古典風的壁紙，屋頂掛一盞造型燈飾，室內布置俗麗，卻符合姊妹倆的經濟能力。她即將從師院畢業，姊姊擔心她沉默的個性進到學校實習會吃悶虧，名為慶祝，其實是諄諄提醒。

吃飯時，姊姊舉起水杯，說以水代酒恭喜她，「不容易啊，終於要出社會了。」隨即又面露憂色，「妳呀，就算一棒子打在妳身上，也不吭一聲，妳不說話，上課難道照課本念？學生會欺負妳喔。」姊姊說。

姊姊對她的擔心很多，擔心她太安靜，擔心她跟同事相處不睦，擔心學生討厭她，擔心她不適應社會。姊姊的擔心，也是她鎮日苦惱的事，但她無力改變。

三十年前的餐敘，是她們姊妹難得的傾心相對，姊姊鄭重告訴她：「今天這頓飯還要慶祝另一件事。我要結婚了，替我開心吧。」姊姊的臉上露出了夢幻般的微笑。

吃生菜沙拉時，姊姊用叉子從千島醬裡挑起一根生菜，說：「我最愛吃菊苣了，我們家好像沒吃過這種蔬菜。」許老師知道姊姊的意思，未來她的家，由她來決定吃什麼不吃什麼。

牛排端上來了，姊姊對著發出滋滋響的高溫鐵盤，篤定地說：「結婚後，我要嚴格控制，少吃肉，不然半年肚子就中廣了，喔，我是說妳姊夫。」然後她張開手，面露微笑，持刀用力地切分肉塊。

他們巡禮如儀地吃著，當服務生送來飯後甜點，姊姊又盯著鋪在布丁表面的焦糖打量，自言自語各種焦糖的作法，據說不鏽鋼湯匙加熱就可以把表面的糖粉烤成焦糖，姊姊急著想試試看。

那一晚，幾乎全是姊姊滔滔不絕，訴說著她對未來生活的想像，語氣裡盈滿了嚮往，彷彿隨時輕拍翅膀，騰空飛去。即將邁入婚姻的女人，是否都像鼓動翅膀的美麗蝴蝶呢？許老師自問著。

終於要結束餐聚了，姊姊神色一沉，說：「以後，就妳一個人陪伴媽媽了。辛苦妳囉。」姊姊說話時，許老師總是輕輕點頭，嘴角或許露出了難得的微笑。她是不輕易笑的，容易緊張，害羞，拘謹，但她為姊姊高興，沾染了姊姊的喜訊，竟有了些許暈暈然，她囁囁張開口，努力地說出：「姊，祝妳幸福。」她也不覺得應付媽媽是困難的事，她們那個家，終年如此，就繼續下去。「媽媽妳放心。」她說。

不久，她姊姊買下公園對面的舊公寓，說是剛好路過，屋主開價便宜，未來的先生也同意，還幫忙殺價，省了十萬元。

因為居高臨下，聽不清楚公園裡主婦們說的話，但許老師可以想像。她們可能正在交換生活訊息，譬如近時流行鐵氟龍炒鍋，有多麼好用，多麼不沾鍋。她們還會抱怨孩子們在學校裡的閒雜事，看，我兒子頭上的傷口還沒完全好呢，被同學用水壺敲的，幼稚園就有霸凌了；前面馬路邊新開了一家舞蹈班，我女兒去上了兩個月，進步好多啊……。女人經歷生養之後，開始對生活細節神經質地執迷，許老師在學校裡也必須應付這樣的媽媽。

許老師觀察到，女人群聚在一起，其中必有一人，跳出來掌控全局。她在學校裡遇到過，有位媽媽誇誇其談如何養成良好的生活習慣，說她先生小孩出門上班上學，她大權在握，每個房間巡視一遍，見了不順眼的東西，立刻扔進垃圾桶。她得意洋洋，教導媽媽們如是這般。許老師旁觀媽媽們崇拜的眼神，心想，女人被柴米油鹽家務事綁縛，是多麼可悲的事。

但那是許多年前的想法了，她現在有了改變。她姊姊婚後勤加學習烹飪與烘焙，每個週末，端著菜餚與點心，穿過公園，在娘家餐桌上擺開陣仗，臉上的笑容啊，許老師嘗試著在心底形容，彷彿女人就在這一刻，達到了生命的巔峰。

她不曾跟異性戀愛過，幾乎連偷偷喜歡某個男同學，都好像朝池塘裡扔進一顆小石頭，一陣波瀾，很快就風平浪靜。她想，姊姊像花朵盛開般的笑顏，究竟是身體的生化反應，還是愛情降臨的證明呢？姊姊請她吃飯那一回，整晚近乎虛榮炫耀的燦笑，她始終忘不了。

兩年、三年之後，姊姊不再端著菜餚與點心回來了。她在姊姊臉上尋索著愛情的印記，代之的，是看不出起落的尋常一般。她依然相信姊姊的幸福，相信愛情轉換成真實的生活，愛情與婚姻，形式不同，愛的基礎卻是一樣的。她的姊姊不致被柴米油鹽淹沒，而她的姊夫，是個無限給予的人。

眼下公園裡人們生活的實景，忽然令她擔憂起姊姊。等姊姊心情好一點，是否該勸勸她，到公園加入女人堆，胡說八道言不及義都好，那是女人真正的快樂。她遠遠望見靠公車站那一頭，還有一群女人，她們固定在孩子放學後聚在一起，做一會兒伸展操，抖一會兒手，說一些兒話，盡興了，各自回家。姊姊或許需要這樣的友伴。

無論如何，再怎麼悲傷難熬，都不能勸姊姊讀書，姊姊最不愛的就是讀書。她曾說：「唉呀，我一看到字，頭就昏。」

但姊夫卻喜愛讀書。當上小學老師後，每日清晨，許老師步行到公園另一頭的公車站，她任職的學校離家近，搭幾站公車就到。等公車時，她經常遇見姊夫。

他們搭同路線公車，姊夫會跟她道聲早安，接著兩人就不再說話。若是在車上並肩而坐，姊夫總是打開書本，安靜地讀。有一回，她壯起膽子，偏移身體，窺看姊夫讀的書，在整齊排列的印刷字體中，尋找文字透露的片段訊息。接著，她就該下車了。她下車後回過頭，在公車起步移動的瞬間，望見姊夫埋著頭讀書的模樣。

●

許老師的媽媽在喊她，她返身進屋去。是學生的來電，問她明天是否是繳班費的最後一天？她耐心地回覆了。學生又天真地問：「老師，妳現在在做什麼？」她心頭一抽，緊張起來。

緊張的時候，她的臉部會立刻繃緊，臉頰微微凹陷，脖子以上開始發熱，嘴角勉強擠出一絲拉扯肌肉產生的苦笑。她從未真正開懷地笑過，她所有的笑，都是為了掩飾緊張。

來電話的學生，是個嘴甜的孩子，但超過例行事務的問話，她就無法應付，她怎麼能跟學生說，老師剛剛趴在陽台欄杆上，望著遠方發呆。學生不會懂，她也不願據實以告，她說不出口。她只能講具體的事情，明天記得繳班費，教室裡的電扇修理好了，體育課記得穿運動服，這類的話。

她對著話筒想說些什麼，「老師正在……」剛脫口，還是止住了。

那甜蜜小公主插話進來，說：「老師，妳要好好休息喔，不要太累喔。掰掰。」接下來，她該跟學生說，妳好乖，要乖乖寫功課。但緊張這個毛病，總是在需要說些什麼的時候，脖子突然發熱而收緊，她看不見自己，但知道自己的嘴，無法控制的，又憋出似笑非笑滑稽的紋路來了。

她掛斷電話，起身時朝陽台望了一眼，她是想回房間批改作業。

陽台的欄杆原本上了紅色的漆，漆色快掉光了，露出斑駁鐵鏽。民國一片欣欣向榮意氣昂揚之際，名叫佟振保的男人，跟他的情婦在十里洋場的陽台上踢來逗去，他踢了欄杆，又踢了情婦坐著的藤椅，情婦比較直接，嬌俏又潑辣，伸出腿橫掃過去，小說裡沒交代踢中佟振保的哪裡，但佟振保手中的茶杯差點灑翻了。

這陽台調情的一幕，幾乎是許老師對愛情初啟的第一次想像，那是什麼時候的事呢，什麼緣由下，讀了這個以玫瑰的顏色譬喻女人命運的故事呢？算算時間，應是國三最拚命的時候，在既是不經意又像故意的撩撥之間，愛情遊戲降臨在日常住家的陽台上。

傍晚倚著陽台欄杆發呆，這習慣幾乎從國中時期就開始了。不，念小學時的那一次，父母嘶吼吵架摔東西，她為了躲避一只玻璃杯，飛奔跑向陽台。此後，客廳裡喧嘩吵鬧聲起，她便一個人坐在陽台的角落，讀書。愛麗絲掉入兔子洞以後，她的心臟開始上升，屏息讀著每一段驚奇的冒險。日後她知道那是奇幻的魔力，令人興奮、緊張、遠離現實，紅心王后對著僕人下達命令：「給我砍掉他的頭顱！」她兩手顫抖，幾乎掉下眼淚，心底大聲喊叫著：「快逃啊，柴郡貓。」

她媽媽經常說：「妳把陽台當成防空洞，以為這樣，全世界都找不到妳？」朝夕相處的媽媽，並不了解她，她沒有躲藏，相反的，那是她朝向外面世界的時刻。

陽台的角落堆放著拖把、香火爐、紙箱等等雜物，透露出她們家日常生活的缺乏重量，跟公園裡媽媽們輕淺的談話無異。當許老師發現紅白玫瑰的命運並無不同，生活的本質即是如此，她不再輕蔑那些她所不明瞭的女人。她喜歡她們，一如喜歡自己的姊姊，希望姊姊獲得無上的幸福。

●

晚餐時，媽媽提醒她：「記得去妳姊姊那裡。」

許老師點點頭，說：「我會。」

母女倆每日近距離面對面，也就是這頓晚餐了，其他時間，即使住在同一屋簷下，也沒有太多交談的機會。她媽媽並不熱衷烹飪，晚餐桌上就簡單一葷一素，像隨意打發日子。許老師並不挑剔，默默地吃，剩下的飯菜就拿來裝便當，次日帶往學校當作午餐。

她媽媽總是一邊吃飯，一邊喋喋不休。隔壁一家人都是混蛋，垃圾丟在樓梯間，什麼德行。不是說要離婚嗎，又生了個男孩，就這麼賤？老公在外頭搞女人，聽說長得年輕又漂亮，既然長得漂亮，怎麼會跟個醜八怪？還不是為錢嘛？兩個女人都是為了錢！高麗菜一顆一百塊，是要吃死人啊，打仗也沒有這樣，什麼政府……她媽媽對生活的抱怨無止無盡，她長年默默承受著。

快要吃飽的時候，她媽媽忽然想起了姊姊，說：「我叫妳姊姊，還有小安，過來吃飯，她不肯。妳姊姊真可憐。」

她回覆了一聲，喔，很輕的一聲。就這樣。

去年冬天，過完農曆年，斜對角公寓的紅色大門，在緊閉多日後，徐徐開啟，她姊姊攙扶著姊夫出來。他們步行至公園，找了張椅子坐下。

姊夫身穿厚重羽絨衣，頭戴毛帽，頸脖間圍著鼠灰色毛呢圍巾，全身包裹緊緊。她姊姊不時偏斜身體，幫他整理衣帽，拉緊衣領，防止風灌進身體裡。然後，兩人無言地並坐著，從遠處望去，在傍晚寒氣森森的氣溫下，像兩尊悉心裝扮的雪人。

他們就這樣安靜地坐著。不久，有個冒失的男孩騎車經過，大概還在學騎，差一點暴衝過來，她姊姊面露緊張，站起身，一副肉身抵擋的強悍姿態。而她姊夫依然坐著，沒有任何反應。

終於，她看見姊夫的嘴角掀動了幾下，她姊姊也是，他們開始說話。然後姊夫伸出手，像鍾愛情人或是孩子一般地，輕輕撫摸姊姊的後背。

她在陽台凝望著，心內無法抑止地湧起一陣悲傷。姊夫罹患了肺腺癌，這樣的好人，卻承受著身體的拖磨。

過幾日，她奉媽媽之命送雞湯過去，姊夫喝了一小碗，眼睛裡閃耀起晶亮的神采，他面露歡欣地說道：「佛陀在菩提樹下苦行多年，後來喝了牧羊女供養的新鮮羊奶，那羊奶的滋味，就像這碗雞湯。」

隨即，姊夫收斂臉上的笑，輕嘆了口氣說：「但佛陀卻說世間一切無常，這麼美味的雞湯，也是無常輪迴裡的幻象。」

「悉達多說，萬事萬物無非是和合現象，如果我沒有生病，怎麼知道雞湯美味？是生了病，才知道世界上還有美味的東西？」姊夫說著，又笑了，是苦澀的一笑。

她姊姊不耐煩了，其實是捨不得，插嘴說：「想喝就多喝一點，你管佛陀說什麼，他又不是總統。」

她提起保溫鍋，要走了。姊夫喚住她：「幫我跟媽媽說謝謝。」她照舊不說話，只點頭。趁著點頭的時候，她目光飄移，也不是有意的，應該說是一種習慣，她習慣注意姊夫正在讀的書。茶几上有本書，敞著書頁，她一閃即逝地記住了書名。然後像害怕偷窺被發現，快速轉移目光，趁所有緊張的毛病尚未發作，轉身而去。

回家後，她拜託母親給姊夫繼續燉煮雞湯，她每天送去，這樣就可以聽姊夫講悉達多立地成佛的故事，以及幻象、和合、空性、無明之類的道理。

網購的書寄來了，許老師夜裡改完學生作業就安靜地讀書，讀姊夫讀過的書，讀到女尼烏帕拉問愛戀她的癡情男子，你喜歡我的什麼，癡情男子說，妳的眼睛，妳那明亮知曉一切的眼睛。烏帕拉伸出手，毫不猶豫，把眼球挖了出來，血淋淋送給了男子，許老師驚嚇地啪地一聲，放下書本。色相是空，貪愛亦然，許老師嗅到了死亡的氣味，她不要這樣，不要。

客廳裡電話鈴聲響起，她媽媽接完電話，靠到她房門大聲地說：「妳姊姊說，不用送雞湯了，喝膩了。」

前年冬天，班級裡發生失控的事。有時候，她會突然心生懷疑，責備自己不適合當老師，雖然不算太討厭小孩，但也從未真心喜愛。她教國小四年級，這個年紀的孩子，無分男女，開始有心機了，容易鼓動浮躁，她常常感到心有餘力不足。

學期末的班級同樂會，她讓學生排練戲劇，學生投票選出《青蛙王子》和《小紅帽》。排練期間，她幾乎管不住一群小蠻牛，男生不斷追逐著女生索討親吻，女生則一個個尖聲尖叫，幾頂紅帽子不斷在空中漫天飛舞。她在學校裡沒什麼朋友，遇到困難，不知道該如何求助。幸好隔壁班的陳老師路過，伸出援手，大聲喝斥，穩住了秩序。

站在講台上束手無策的一秒、兩秒、三秒之間，許老師的腦中躍出隆隆戰火下那對孿生兄弟，他們雪一般蒼白的長臉，以及越來越卑鄙的猙笑。許老師幾乎忘記他們了，他們靜靜躺在某本書清冷的文字堆裡，此刻，許老師憶起了孿生兄弟所做過，意圖取代公正的上帝，卻恰恰和戰爭如同的，那些傷害與被傷害的事情。

事後，她買了本小書當作禮物送給陳老師。她小時候讀過《羅蘭小語》，把喜愛的句子抄寫在筆記本裡，一遍一遍反覆地讀。如今《羅蘭小語》不流行了，她換了一本現代作家寫的語錄體小書，夾了張卡片，寫著「謝謝陳老師」，靜悄悄放在陳老師的桌上。隔日，她路過陳老師桌邊，發現小書翻動過，卡片從書的中央探出頭來，她心裡立即湧出一股喜悅之泉。

許老師小時候讀過許多王子公主的童話，她坐在陽台地板上，背靠著欄杆，躲進故事裡，暫時聽不見屋內的喧鬧。但她記得，那個後母設計砍掉小男孩頭顱的故事，她讀得心驚膽顫，懷疑勤於爭吵的爸爸或媽媽，也會做出同樣的事情來。不久，爸爸離家，從此不見人影，她開始擔憂，媽媽會是動手的那個人。

她後來跟姊姊的男友、後來的姊夫通信，曾在信中問過這個問題。童話裡不斷以巫婆、後母、大野狼嚇唬天真無知的小孩，結局卻是王子公主幸福一生一世，究竟在傳達什麼意思呢？姊夫像個無所不知的教師，回信告訴她，前者是殘酷的現實，後者是給妳生存下去的勇氣。「妳是個美麗的姑娘，應該好好享受幸福，請不要為無中生有的事揪心。」姊夫信中體貼地點醒許老師，喔不，是姊姊，美麗開朗的姊姊。

為期一週的排練結束，表演的前一日，她在課堂上告訴孩子們，童話是體驗殘酷的現實後，讓人擁有承擔責任的勇氣。孩子們的表情，有的認真有的不明所以，忽然，從脖子開始，一陣向上延燒的灼熱感，很快爬上了她的臉頰，臉部的肌肉又開始緊縮，孩子們的一張張臉孔，變得逐漸模糊。

她事後分析自己，說出「童話是體驗殘酷的現實後，讓人擁有承擔責任的勇氣」這樣的話，已超過了她的負荷，她心想，我的確做不好老師。

礙於拘謹的個性，許老師沒有太多的選擇，成為小學教師是最安全的職業了。她將姊夫教導給她的人生道理，傳授給了孩子們，雖然做得彆扭，但職業人生裡第一次，她說了一名教育者該說的話。

●

姊姊在一場生日舞會上與姊夫相識，他們整晚相擁跳舞，在彷彿撒著花瓣般旋轉的燈影下，姊姊容顏煥發，一襲米白長裙，搭配白色布鞋，儀態婉轉，搖曳生姿，當音樂緩慢下來，她緊靠姊夫的胸膛，嗅覺引領她沉浸在男人身體的氣息中。舞會結束，兩人在夜色如夢的街上，徐徐慢步，絮絮綿綿說著好似從上輩子即已開啟的話語。穿過不知幾條街巷後，他們走到三角公園的一角，兩人怔怔相望，依依道別，互換了地址與電話，切切交代莫在茫茫人海失去了彼此。姊夫反身離去，消逝在公園濃密的榕樹暗影裡，那個當下，姊姊心跳加速，緊張快樂歡欣滿足地，巍巍顫顫推開了公寓的大門。兩個月後，姊夫剃了個五分頭，當兵去了。

姊夫寄信來，姊姊心情澎湃，難掩戀愛的狂喜。當她終於安靜下來，開始憂愁。她走進許老師的房間，從那場令人暈眩的舞會細說從頭：「他說，喜歡我長裙配上白布鞋，他說，沒有人敢這樣穿搭。說我美得很特別。」姊姊遞上姊夫的來信，苦惱地問許老師：「他好會寫信呦，妳看，他寫了三張信紙。怎麼辦？我不知道怎麼回信給他？」

許老師讀了姊夫寫給姊姊的第一封愛情信箋，信裡並沒有熱烈的表露，只細細寫著軍旅新兵的生活瑣細：

「前天我們徒步練習，在路邊的土地公廟休息時，同梯裡有屏東來的，他嚷嚷著，茶、茶、茶，原來屏東人說的茶，是茶水的意思，白開水也是茶水。同梯來自各地，有不同的生活習俗，我覺得有趣。

訓練中心規定每晚七點半開始洗澡，但是昨晚，晚飯過後，突然砰地一聲，據說是變電箱短路，宿舍裡頓時一片漆黑，我們摸黑去洗冷水澡，大家哇哇叫，感覺這就是當兵的日常。

……」

為何沒有傾訴思念呢？許老師猜想，這淡然的描述，或許想讓所愛之人看見，他是如何生活的，好似姊姊就陪在他的身旁，那是一份懇切的心意吧，許老師於是跟姊姊建議：「也說說妳生活裡的事吧。」

她開始替姊姊代筆，姊姊總是讓她先讀姊夫寫來的信，了解姊夫軍旅生活的點點滴滴；下筆前，姊姊說，她記錄。姊姊說著公司裡的事情，會計工作很有威嚴，業務員報帳單據稍有瑕疵，她理直氣壯質問人家，你在學校有沒有學過算術啊？姊姊交代她：「跟他說，這個時候就覺得自己很重要，會計很重要。」許老師據實寫了下來，但她稍改了修辭，她寫：「這個時候就感受到了自己的存在感。」姊姊對存在感一詞非常滿意，她摸摸許老師的頭，讚美道：「將來要當老師的，就是不一樣。」即使如此，姊姊的工作仍顯瑣細乏味，姊姊也不許她寫到錢這個字——即使她經常掛在嘴邊，我的工作就是數鈔票，越多越好。姊姊問她：「這樣寫了多少字？」她回答：「四行。」姊姊嘆口氣，耍賴地說：「不管了，交給妳。」

後來，她們就以這樣的模式，姊姊口述，再交給許老師自由發揮。她嘗試著描述身邊發生的事，像姊夫寫來的信那樣鉅細靡遺，譬如：家裡的兩盆曇花，快要入夏了，我們正等待著午夜時分曇花瞬間綻放；家附近的公園最近安裝了鞦韆，我想去試試，看自己能盪得多高；最近同事們都去看了《末代皇帝》這部電影，你在軍中，沒辦法看電影吧？電視上說很多年輕人在北投大度路飆車，真可怕……很快地，她感到了羞愧，她向來是個漠視生活的人，她厭煩現實世界，厭煩雞零狗碎的事，她困乏的文字能力，甚至讓生活變得更加黯淡。

聊聊讀過的書吧，這個念頭像片浮雲飄進許老師的腦中，她樂觀地相信，如此一來，姊夫會更加珍重她的姊姊。

往返幾封信後，她驚訝發現，她姊姊愛上的，是個讀過許多書的男人，凡她提及的書，姊夫都可以回應一套見解。譬如她問姊夫，契科夫何以如此殘忍，在兩兩相依的滑雪道上，狠心戲弄情關初啟的少女？男人特別喜歡開這種玩笑嗎？姊夫回答她，這篇小說契科夫寫過兩個版本，原先的版本可是喜劇收場呢，可見作家隨著時間，對人性有了不同的見解。作家總是對悲劇鍾情，他們喜歡從悲劇裡看清人世的真相，即使那是杜撰的。「別管作家怎麼想，我們追求自己的幸福，在世間的幸福裡，安身立命。」信的結尾，姊夫說。

姊夫信裡使用了我們兩個字，觸電似的，她感到一陣暈眩，錯愕隨至，分不清那個我們是誰。

此後，許老師加倍努力地讀書，以便給她的姊夫寫信。某日，她姊姊手裡拿著剛收到的信，倚在門邊通知她，以後不用幫忙寫信了，姊姊說：「我自己來。」

許老師靠在陽台欄杆上，看著從雲翳裡冒竄出來的月亮，那是一個月亮特別冷清的夜晚。她想著過去半年，那一封封信箋傳遞的絮語，讀信的人，一顆心隨之上升下降，又上升，又下降。僅僅只是代筆，那屬於愛情無盡的冥想所帶來的焦灼，許老師宛若懂得了些許。我等待你的回應，我擁有你，我燃燒自己給你看見，我焦慮，我表現出哀愁與憂傷，我們彼此思念、魂縈夢繫……她想，姊姊的心情，我了解。姊夫是屬於她的。

她進入開刀房等候區時，正好迎接小嬰兒宏亮的初啼聲。男孩，聲音聽起來即是個可靠的小傢伙。姊姊被推送出來，送進麻醉恢復室。她和姊夫在等候區的座椅上，挨著肩，坐著等。

他們平日就不怎麼交談，並肩坐著，也就是坐著。時間變得特別緩慢，冷氣特別的冷，密閉的等候室看不見外面的天色，許老師開始在心裡默念著：一隻羊、兩隻羊、三隻羊……這是她自小應付焦慮的方式。焦慮什麼呢，坐在姊夫身旁，令她手足無措，感覺頸後燥熱發燙的老毛病，又開始了。她不知道姊夫對她了解多少，姊姊是否告訴過他，妹妹容易緊張害羞，即使知道也無濟於事，她仍然緊張，身體發寒，像是站在懸崖邊緣。直到護士通知姊姊醒了。

因為放暑假，許老師有時間陪伴姊姊。她每天送媽媽燉煮的鱸魚湯到醫院，然後在病房張羅細瑣，等姊夫下班。剖腹產後的婦女，腰際綁一圈護腰帶，以減輕傷口的疼痛。但姊姊還是喊疼，尤其護士要求姊姊下床走路，幫助傷口癒合。她扶著姊姊，走兩步，姊姊就放聲喊痛。姊姊也不願意去育嬰室看自己初生的孩子，只想賴在床上休息，她說：「以後要照顧一輩子，現在讓我偷個懶吧。」

有幾次，許老師陪姊夫去育嬰室，姊夫手持奶瓶餵食小嬰兒，又按護士的教導，將小嬰兒側身，拍背。許老師跟著學習，姊夫上班的時候，就換她來育嬰室給小外甥餵奶。其中一次，他們的目光同時投向一對新手父母，母親餵著母奶，父親興奮莫名，對著小嬰兒喃喃地說：「我是爸爸喔，來，叫爸爸，叫爸爸。」

她和姊夫不約而同地笑了。這不是她第一次看見姊夫那大好人式的溫煦笑容，但姊夫卻可能是第一次見到她笑。姊夫會特別留意她笑起來帶著一絲苦澀、像是勉強的笑嗎？她去教書前，曾經對著鏡子練習，這才發現自己的笑容，只是臉部肌肉輕微地抽動，好像有人逼著她似的。

姊姊的傷口三天後痊癒了，許老師陪伴姊姊回娘家坐月子。許老師已學會幫小嬰兒洗澡、餵奶、換尿布，姊姊睡醒了看她忙碌，讚許她：「妳比我更像個媽媽呀。」

為了照顧外甥，許老師跟媽媽起了衝突。她媽媽用厚毛巾將小嬰兒的身體和手腳綑綁起來，說是防止嬰兒受驚。但書上不是這樣說的。許老師買了幾本育嬰書，書上說，剛出生的小孩來到全新的世界，他會不斷舞動雙手，以舞動的姿勢試探這陌生世界是否友善安全。把小嬰兒綁縛起來，他潛意識裡的恐懼，將永遠無法排解。

於是，她將嬰兒的手腳從綑綁的毛巾中解開，她媽媽寒著臉，碎念著：「有什麼問題嗎，妳們不就是我這樣拉拔養大的嗎？」她無言，只輕輕拍著小外甥的胸前，猶如是護衛。

夜裡，許老師聽見姊姊跟姊夫商量，聽媽媽的，還是許老師的，兩人都有道理。姊夫主張聽許老師的，他說：「每個家庭的第一個孩子，都是照書養的。」姊姊不爭，僅以嘲弄的口吻說：「好吧，你們倆是讀書人嘛。」

姊姊後來跟她說，孩子是她的，不能一直靠媽媽和妹妹，「不如這樣，妳讀書給我聽吧。」

晚餐後，她開始以生硬的聲音，為姊姊讀書，只讀一小段，以免姊姊缺乏耐性，喊累。孩子一個月、兩個月、三個月，每個月，身體和認知學習會起什麼變化，幾時換吃副食品，幾時斷奶，停尿布，學走路。切記，開始吃米飯後，讓孩子跟大人同桌用餐，讓孩子知道他是屬於這個家庭的一分子……

她讀書時，姊夫就抱孩子，他拉開汗衫，將孩子放在汗衫上，輕輕地搖晃。偶爾，他抬起頭，聽許老師念書，並露出微笑。她姊姊則是吃這個、補那個，身形很快圓潤了起來。

許老師從書頁裡抬起頭，望向眼前，白亮的日光燈照耀下，這是一幅幸福家庭的情景，她感到無比的欣慰，感到自己讀書時面部的肌肉，漸漸變得鬆弛。那備受萬千寵愛的孩子，有了小名，全家人喚他，小安。

●

她父親外面的女人打電話來，通報父親的死訊，突發性的心肌梗塞，送往醫院已來不及。她媽媽面無表情，以堅決的語氣，告訴電話裡她恨了半輩子的女人：「他是我的男人，就算死了，也是我們許家的事。」

做頭七，師父到家裡誦經，女兒女婿外孫齊齊跪地，反覆的祭拜與誦念。中途，小安向陽台張望了一眼，大喊一聲：「曇花開了。」沒人搭理，大人專心念經文，《地藏王菩薩本願經》。

誦一段後歇息，她姊姊和姊夫站在落地窗前，看已然盛開的曇花。姊姊問小安：「你看著曇花張開嗎？哪一朵最先開？左邊這盆，還是右邊這盆？」

「一起開的，我親眼看見。」小安回答。

「同時一起開花？怎麼可能，太神奇了。」姊夫說。

她媽媽端出乾麵和味噌湯，立刻皺眉不高興，怨聲地說：「這像是在辦喪事嗎？欣賞起花來了，妳爸屍骨未寒哩！」

姊姊回了一句：「曇花不是爸爸種的嗎？爸爸在跟我們說話。」姊姊說完吐了吐舌頭，深知惹媽媽生氣了。

一場頭七做下來，耗時五小時，大家都累了。師父也累了。姊夫好奇問師父，以後每個七都花這麼長的時間嗎？師父講解做七的規矩，看喪家的意思，也可以省略偶數七，只做單數七，現代人忙碌，近來已有越來越多家庭只做單數七。姊夫轉頭對姊姊說：「那我們也做單數七吧？」姊姊立刻同意，聲稱：「這樣好。」又悄聲地跟許老師說：「這個人離開家這麼多年，感覺他早就不存在了。」

但她媽媽卻啪地一聲，一巴掌重重打在茶几上，憤憤地說：「以後我死了，也這樣對我嗎？」想想又說：「我把他搶回來，就是怕落那個女人的口實，說我們不盡心，虧待了他。」她媽媽流下了眼淚，是恨的眼淚。

在場的人面面相覷，小安乾脆打開英文課本，埋頭下去。

送走師父，她姊姊拉著姊夫和小安要走。突然想起了什麼，在櫃子裡找出剪刀，轉身到陽台剪下了兩枝曇花，回頭對許老師說：「曇花補肺，我帶回去，給妳姊夫蒸冰糖吃。跟媽說，照她的意思，就做滿七七吧。」

家裡安置了神主牌位，晨昏一炷香。隔著落地窗，許老師靜靜聽著窗內的動靜，她媽媽穿著拖鞋踢躂踢躂走過來，滑動打火機，點燃香火，敬拜三下，轉身離去。

落地窗嘎地一聲，她料想不到媽媽會推開窗，踏進她的世界。媽媽靠向她，以和她同樣的姿勢，身體略微前傾，兩手跨在欄杆上，瞭望遠處的公園。

她們沉默了半晌，媽媽問她：「妳到底在看什麼？看公園裡的人嗎？」她照舊沉默，不是賭氣，而是無言。她媽媽可能以為，這個性情奇怪的女兒，老是用不吭一聲的方式，向她抗議，懲罰她。但她從未想過要懲罰誰，不原諒誰。

十月初，傍晚有些風涼。風是從公園那頭吹過來的，她們沐在微風吹拂下少有的平靜中。她媽媽突然冒出一句：「現在反倒平靜了。」

她轉頭望向媽媽，眼睛裡必然是散放著迷惑，以致她媽媽尷尬地低下了頭。但媽媽明明想說話，沉默了一會兒，終於說道：「好像身體變成一個大窟窿，空掉了，反而就平靜下來了。果然是，世事一場空。」

接著，母女倆停頓在前傾的姿勢，靜靜倚靠著欄杆。她媽媽繼續說了些話，撩動著習習晚風，許老師覺得該回應母親，但她不知道該說什麼好，她總是這樣，掙扎半天，終於開口：「死亡，是生命的另一個稱呼。」

怎麼會在她媽媽盼望她說句話的時候，說得如此唐突呢？她往前推想她們之間的交談，應是媽媽提及了父親的死，死亡帶來的世事空茫，也可能是她忽然想起讀過的某一本書，在彼此交錯的語境下，她脫口而出。那麼，她究竟想跟媽媽說什麼呢？她明明想寬慰媽媽受盡的苦楚，是啊，在時間的洪流裡，從一開始就注定賦歸虛無，所有的情愛最後都化為塵土。但這算是寬慰嗎？許老師自我質疑起來。

●

多年後，「世事一場空」這句話，她的姊姊又再跟她說了一遍。

她按了姊姊家的門鈴，小安來開門，年輕的臉龐，唇邊和耳鬢多了些許悲傷的鬍渣，是個漂亮的男人了，許老師心裡這麼想著，自然又想起了姊夫，小安模樣長得像爸爸，個性倒是像媽媽，大而化之。小安領她進臥室，說媽媽心情尚未振作，拜託阿姨勸一下。小安應該知道她無法勸說什麼的，她是個沒有言語的人，能說什麼好。

姊姊裹著毛毯，斜躺在床上，像生病的人。見了她，先問：「給妳姊夫上香了吧？」她意識到日後到姊姊家，上香成了入門的儀式，她得學會。於是轉往客廳，上了香又再進來。

她坐在床邊，四處張望這失去了男主人顯得空蕩的房間，她的目光落在化妝台上方，姊姊和姊夫合影的結婚照，一個英年壯盛，一個豔美如花，兩人含情互望，眼波如水般透明，整幅照片，好似時間停止於此。忽然，許老師發現姊夫的唇邊，微微掀動，彷彿正說著話，她心裡一陣激動，差點哭了出來，趕緊轉開視線，說：「媽媽滷了豬腳，放在廚房，給妳和小安。」

她原以為姊姊胃口尚未恢復，萬一又讓她提回去，未料姊姊說：「太好了，我好餓。」姊姊讓她去煮點麵條，她想吃碗豬腳麵，「也給小安煮一碗吧。」

這讓許老師稍感寬心，她姊姊想吃東西了。她很想跟姊姊說，是啊，日子還是要過下去。但她沒說出口。事實是，她自己的心情也漂浮不定，如何勸慰姊姊呢。姊姊失去了相愛的先生，她失去的則是記憶帶來的，至今仍未明白的什麼。

煮好麵，她拉開客廳落地窗的窗簾，讓屋內顯得明亮些。從這裡，可以換個方向，俯瞰公園。有一回，她從自家的陽台，遠遠望見公園的另一頭，姊夫正在窗下讀書，距離遠，那身影恍恍惚惚，像一抹黑色的影子。她姊姊日後跟她說：「有時候真的很討厭。」姊姊沒有說出口的是，她討厭姊夫花太多時間讀書，忽略了她。

他們圍坐餐桌吃麵，姊姊說：「妳也吃一點，妳這麼瘦。」許老師便跟著吃了起來。姊姊邊吃，邊說著話。她說：「謝謝妳，最後這段時間幫我分擔照顧。沒有妳，我撐不住。」

在醫院的最後時日，她心疼姊姊，找機會讓姊姊回去睡一會兒。她幫忙照顧，用棉花棒沾開水溫潤病人的嘴唇，幫病人翻身塗抹藥膏，換尿壺，抽痰，有過幾次，姊夫張開了眼睛，怔怔望著她，她趕緊背過身去，深怕姊夫誤解她是姊姊。姊夫住進加護病房，她陪姊姊在家屬休息室過夜，日夜守候。休息室簡陋，堅硬的木板床，吵雜的人聲，但她願意，願意承擔這受苦的意義。午後，醫生急急出來喚她們進去，但姊姊去廁所，她先進去了，望著滿身插管的姊夫，她舉手無措，眼睜睜看著心電圖戛然停止，這時，姊姊衝了進來。

「他交代我，不公祭，不發訃聞，不入塔。火化後，樹葬，也不做法事，他說，怕吵。還叫我放心，說什麼都不做，還是會昇天的。我都聽他的，他是有智慧的人，只有一件事，我在家裡為他安了牌位，總還是要有個家，偶爾回來看看我們。他在天上，會是個快樂的人，無病無痛。愛讀書就讀吧，我不管他了。」姊姊說。

姊姊沉默，低頭啃咬豬蹄，隔了一會兒，抬起頭，說：「妳懂嗎？婚姻生活總有高低起伏，沒生小安以前，我常常感到寂寞，後來有了小安，就好了。妳姊夫讀書時，好像身邊的人全都不存在，可以讀一整晚，讀書這件事，非常自私。但我真的不管他了。他走了，我怎麼樣都得忍受寂寞的。」

許老師曾經聽結了婚的同事提起，討厭先生喝酒，交一堆爛朋友，或是頻繁交際應酬之類的，但她始料未及，姊姊婚姻生活裡的阻礙，是讀書。姊姊說得沒錯，讀書的確是自私的事，她媽媽也跟她抱怨過。

姊姊看了她一眼，笑了笑說：「後來有一次，我開玩笑，跟妳姊夫說，你應該娶我妹妹，反正她不說話。沒想到妳姊夫卻生氣了。」

姊姊說出「反正她不說話」時，許老師感覺臉部與耳後那微微的溫熱感，又冒了出來，悲傷漫溢在她和姊姊之間。

吃飽了，姊姊站起身，隨口說：「媽媽的滷豬腳，忘了放冰糖，有點醬油的死鹹。」又說：「我知道，妳想勸我，日子還是要過下去。我會的。」

姊姊往沙發走去，坐下後，繼續說：「我讓小安整理書櫃的書，這些書，妳姊夫都讀過，他這個人，特別有紀律，讀完一本買一本，每一本都讀過，所以，他這一生也就這麼兩個書櫃，並不多。這一點，我是了解他的。但書留著沒用。我和小安都不愛讀書，看著難過。妳需要的話，自己挑。但你們讀的書不太一樣吧？」

許老師起身來到書櫃前，瀏覽姊夫的藏書。雖然兩家人住得近，但她不常來，她媽媽更少來，她對姊夫讀什麼書，好奇，卻總是偷偷地窺看，從不曾靠近過姊夫的書櫃，好像深怕什麼似的。有時候，她莫名地害怕過於了解姊夫，她了解他，就等同他也了解她。她望著書櫃裡的書，歷史與文明、文化裡的幽黯意識、人類的起源……她忽然明白了姊姊的寂寞，那寂寞裡無法跨越的、抽象的距離感。

她姊姊叮囑她，書櫃靠窗邊，有本平躺的書，「記得帶走，給妳留個紀念。小安在書裡找到一封當年妳寫的信。」

「信是妳寫的，不是我。」許老師說。

「小安也是這麼說，他說，妳看，書裡有媽媽寫給爸爸的信。」

那時候，她和姊夫經常在公車站相遇。就是那一次，姊夫從背包拿出書本，她歪斜身體，靠近了點，想知道姊夫讀些什麼，姊夫發現了，拿著書的手輕輕揮了兩下，她趁機看見了書封以及作者的姓名，她甚至在眼神飄忽之際，讀到了書頁裡印刷工整的字體：「先生之論心性，頗與其論理氣自相矛盾……」這驚鴻一瞥，令她驚駭莫名，她是在師院受的教育，明白那些心性理氣之說，是個博大精深的知識體系，也膚淺地認得這體系裡赫赫之名的巨人身影。她來不及心生崇拜，卻立刻想起替姊姊代筆的那些信箋裡，自己叨叨絮絮著小情小愛，那些虛構不實，那些人生哀嘆，那些男人與女人，她的老毛病瞬間發作，耳根熱燙，對自己失望已極，羞愧已極，恨不得馬上滾下車去。

穿過公園時，她特意在姊姊和姊夫冬天時坐過的椅子，坐了下來。剛剛小安將書遞給她，姊姊在一旁說：「小安說，信裡提到這本書，他問我，這本書到底講什麼？我說，去問妳姨。」

許老師撫摸著書的封面，白色部分已經有點濁黃了，但翻讀過的書，總帶著柔軟的觸感。無論怎麼說，都不該是姊夫讀的書。

她不禁猜測起來，她在信中提起了這本書，合理的解釋是，她的姊夫啊，為此去買了、讀了，這原不該屬於他的書。更為合理的解釋是，姊夫為了親近自己所愛的人，而去讀了她讀過的書。

她的姊夫，將愛人的來信，妥妥貼貼，對摺了又對摺，夾在書頁裡。此刻，許老師將信一層一層地拆開，在姊姊精心挑選，揮散著香水氣息的信紙上，許老師清秀的字跡寫著：

親愛的俊夫：

你都好嗎？

部隊裡有沒有人欺負你？（我老是擔心你人太好被欺負）有沒有好好吃飯？有沒有睡飽覺？

記得到新訓中心看你那一次，距離我們前一次見面，有兩個月了，我看著你明顯變瘦的外貌，原本的斯文俊秀，被操得一副黑黝黝的，心裡真是萬般不捨。雖然我們是在你當兵前才認識的，總覺得上輩子就認識你那麼長的時間了。所以，我對你的擔心好像也是那麼長的時間了啊！所以，你要原諒我這麼愛操煩喔。

快過年了，公司發了年終獎金，少得可憐，沒關係，我還是買了毛線圍肚給你寄去。天冷出操的時候，記得穿上，別讓我擔心。我沒有虧待自己，你說過的，我是天生下來就該享有幸福的女人，所以，我為自己買了新的洋裝，橫條紋，藍色和紫色相間。過年時我會穿著它去部隊看你，你要說好看喔，不許說不好看喔。

六〇年代末，是什麼樣的時代風景呢？最近讀了一本書，看完後仔細地想了想，這是一部愛情小說，我們在別人的愛情裡，能夠獲得什麼啟示呢？兩個女性與一個被她們深愛的男生渡邊君，猶如走在玫瑰花園裡，他該挑選哪一朵好呢？不，這不是選擇，對年輕的他而言，必須先經過了直子，才能一步步走到綠，我是這麼想的。在兩個女孩的中間，渡邊君如此的靠近死亡，好友死了，戀人死了，他通過死亡記住了他們共同擁有過的時光。如果沒有經過這些，他會以什麼樣的一個人，來到綠的面前呢？

我不得不想著自己的人生，我的親戚朋友中，除了外婆，沒有任何死亡的案例。但是，直子說：「我們全都在某個地方扭曲著，歪斜著……」為什麼世界上有人會扭曲歪斜呢？是什麼原因造成的呢？何以有人活得很好，有人卻不行？我的某個部分也是如此嗎？扭曲與歪斜，啊，不能多說了。

快過年了，期待假期裡見到你。

祝　萬事如意

美如　敬上

●

許老師讀著信，信的內容已然陌生，陌生感卻刺激了她的情緒。

日落時分，太陽的餘光映照在附近樓房的牆面，公園裡，像往常一樣，一股集合了眾人的吵鬧聲，此起彼落。

她的腦海裡，浮現出無限久遠以前，在牛排店裡跟姊姊吃飯，姊姊告訴她，婚姻是兩個人相伴一生，不應該存在欺騙。她後來告訴姊夫，妹妹代替她寫信這回事。姊姊說：「他沒有生氣，只說，原來如此。」姊姊問她，他說原來如此是什麼意思？於是，許老師皺起了眉，不說話。姊姊猜中她心裡想著什麼，知道她的疑問，便嫣然一笑，說：「愛一個人，誠實而無法抗拒，無法選擇。這是他告訴我的。」

姊姊的話，一如許老師曾經背誦過崇拜過期待過的：「因為我曾經為她澆過水；我曾經將她放入玻璃罩；我曾經用屏風保護她；我曾經在她抱怨或悶不吭聲時，靜靜地聽著她說話；因為她是我的玫瑰。」——是這樣吧？

那以後，代替姊姊寫信的事，好像沒有發生過，她和姊夫，即使成為了親人，彼此間連說話的時候都很少。

現在躺在她手中的，應是許老師代寫的最後一封信。她寫好信，交給姊姊，姊姊讀後吵嚷著：「什麼歪斜啊、扭曲啊，我怎麼可能這樣？刪了刪了。」但她沒有這麼做，姊姊沒有發現。她將自己的某種心緒，暗暗地傳遞給了姊夫，她凌越了代筆者的界線，做了不該做的事。

此際，她感到無法言喻的悲傷，死亡終於來到了她的面前，未來，這死去的人成了她活著的一部分，懊悔也是。她蒙住了臉，不知道哪來的力氣，全無顧忌，放聲哭了起來。

她的世界縮得好小，只剩下哭泣。她哭，不獨是失去了唯一的戀慕，還有、還有……彷佛出生以來蓄積的所有的苦楚，那些身體裡幾乎要壞死掉的部分，扭曲的，歪斜的，都在一聲一聲地為她哭泣。

左邊的天空，被一隻剛好飛過的烏秋，像踢了一腳似的，踢破了個洞。就算此後世界坍塌了，這會兒，她仍要哭，一直哭，不停地哭，地老天荒地哭。

等她想到該回家了，她抬起了頭，前方是她的住家，三樓陽台，有個恍惚的人影，正朝著她張望。

——原載二〇二三年七月二十六～二十八日《自由時報》副刊
收錄於二〇二三年八月出版《暗路》（九歌）

孫秉剛攝影

金甌女中畢，曾任職環華出版公司、時報出版公司、中國時報【開卷】。曾獲時報文學獎、金鼎獎出版報導獎、金鼎獎特別貢獻獎、金鼎獎文學類圖書獎、二〇二三年Openbook好書獎。出版短篇小說集《山音》、《暗路》、長篇小說《浮水錄》，主編《我台北，我街道2》；目前為自由寫作者。

一個陌生女人的來信

黎紫書

收到信。

是信。不是電子郵件。既有實體，便如同肉身降世，得走過一封信必須經歷的所有程序，才終於在這個冷不見雪的冬日，與其他信件一起被郵局的投遞員塞進了你家門外的黑色郵箱裡。你把那一堆亂七八糟的信件從郵箱裡掏出來，幾乎馬上便發現了它。脹鼓鼓的，雖然只是個普通不過的白色長條信封，但它畢竟與其他信件不同。那些由醫院、電訊公司、保險公司或銀行寄來的帳單和月結單，信封上總開著小窗口，而且已預付郵資，毋須貼上郵票；至於其他的，比如各種環保組織、人權或慈善機構寄來的勸捐信和宣傳單，格式也相差不遠，信封左上角總印著組織名號；收件人的姓名地址都是工工整整地打印上去的，還印了一列條碼，無非在說明，你呀只是萬千收件者之其一。

這封信卻不一樣。信封右上角可是實實在在又方方正正地貼了郵票的，蓋上去的紅色郵戳看著一絲不苟，彷彿郵局對待這信特別鄭重其事。若真如此，當然是因為信封上那一筆手寫字吧。雖說字跡有點蹣跚，卻仍不失蒼勁，可以看出來寫字的人曾正襟危坐，竭力要把字寫好。這時代，光看這麼個信封一五一十地將所有儀式做好做滿，你就不免內心一陣激動了。

誰呢？是誰在白信封上用黑色走珠筆寫下這幾串拉丁字母？

收件人是你。姓名拼寫無誤，你自然認得。儘管在美國這裡住下來不久以後，因為聽不得人們四聲不全，一再把你名字裡的「蘭」念成「爛」或「練」什麼的，你索性給自己取了個宜東宜西的英文名。那名字說來普遍，不過是夏日時看見人家花圃裡君影草開得鈴鈴鐺鐺，便來了靈感，信手從花名中摘下「Lily」一詞，等於給「蘭」字英譯。此後這名字常用，多年下來已廣為人知，再難得有人這麼用拼音來直呼你的中文原名。因而乍見信封上的名字，你一時感到陌生，竟不能馬上意識到，那是你。

是你沒錯。認出你自己，這感覺就像被誰開聲指認，才想起來自己一直戴著面具，讓你沒來由地感到忐忑。你在廚房中島那裡找了把水果刀，裁開信封，抽出裡面的信箋。好幾張紙呢，摺疊起來厚厚的一沓。那紙可不是常見的辦公司打印紙，摸上去似乎比較輕薄，而且都已發黃，快成卡其色了，像是什麼猴年馬月的古物。你攤開紙張，說意外其實也不出意料，上面密密麻麻，都是打字機打出來的文字。天呀，這該是貨真價實的打字機字體吧？你忍不住伸出手指觸碰那些文字，它們高矮參差，墨蹟不勻，當中許多弧形都懷抱一團油墨，或淺或深，看著像公立學校操場上勉力列隊的那些邋邋遢遢的孩子。

一封用打字機寫的信。一，二，三，四……滿滿的五張紙。這可比信封上的手寫字更讓你吃驚。然而手指頭的觸感是真的。那些油印字，每一個都力透紙背，快要凹入紙張裡了。你想了想，要是在電影或電視裡看過的不算，你還真沒見過這麼古色古香的書簡。你幾乎以為這信本身是一件舊物，便飛快地瞥一眼信頭。不對啊，上面標明的日期距今不過區區數日。你心裡嘀咕，懷疑這會不會是惡作劇，有人想要作弄你？可聖誕節剛過，愚人節尚遠，況且你在美國這兒結交的朋友，即便不算有頭有臉，也都是受過高等教育的殷實人。誰？誰會有這種玩興？

信確實是寫給你的。對方以最常見的「親愛的××女士」開頭，依然正確無誤地拼寫出你的名字。你像考場上剛拿到考卷的考生，迫不及待地翻到信末查看落款，那裡寫著：

您誠摯的，

內奧米．弗里德曼

●

內奧米，內奧米。即便寫信的人不說，你也知道這是猶太女性常用的名字。就連「弗里德曼」這姓氏，也讓你不期然想起《資本主義與自由》的作者，那不正是個猶太裔經濟學家嗎？信裡的內奧米對此沒想隱瞞，信的開頭她直接報上名來，說再過兩個月呀，她就要慶祝一百零三歲生日了。「若還能再堅持一年，我也就像你的小說裡那位房東太太，活成個一百零四歲的猶太人瑞。」

「你的小說」——她這麼說，你立即意會到她指的是哪一個作品。畢竟你寫作這幾年來，雖然作品不少，卻唯獨這個短篇寫過這麼個人物——年逾百歲的猶太裔房東太太。說來你還為寫了這人物而沾沾自喜過的，覺得她形象立體生動，別具歷史感和滄桑味，與小說裡年輕的華裔女主人公相映成趣，兩人間的互動也饒富興味。有了她，你覺得這作品完成得特別好，因而在完稿以後，你將作品略微修改，把兩個版本分別交給了國內兩家不同的刊物，並且都被刊用了。然而這是個中文小說呀。雖說現如今這時代，有互聯網勾連，地理之隔已不算回事，但語文是人類通天不成換來的詛咒。從古至今，各語文之間始終隔著千山萬水，內奧米怎麼會知道它呢？難道說，這位自稱猶太人的內奧米・弗里德曼懂得中文？

當然，我與你筆下那位房東太太畢竟是不一樣的。我比她幸運多了，我的父母在一戰之前，隨著移民潮經水陸路從俄羅斯遷移到美國。他們來了以後才相識和結婚，我和我的姊姊及一個弟弟也都在紐約出生，因此沒有經歷過歐洲那可怕的黑暗時期，不像你筆下的房東太太，舉家被押到納粹集中營，死傷慘重，唯有她和她的姊姊存活下來。

實話說，你這篇小說寫到結尾了才端出這位老太太悲慘的身世，身為讀者，我覺得真是一大敗筆。這世上有太多作家（尤其是非猶太裔作家）但凡寫到那個時代的猶太人，總不得不牽連上納粹的惡行，硬要給小說注入一點從歷史借來的悲情。這種陳腔濫調，只會使得小說不可避免地流於平庸。我這話不是無憑無據說的，我可是個十分資深的小說讀者。我從小喜歡看書，父母雖然都是工人階級，沒受過多少教育，卻特別縱容我這嗜好，而且就和你們中國人一樣，即便是勞工出身，他們也都胼手胝足要讓孩子上大學，希望下一代過上好生活。後來我嫁的丈夫是個會計師，雖然與數字為伍，卻也是個書迷。壯年時我嘗試寫小說，也給舞台劇寫過劇本，我的先生則到死都夢想著要當個詩人，因此我們家裡總是不缺書的。即便到了今天，我的先生去世十多年了，我依然每晚上都得先讀點書才願意熄燈就寢。我的耳朵不太行了，眼睛倒還管用，看電視時聽力跟不上視覺，難免有所缺失，這才覺悟到文字的天地有多圓滿——它總能做到自給自足、有聲有色。

至於你的小說，那當然不是我的睡前讀物。我可真希望自己能懂得中文呢。真可惜，作為移民第二代，我連俄語都不懂，只依稀記得一些意第緒語單詞，那是我的父親和母親之間交談用的語言；那是說悄悄話的語言，是爭執的語言，也是傾訴的語言，可對著孩子，他們都只說英語，而且一輩子都說得磕磕絆絆。

說起來，我們家的成員似乎都沒有特別強的語言能力。固然有些人能掌握雙語，比如我們在以色列的一些親戚，英語說得就和希伯來語一樣流利，但那是因為學校的雙語教育使然。至於美國這邊，唯有我的小兒子因為年輕時在德國短暫留學，後來持續自修，迄今還能讀寫德語；其他人嘛，也就僅僅能用粗淺的西班牙語跟我的墨西哥幫傭聊上幾句了。好在啊，我的一個孫兒兩年前娶了個中國太太，彌補了我們家一直缺乏的東方元素。我的這位孫媳婦中英語雙全，據說以前在大學裡經常當口譯員，一口英語說得比我們近兩屆的總統好太多了。正是她，因為我說只讀過賽珍珠寫的中國，她便說「那你該讀讀這年代中國人寫的美國」，於是就在網上找來一些中文作品，直接口譯，一句一句，給我念成了有聲書。你的小說，我就是通過這方式「讀」到的。

「一個中英語雙全的孫媳婦」——這多麼醒目！看在你眼裡幾乎像道路施工點上常見的那些警示板上的LED字幕，一字一字閃著紅光。你沒來由地感到一陣心悸，只覺得呼吸和心跳加促，拿不准該不該往下讀，便移開目光四下察看，甚至瞥一眼櫥櫃上方的攝像頭，像是要查看周圍有沒有目擊者。沒有。當然沒有。這麼個冬日午後，丈夫上班去了，說是下午有個重要會議；兒子已在兩個月前遠去法國開始他的新生活，就連往年最讓全家人雀躍的家庭活動——到基靈頓滑雪，也不能把他誘回來；女兒青春少艾，一大早便隨幾個同學打鬧著出門。偌大的房子一塵不染，落地玻璃門外的庭院一片清幽，只有門上掛著的聖誕花環還綻放著節日殘餘的喧騰。你移開目光再往遠些看，天空乾淨得像是被庭院邊緣一排高聳的香柏樹給打掃過似的，說是一片蔚藍吧，可那藍卻是不通透的，猶似倒轉過來的尼斯湖，越看越覺得深不見底，越要懷疑那裡頭藏著水怪。

你不由得又往櫥櫃上的攝像頭看了一眼。

這種節後的日子最無聊了，本該有些活動的，偏是疫情連續兩年下來，許多人已意興闌珊，都提不起勁辦聚會了。城裡的一群寫作同道，過去三不五時總有各種名堂和節目，要不公眾圖書館裡辦新書分享會，要不趁國內哪個知名作家出遊美國，便張羅個交流會一盡地主之誼，或者乾脆弄個聖誕或新年聚餐，好歹也叫人文薈萃，來年會有衣香鬢影的照片印在會刊裡。你那時三天兩頭便往皇后區那一帶跑，畢竟法拉盛多的是中餐館，文友們到了那裡就像解開一件穿了太久又束縛太過的緊身衣，紛紛敞開胸懷用比英語高八度的普通話交談，南腔北調，鄉音不改。

在這群人當中，你知道自己的自覺性比較高。無論到了哪裡，或是在什麼情況之下，你都不至於捏著嗓子說話。別說身處美國社會，即便以前在國內，從小到大，你那麼優秀，受到那麼多師長誇讚，甚至後來在中美兩地上了最頂尖的學校，你也未曾有一刻得意忘形，反而時時警惕著，不讓自己淪落到蛙鳴蟬噪中。文友們無不覺得你文靜低調、言行得體、不愛搶鋒頭，甚至還不怎麼打扮，卻又不失體面。你的一身衣著和手裡拎的包包，包括赴會時穿的鞋子，看似樸素，可圈裡的女士們只要有點見識，便能認出來那些都是十分低調的名牌。她們因而對你有好感，但凡有活動必然把你叫上，只因滿堂花枝招展，最少不得你這樣堂皇的綠葉。

你當然不以為自己是綠葉，反而覺得與這些人為伍會襯托得你出淤泥而不染。誰說不是呢？這些同道們寫的作品你多少看過一些（私底下發給你「鑑評」的有，微信群裡公開分享連結的也有），多半不過爾爾，許多連國內高中生優等作文都比不上。就一張移民文學的旗幟張揚幾十年了，搬來弄去不外乎電影《愛在別鄉的季節》裡藏著的老三樣：離婚、瘋顛、殺人。你還知道這些同儕其實都不怎麼看書，就算有吧，閱讀的視野也都止於八〇年代先鋒派小說，從此不思進取，更別說外國作品了。這些人落地多年，把美國這邊各種社會福利、稅法和股票都摸了個透，現當代作家的名字卻是叫不出一個半個來的。你跟他們不一樣，儘管起步晚，等到孩子都長大了才開始寫作，但畢竟科班出身，也一直保持閱讀習慣，加上英語底子好，中英文書都涉獵不少。這幾年矢志寫作，誓要把以前蹉跎了的光陰追回來，讀書更是加倍用功，差點沒回到了年少時備戰高考的狀態。有了這些積累，無論學問或眼界，抑或是創作水平，無一不凌駕這些坐井觀天者。

這時候，你不免想到，倘若這「內奧米」真有其人，並且她真如信上所說，一輩子醉心閱讀；你要能早幾年遇上她，大有可能與她結交，那麼這些年你發奮寫作，也許就能事半功倍。當然，若真是那樣，你應該不會寫出這個關於房東太太的作品了。退一萬步說，就算寫的還是這個小說，裡頭的老房東太太必然會是個不同的人。再退一萬步吧，即便房東太太非得是個猶太人不可，想必也不會是個納粹集中營裡的生還者。內奧米說得對，這麼寫流於俗套，顯得平庸了。

●

對於這篇小說的結尾，我固然不太滿意，當時忍不住搖頭，臉上必定也現出了不以為然的神情，以至我的孫媳婦住口不念了，問我怎麼啦？是作者寫錯了什麼嗎？

「我原以為這部分你一定會產生共鳴呢。」她說。

我得承認，小說這樣寫，儘管落入窠臼，卻不能說「寫錯」什麼。那年代一個居住在德國的猶太婦女，自然是躲不過那一場歷史浩劫的。「可是老房東太太不是生於一九〇八年嗎？一九三九年她三十一歲了，她的姊姊又更年長一些。姊妹倆都沒結婚嗎？怎麼會和弟弟以及父母一起被送到集中營？」我這麼回答。我的孫媳婦瞪大著眼睛，也許腦子裡在數算我提到的那些數字，也可能心裡在嘀咕，以為我故意挑剌。

「沒錯這有點怪，」她反應過來，「但它連『瑕疵』都算不上啊。」她語氣有點急，似乎自覺有義務為你的小說辯解——就好像我在她面前也總覺得自己有義務為民主黨辯解——一再強調你寫的這位老房東太太，形象特別生動特別飽滿。「簡直栩栩如生！」

我只好向她解釋：小說後面這麼寫，像打補丁似的看著礙眼，一點沒有使得人物更豐滿一些，反而令小說變得油膩可笑。

「正應了你們中國人那句諺語：畫了蛇還給牠畫上腳。」我見孫媳婦神色不悅，便用這話轉移話題。她果然驚訝，問我怎麼知道這諺語。那是以前我從一位病人那裡學來的——過去我是個心理諮詢師，在曼哈頓下城執業超過半個世紀，九十歲才退休呢。雖然健力士世界紀錄沒有記載，我卻一直相信自己是人類歷史上出現過的，年資最高的心理諮詢師——這位病人與她的丈夫都來自台灣，夫婦倆在美國落腳多年，有過一番苦盡甘來的經歷，如今兩人生活富裕，在紐約和佛羅里達都買了房子。她成為了我的好朋友，每年總會特地過來探望，還招呼過我在佛羅里達小住。我在曼哈頓有一座小公寓，自從先生逝世後便一個人守在這裡。我倒是不像你寫的房東太太，需要騰出房間來出租給外人。即便我想這麼做也不行——這房子裡東西太多了，它們多是我過去旅遊時採集回來的寶貝。而且我這兒訪客不斷，兒孫和親戚朋友們常來，加上墨西哥幫傭每週兩次登門，除了打掃衛生以外，也陪我到樓下小超市裡採買，或是扶我到隔一條街的髮廊以及美甲中心。甚至呢，在不讓我的兒孫們知道的前提下，我還會推著助步車，與她結伙，慢悠悠地踱步到再遠一些的法式咖啡館去喝下午茶。

人活到了我這把年紀，多少是個奇蹟吧，也就自然而然成為了後輩眼中的智者；好像年齡可以使人自動升級，變成白袍巫師或紅衣主教什麼的。譬如說這公寓有個年輕英朗的波多黎各保安員，上個月領著他的新婚太太來敲門，夫婦倆說要碰碰我的手，好得到我的祝福。也曾經有一位高頭大馬的俄羅斯女人剛搬進這棟大樓，因為聽說樓上住了個百歲長者，便特地來叩門，想要與我聊聊天。哎，有時候我恨不得他們能多給我一點個人空間，好讓我安安靜靜地看一會兒書呢。所以啊，我並不像你筆下的那位老房東，成日坐在客廳，像釘牢在椅子上；除了與房客偶有互動，便只能等著頭髮花百的女兒一個月開車過來兩趟。

我明白我不該拿自己與你筆下的人物相比，更不該對小說裡一個虛構的人物較真。而且我也無法否認：不是每個住在美國的猶太女人，只要上了一百歲，就會有和我一樣的晚年。她們容或也有孫兒正好娶了個中國太太，卻不至於也剛好有個在電視台工作的孫女婿，會拜托雷切爾．瑪多（註❶）在電視節目上給慶祝一百零一歲生日的老人祝壽。但老實說，我總懷疑你小說裡這位房東太太並不是憑空杜撰的，很可能真有其人——畢竟在另一個小說裡，有另一個人也當過她的房客，與她相處了六個星期。

讀到這兒，你的心彷彿含羞草受驚，霍地收縮。你不由得抽了一口涼氣，這吸進去的一口氣又讓你的心房再收攏了些，幾乎絞出些痛感來。你覺得這信不能讀下去了，再讀恐怕心臟會承受不住，然而信裡字字句句如有引力，硬把你的目光拽到下一個段落：

「就像不同畫家畫的兩幅肖像，雖然筆法不同，但太多細節如出一轍，讓我一眼認出來，畫裡畫的是同一個人。只是啊，儘管來自同一個原型，然而兩個小說裡，我喜歡的是另一位老房東。」

信哪能這麼寫呢？這讀起來不就像小說了嗎？你忍不住回頭細讀，又禁不住喃喃自語，怎麼有人會在信裡置入人物對話，平添一種劇場效果和虛構性，使得信不像是信了。你愈發懷疑這是個拙劣的惡作劇，有人要整你；也就愈發覺得這位「內奧米」故作文雅的言辭懷藏著某種粗暴的惡意。是誰呢？誰是內奧米？你腦子裡將那些於城中筆會或各種聚餐上寒暄過的、交談過的、握過手的、碰過杯的、相視而笑過的、交換過微信號的、互贈過著作的寫作同儕們粗略地過了一遍。每一張超載了笑容的臉都乖張地往你湊過來，堵住回憶的出口。你越想越感到透不過氣，越覺得房子裡莫名地悶熱。面前的落地門猶如玻璃幕牆，上面播映著明晃晃的陽光與風過樹梢的景象。你再看看頭上那攝像頭，隱隱覺得這像是《楚門的世界》，你被放到了一個做實驗用的玻璃箱裡。

你把信放下，走過去一把推開落地門。涼颼颼的空氣鑽進來，像是你打開了一台巨型冰箱，裡頭放著一個冷藏許久，已經有點乾枯了、不怎麼新鮮的世界。你把頭探到門外大口大口吸氣。隨著幾次深呼吸，心跳逐漸平復，腦子裡翻滾的思潮緩緩停歇，你逐漸看清楚了一個事實：你的那些城中文友，沒有一個會是「內奧米」。

並非他們不可能整你——你出道遲，但幾年裡在國內連著出版了兩本口碑不錯的集子，又上過些採訪，還有雜誌請你寫專欄，文友們難說不會眼紅。只是你很清楚這些人的資質，他們當中不乏口蜜腹劍者，但缺少創意，絕對想不出來這麼複雜的點子，也不會有耐性跟你玩這種拐彎抹角的把戲。再說，他們若能用英語寫出這信來，自當全心全意當英語作家，瞄準普利茲獎衝刺得了，又何須被貶謫到「華語寫作圈」，流落成外室也般、永遠入不得宗祠的海外華文作家？

所以，內奧米難道就真的是內奧米？一個與你素不相識、幾乎像是跟你活在兩個平行世界裡的猶太裔老婦人？她就那麼閒，因為在你的小說裡遇見了另一個年逾百歲的猶太女人，就洋洋灑灑地給你寫信，要跟你討論這位老房東？這當然不對勁，可你在美國這麼多年了，還真知道這國家有不少怪人，他們的價值觀和行為方式異於常人，而且都特別執拗，會做出許多不可理喻之事。要說瘋狂的讀者，比內奧米更出格的應該大有人在，否則斯蒂芬·金哪來的靈感寫出《頭號書迷》，讓凱西．貝茲直接把作家敲碎腳骨，綁回家裡？

好吧，權當內奧米就只是個愛管閒事的老太婆，你也不敢說這是否值得慶幸。畢竟她在你的小說裡發現蹊蹺，把老房東太太指認出來了。你懷疑她是來敲詐你的，可仔細想想，一時覺得她字裡行間有種返老還童般的率直，幾乎詼諧可喜；一時又想起來文字的欺瞞性，便覺得那是一個饒富寫作經驗者在故作天真，正賣力演出她用第一人稱給自己畫定的人設。是的，內奧米的表演慾如此旺盛（她還給劇場寫過劇本！）怎麼可能只滿足於只對你一個人賣弄？會不會呢？她會不會同時也給「另一個小說」的作者寫信，將她在你這小說裡的重大發現告訴對方，好向對方邀功？

「親愛的裘帕．拉希莉女士，我是內奧米，來自紐約曼哈頓。我年紀很大了，比世上絕大多數人都多享了些歲數，但我不會說自己老得超乎你的想像，畢竟你寫過比我更老的老人。那是一個非常動人的作品，我不得不說你把那位老房東太太寫得十分鮮活。而我，再過幾個月，就要和她一樣，也活到一百零三歲了。」

內奧米的筆調在你的腦海裡盤旋，沒錯，就是這麼一副倚老賣老的口吻！你幾乎可以肯定，她若給另一個作者也寫了信，信的開場白必然是這麼寫的。這樣想的時候，你覺得自己看見了一個滿頭銀髮的白人老嫗坐在一台打字機前，一臉自喜。她的背不免佝僂，臉上不免滿布皺紋，蒼白的皮膚也不免泛著猶如咖啡漬的老人斑，但她一身衣著光鮮亮麗，深陷在眼窩裡的一對眼珠透著尼斯湖那樣的藍；頭髮是髮廊裡剛修剪吹洗過的頭髮；放在打字機鍵盤上的手指是才做過護理，十片指甲都鮮紅油亮的手指。她的形象竟這般清晰，彷彿你今早才見過她本尊。就連她的所在——一所敞亮的小公寓，布置得像古玩店或者一座小型私人美術館；牆上掛著大大小小的畫；書桌上幾冊大開本精裝書放得猶似書店裡的陳列品；面目模糊姿態乖張的人形雕塑隨處可見，每一尊都像愛德華．孟克畫的掩耳戰慄者（註❷）；周圍的櫃子裡和架子上密密麻麻地放滿了充滿異國風情的精緻小擺件——一切歷歷在目，活像高清電視裡的畫面，直讓你嚇了一跳，然後才想起來這完全是文字搞的鬼！是內奧米的信！她沒有一字提起過自己的姿態容貌，卻暗地裡使了手段引導你，讓你這麼想像她、「看見」她。

這麼看來，內奧米是個寫作能人呢。你忽然意識到自己被人用文字給戲弄了，這於你等同羞辱，便覺出對方的傲慢，不由得生氣起來。可轉念想想，美國民間總不至於遍地寫作高手吧？你看過網上的調查，許多美國人街頭受訪，還會把《白鯨記》和《老人與海》搞混呢。那麼內奧米會不會是個行家，一個用英語寫小說的人？某個創意寫作班的導師？又或者……會不會呢？她會不會就是「另一個作者」？這想法太令人顫慄。你打了個哆嗦，身子往後一縮，拉上落地門，轉身退回到身後的中島，一把抄起島台上的信。

你知道我說的是住在波士頓的那一位老房東太太。裘帕真是個極富天賦的作家，寫〈第三和最後一塊大陸〉時，她未滿三十歲呢，但那小說筆法老練，每一筆都不虛，小說裡提到的每一樣物事都有它的作用，進而使小說產生意義。就說波士頓吧，那裡不是比皇后區有意思嗎？我明白你把老房東太太的房子放在皇后區，是為了遷就小說裡的華裔女主人公，好把她安排到法拉盛的華人貿易公司去上班，再名正言順地引進一些中國色彩。而裘帕呢，她倒是選擇讓一位孟加拉青年走出他的舒適區，先離開老家加爾各答，再揮別他在倫敦求學時住在一起的一屋子老鄉，隻身來到美國波士頓，讓他遇上「只把房間租給哈佛或工院的年輕人」的老太太。你看到嗎？這個房東可不是為了遷就誰或任何一個地方來的移民而存在的；她就像自由女神，她代表美國。人們從四面八方湧向她，只有最上進最有學識的人才配住進她的房子。雖然啊，她那棟房子其實很簡陋，不是嗎？

裘帕這部短篇小說集是我每隔三、五年就想要重讀的書，其中這個老房東太太的故事更是令我著迷。它有著一種魔力，似乎隨著歲數越漸趨近這個小說人物，我對她的言行便多明白一分，心裡又要為裘帕的高超筆力多讚嘆一下。老實說，我曾經想過給裘帕寫信，就是像書迷那樣把信寄到出版社，對她說說我對這小說的想法，可想到對方的文筆這般嫻熟簡練，便覺出自己的文字囉哩囉嗦，一股甩不掉的老人口吻，竟是連她筆下那位房東太太也比不上的——她從頭到尾沒說過幾句話，而且句子特別短，句句鏗鏘有力——頓時興致索然，一個字也寫不出來了。

給你寫信卻完全是另一回事。這是與裘帕的另一個讀者交流。別跟我說你不喜歡裘帕；最起碼，我知道你肯定很喜歡〈第三和最後一塊大陸〉。這個短篇，過去二十年裡我讀過不下十遍了（由於你的關係，我昨天又再讀了一回）。無論是作為一個讀者、一個已活過了一個世紀的老太婆，抑或是一個生於斯長於斯的美國人，我認為自己都夠得上資格與你分享我對這作品的看法。而且我確實覺得這是必要的，因為啊，顯而易見，你並沒有把這作品讀透。這話我可是認真說的：你要是讀透了它，一定不會另外再寫一個小說，把人家的老房東從波士頓給挪到皇后區。

把老太太放到波士頓真是一記妙筆。波士頓是個好地方，那兒是哈佛和麻省理工學院的所在！她就該雷打不動地守在那裡，每天像個大將軍似的坐在專屬她的那一把椅子上！當然，你也一樣寫老房東太太整日坐鎮在家，可你的寫法只讓人覺得這老婦人動彈不得、可憐兮兮。在裘帕的作品裡，老房東太太的「動也不動」卻有著多層意涵。我請求你把它找出來再讀一遍，或者兩遍、三遍，直到你能感受到那情景所透著的莊嚴以及老婦人那堅定不移的意志為止。你去看看，看那個「說起話來中氣十足，甚至還有點專橫跋扈」的老人；看她怎樣地對上門來的孟加拉青年大吼：「鎖上門！進屋第一件事就是要鎖門！聽明白嗎？」，又是怎樣地為美國太空人登月成功而驕傲不已，甚至命令那青年，硬要他承認「美國了不起！」——一點不理會人家的感受。你看到了嗎，老太太那頑固又近乎無知的傲慢？你看到在一個印度來的青年眼中，美國這個國家是多麼的驕橫、強勢，同時又是多麼的脆弱自危嗎？

哎，搬去了皇后區以後，老房東太太雖然還穿著相同的衣物，也過著跟以前一模一樣的生活，卻只剩下一個軀殼，沒了靈魂。

我讀過許多優秀的小說了，假如裘帕寫的只是我上面說的這些，那我還不至於為它叫好。我的意思是：她若只是藉著老房東太太反映第三世界過來的移民眼中的美國，那麼這小說終究缺了深度。裘帕寫的卻是兩者之間的交匯，寫它們的衝突與和解。小說的敘述者（那一位孟加拉青年）塑造得可真立體。用第一人稱寫的小說人物難得有這麼含蓄又這般生動的。就連他從老家娶來的那位靦腆拘謹、放到美國這環境裡顯得落伍，或者說過度莊重的新娘，都意味著「另一種文化」。文化代表著傳統，比起波士頓所代表的科學精神和對知識的追求，它人文而古老。它不能把一個民族送上月球，可是它的價值融入到生活裡，體現在人的言行態度之中。

你記得那位敘述者第一次交房租的情況吧？那可是小說裡一個重大的轉折點，有著豐富而深刻的含義。你若想把小說寫好，一定得仔細觀察！雖然在你的小說裡，這情節被大致寫了一下，但也因此使我更確信：你沒有把〈第三和最後一塊大陸〉讀明白。

沒錯，你在裘帕的作品裡揀了一些有意思的細節，將它們打包了跟隨老太太一起搬到皇后區——她的「專座」、她的拐杖，以及那幾根傷殘的手指。然而把房子移走本身已經是個巨大的失誤，至於你搬弄過去的那些細節，恐怕都只是這小說的皮毛。老房東太太再三強調的「鎖門」被你寫得毫無力道，變成了軟綿綿的叮嚀；那一屋子破舊的爪腳家具，到你那裡就只剩下一根套著橡皮套的爪腳拐杖了。你這般壓縮處理，曉得這讓小說損失了什麼嗎？我只能說，就像是好好的一把寶劍，你只取去了劍鞘。

還是請你看看那位加爾各答來的青年吧。儘管老房東凶巴巴地交代過他，每週五交房租，必須把錢放到鋼琴的譜架上，可第一次交房租時，這位青年「不習慣把錢一扔了之」。他把八張一元鈔票放入信封，外面妥妥寫上房東太太的名字。正當他把信封拿到指定之處時，瞥見了老太太坐在樓梯間她的專座上。出於不忍，他走過去把房租遞給她。

信裡說的這一幕，你當然記得清清楚楚。你甚至仍記得自己寫的這場景，節奏雖然明快了不少，最後的處理也做了些改動，但描述的情形大致還是相同的。內奧米怎麼竟說得好像你錯失了某個重大機關，沒有它小說就撐不起來似的。她說得如此鄭重，使得你不禁對自己的記憶產生懷疑。可記性好一直是你的強項啊！閱讀能力也是超群的，總是能一目十行馬上抓住要點，不然以前在學校裡你哪能這般得心應手，順順當當考上第一志願，又毫無懸念地搭乘上出國大潮？現在呢，這可惡的內奧米在質疑你。她一定不知道這兩年你已經在給刊物寫書評了，居然敢用這種評論家的調調來跟你談小說！你咬了咬牙，忍不住抬起頭來對那攝像頭瞪眼。「好吧，」你說，「我這就去把書找出來！」

書在樓上你的房間裡。你抓住內奧米的信，直接往伍爾夫一個世紀以前說的那個「只屬於自己的房間」大步走去。樓道很長，經過一大一小兩面鏡子以及其他光可鑑人之物，都照見了你咬牙切齒的模樣。你那房間自然也安裝了攝像頭。沒辦法，這一區住的都是體面人家，所有的房子多少帶點莊園風格，表面上都得維持一派悠閒模樣，把十二萬分戒備之心藏在內裡。你雖不至於在牀頭櫃裡放著一把格洛克17，或是在衣帽間豎著一管差點沒超出你身高的雷明登870，可除了浴室和儲物室，這房子裡裡外外沒有一個空間逃得過監控。

房間裡書多，湊得上大半壁書牆。你從上百成千排列得整整齊齊的書脊裡精準地掏出《疾病解說者》。這毫無難度，好像所有的書都訓練有素，成了待命的戰士。你把書拿在手裡，揚起下頦看一眼房裡的攝像頭。它高高在上，彷彿牆本身長出來的一隻帶柄的複眼，對你冷然凝視，眨也不眨一下。你打開書，翻到書中最後一篇小說，找出那一頁：

我走近她時，老太太抬頭瞅著我。

「你有什麼事？」

「房租，夫人。」

「放到譜架上去！琴鍵上頭！」

「我給您拿過來了。」我伸手把信封遞給她，可她十指交叉放在腿上，絲毫沒有鬆開的意思。我稍微彎下腰，信封靠在她雙手上方。過了好一會兒，她終於接受了，對我點點頭。

晚上我回到家，她沒有拍拍琴凳示意我坐下，可是出於習慣，我仍然像往常一樣坐到她身邊。她照例問我檢查過門鎖沒有，卻沒有再提起月亮上的那面旗幟，而是說：「你心地真好！」

「我不太明白，夫人。」

「心地真好！」

她手上還拿著那信封。

你用目光迅速掃瞄了一遍，只揪出「好心」一個關鍵詞，覺得不夠，便又再掃視一回。這回你略微放緩速度，書上的文字便似乎都被放大了些，直至看見老太太「終於接受了，對我點點頭。」你的心跳卡頓了一下，目光卻依然順勢滑走。你稍微怔忡，把溜過去了的視線收回來，重新再讀一遍。

這一次你看清楚了老太太一反常態的沉默，而「我」受習慣趨使，無言地在她身邊坐下。不，你看見的不是哪個關鍵詞，甚至也不是什麼句子，而是這些句子之間的空白，以及這些空白之處某種隱性但堅韌的連接。是的，你隱隱看到了藏於鞘中的、內奧米說的那把劍。

你覺得目光變得有重量了，像兩顆墜子。可它們也如西西弗斯頭頂的巨石，又被推回到老太太跟前。她抬頭瞅著「我」。你再讀一遍，又一遍；先是心裡默讀，然後忍不住小聲念出每一個詞，又循著標點符號調整語調，或稍作停頓，直至書裡那幽暗的客廳自眼前浮現。

老房東太太的頭臉從滿室陳舊的家具以及一襲式樣朦朧的白衣黑裙中浮起。她個子很小，是被歲月和生活反覆壓榨了一百年的身軀；可她交叉著放在膝蓋上的手彷彿金石，手指那麼長，指關節腫大駭人，發黃的指甲看起來那麼堅硬，像經歷過許多戰役的老盔甲。

「你有什麼事？」她問。聲極凜冽，像是在制止你，叫你別靠近。

「房租，夫人。」你把信封遞過去。

你放下書，嘆了一口氣。這段文字你分明早已讀過，甚至在寫你的那篇小說時，就曾把書翻開，讓這小說像個一覽無遺的裸女橫陳在電腦旁的看書支架上。那上面的敘述和描寫，你沒有一處不記得，說明你的記憶力仍然好得很。正如你還清楚記得，你小說裡那位女房客的租金是按月算的。她把支票（而不是寒寒磣磣的八張一美元現鈔）放進信封，規規矩矩地按照老太太的指示拿到廚房的餐桌上。有一次因事耽誤，匆忙下樓，不及細想便把信封塞到了老房東手裡。傍晚回家時，老太太仍然坐佛一樣呆在原地，手裡還捏著早上她給的信封。

「畢竟那是個中國女人呀！」你在心裡爭辯。「她跟印度青年自然是不一樣的！不就因為文化不同、性別不同嗎？」你不期然又往那攝像頭望去，惡狠狠瞪它，讓它把你這副趾高氣揚的模樣看在眼裡。

沒錯，這絕對是文化差異無疑，所以孟加拉青年晚上歸來，毋需房東示意即安靜地在她身旁坐下（那裡有張小圓桌，上面有一盞檯燈，此時必定已經亮起來了。）老太太再怎麼將自己塑造成一座雕像，一顆心畢竟不是鐵鑄的。她過去可是個鋼琴教師啊！內心被音樂浸潤過，總有柔軟處，能感受到青年那簡單的肢體語言所表達的意願，以及那意願背後純粹的善良。在彼時的靜謐中，她聽到了青年無聲的話語：「我來陪陪你。」這比阿姆斯特朗說的那一句「我的一小步，人類的一大步」更能觸動她。她不再要聽他頌揚美國了，而是打從心底嘆喟：這人怎麼心腸這麼好？怎麼這麼好！

你寫的中國女人卻不一樣。不一樣。老太太把她喊過去，溫言軟語地請她把信封放到餐桌上。女人十分順從，不明就裡但依言照辦，並且從此再不敢把房租直接交到老太太手裡了。

●

「這段文字裡頭，最有力道的一句，是『我不太明白，夫人。』」內奧米在信裡說。你不禁撇了撇嘴，把放下的書本又拿起來翻了翻。

這一句「不明白」，我覺得太有意思了。它表示這年輕人並未意識到自己付諸於行動的美德，他不了解這當中有什麼值得讚美。他以為事情本該如此，自己就該這樣體恤對待一個老人。這不是頂級高校或科學精神所能給予的涵養；它來自古老的文化，滲入到人的骨髓裡。我相信老太太第二次發出的讚嘆，就是衝這一句「我不太明白」而來。

這位老房東過去把不少房客吆喝走了（全是哈佛和工院的學生！）但她私底下對她的女兒說，這個孟加拉青年不一樣，他是一位「紳士」。

如此充滿張力又意蘊深刻的一個情節，挪到皇后區上演，就變成了可有可無的一幕。不瞞你說，我的孫媳婦讀過這一段後，我打住她，請她再翻譯一遍。「你是不是刪掉了什麼？拜託，我一句都不想漏掉，請你把它完完整整地譯出來吧。」她十分不解，卻也再念了一遍。雖然換了些用詞，也將句式稍作調整，但我總算明白了她確實沒有對你的作品私自刪節。

面對文學，我不是個死腦筋的老太婆。我嘗試過換別的方向去解讀。譬如說，我想像這是一個向裘帕致敬的作品；作者照搬同一個場景和情節，目的是要拿它當鏡子，以對照出不同民族之間的文化差異。我告訴自己，這麼做需要多大的勇氣啊！幾乎能算得上行為藝術了。然而不管我往哪個方向解讀，始終想不明白你把一個一百歲了還在生活自理的獨居老婦，寫成一個軟綿綿黏糊糊，還每次吃上甜食都表現得特別膩歪的老太太；最後筆鋒一轉，賜給她一個大苦大難的身世，讓人物的形象和人格一再產生矛盾並相互抵銷，這又是何用意？

要想了整整兩天我才能坦白對自己說：老天，這分明純屬花巧，根本沒什麼特別用意！你呀你，不僅只拿走了劍鞘，還在劍鞘上大肆動工，給它雕龍畫鳳穿金戴銀，想必以為那樣就能讓它成為另一把劍了。我的意思是：那些最關鍵也最有深意的細節被輕率掠過了，添上去的枝節卻都華而不實，還和小說本身特別不搭調，就好像是把不同屬性的枝葉嫁接過來，硬生生把主幹拖垮。

我說得這麼直白，猜想你一定很不服氣。我們不妨回到老太太的住處，讓房子來說話。在波士頓的房子裡有一台三腳鋼琴和滿屋破舊家具；老太太終日坐在樓梯間，那裡有一張小桌子，上面有一盞燈，還有收音機、電話和錢包；她的手杖斜放在一旁，上面積滿灰塵。你看明白那些物件嗎？對於一個行動不良的老人，它們每一樣都不可或缺，加起來的總和是一整個世界。

再看看距離遠一些的鋼琴吧。老太太過去憑著教鋼琴把孩子養大，那是她的謀生工具。你可以想像她的學生是怎樣交學費的嗎？我猜他們會把學費放到琴鍵上頭的譜架上。

至於在皇后區的那一棟房子，你讓在華人商行裡工作的女主人公，三不五時給老太太捎回去各種中國食品。這位在納粹集中營受盡煎熬而倖存下來的老婦人，一百零三歲了，想必做不了什麼家務，仍然每天用乾淨手絹纏住傷殘的右手。吃餅時，她左手翹著「蘭花指」（多虧我的孫媳婦講解和示範），還因為要配搭中國糕點，搬出了一套韋奇伍德骨瓷茶具——那很可能只是老太太收藏的許多珍寶之一。

為這一套韋奇伍德茶具，你不吝筆墨，不啻把上面的花花草草詳細列出，還把老太太喝一泡茶的所有步驟寫得鉅細靡遺。你那麼費心寫這下午茶，老太太不得不配合著擰出點英國貴婦人的作派來，你也就越寫越起勁，說到廚房裡燒水的茶壺總是擦得鋥亮……你越是寫得詳細、這茶喝得越是講究，鳥語花香都要從字裡行間溢出來了，這小說讀來便越荒誕，教人覺得像在讀《愛麗絲夢遊仙境》，又不禁懷疑這是從別的什麼文章（可能來自《讀者文摘》

一類的雜誌）剪貼過來。

「小說裡寫這些吃吃喝喝的，有意思嗎？」我問我的孫媳婦。她是懂得觀顏察色的人，知道我不以為然，便費了些唇舌給我講解中國人的一句老話，大意是食物是人民的生命，是生活中天大的事。

「這樣寫格局小了，不是嗎？東西方文化差異被寫成了茶杯和盤子裡的那點事。」

我知道這麼說有點無禮，但我都一百零三歲了，有了點老人該有的特權，可以偶爾裝出腦子實在不好使了的模樣，使人不好責怪。果然我的孫媳婦只是稍微瞠目結舌，須臾即把臉色調回原樣，笑著對我說：「噢，這太好笑了。內奧米！真有你的！」

啊，我把話扯遠了。把話扯遠無疑也是老人該有的特權。回到你的小說吧。我沒忘記自己寫這封信，目的就是要跟你談小說。

談過了小說裡的房子和環境，我們來談談食物。裘帕寫得不多，就提過兩樣：主人公在英國深造時跟一群孟加拉窮光蛋同居，天天都在煮咖哩雞蛋，週末煮得更多。直至他在波士頓找到工作，把家鄉的新婚妻子從機場迎回公寓的那一日，他給她準備的也還是咖哩雞蛋。

後來主人公的妻子安頓下來，第一次開口向他要錢。那天他回家，看見爐灶上燒著香噴噴的一鍋咖哩雞（每次讀到這兒，我都按捺不住深深吸進一口氣，想要聞一聞新鮮大蒜和生薑的味道。）裘帕就寫了這些。但你看到那充滿喜劇性的隱喻嗎？從「咖哩雞蛋」到「咖哩雞」！那是從窮學生變成了社會人；那是從單身漢變成了丈夫。而不管變成了什麼，本色未變。

「夠了！」你在心裡吶喊。幾乎想要把手中的信撕了，或是把它揉成一團，狠狠擲到地上。但那些紙張像是在導電似的，又似乎成了燙手山芋，將一股熱力從手心直傳到你的耳根，讓你兩頰發燙，耳朵嗡嗡作響。

你恨死這個內奧米了。你在心裡叫她去死吧老太婆，下地獄吧。這一刻你總算明白了，她不把信寫到出版社、不寫給裘帕，而是把信寫給你，為的就是要恫嚇你、對你盡情羞辱。你越想越覺得此人邪惡。怎麼有人心思這麼壞呢？又越想越覺得這如果不是一個國家對另一個國家的蔑視，也絕對是一個民族對另一個民族的侮慢。不行了，你越想越感到五內如焚，心跳加急，耳鼓播出了隆隆巨響，似乎連呼吸都變得困難了，便也覺得身體這裡那裡不妥，四肢發軟，有點站不住。這才兀地想起來前兩年去做身體檢查，醫生診出你此前悄悄發過一次心臟病，毫無疾狀，連你自己也不覺有異，卻從此有了病發猝死的風險。你忽然感到害怕起來，家裡沒其他人呢。你急忙要掏出手機，才發現身邊沒帶著，想必是留在廚房裡了。你提醒自己莫慌莫慌，可手已經在發抖，拿在手上的信微微顫動，像是內奧米對你頻頻眨眼。你回想醫生之前口授的指導，不急，先深呼吸吧。你昂起臉來，與牆上的攝像頭對上了眼。

「你不明白。」你對內奧米說。你想到要給她回信。這念頭一閃而過，你心裡卻很清楚自己不會這麼做，這事不宜擴張。「可是我若真給她回信，」你遏不住想，「我會讓她知道，雖然都是移民題材，用中文寫作跟用英文寫完全是兩碼事！」這念頭生起，腦子某處便像有一台不由你控制的打字機，噠噠噠噠，暗地裡給這回信擬稿。

內奧米，你這信，讀到下面這一段，我覺得一口氣要咽不下去了：

「看看你寫的，同樣是短篇，卻像個野餐籃子。除了茶水鮮奶，裡頭還有小餅大餅，什麼肉粽子、『條頭糕』和『利是奶糖』（原諒我只能給這些名字胡亂拼音了），五花八門，效果就如那一套韋奇伍德茶具上的毛地黃、金盞菊、大麗花……讓人看得目不暇給。這叫我想起多年前跟隨幾位台灣太太到三藩市中國餐館裡見識的豪華擺盤。那些雕刻在蘿蔔、茄子、黃梨和其他蔬果上的騰龍躍虎及十二生肖，還有那些蓮藕雕砌成的奇山峻嶺，配上乾冰釋放煙霧，全擺在一個盤子上，像布置障眼法。我固然驚嘆，卻也不免要想，這跟一面用餐一面觀賞雜技表演有什麼不同呢？」

感謝你把話說得這麼坦白，讓我有幸受教。我在美國待了許多年，對於你這種想法和論調並不感到陌生。畢竟像diner（註❸）這種美式餐館我也光顧過，知道美國的飲食文化實在沒多久歷史，品味還沒建立起來，人們只知道把食物鋪得盤滿缽滿，對於最精緻最華美，抑或是最原始最野蠻的中國飲食，你們都看不過眼。根據你的來信，我可以判斷你對中國文化並非一無所知，然而「知道」不等同「了解」。我必須承認你把我和裘帕的小說分析得頭頭是道，甚至許多處精闢得像是給我開了天眼，讓我感到汗顏。你確實把這兩篇小說都看透澈了，某種意義上，也透過小說看穿了我。可是我要提醒你，你終究忽略了最重要的一項事實：

我這小說不是寫給你看的。

請你留意一下，我寫的是一篇中文小說，而我也只將它發表在中國的刊物上。不同於裘帕，她用英語寫作。那是世界語言；在她的祖國印度，英語若不是國語，必定也是廣泛通用的官方語言。而我，既然選擇了中文，便清楚知道自己在為中文讀者寫作；我寫的移民故事，必須符合中文讀者的期待和審美需求。也就是說，我小說裡的老房東太太並不是為了遷就在法拉盛商行做事的主人公才住到皇后區。不，她是為了我的讀者！

所以，竊以為你拿我的小說跟裘帕的作品相比，既沒有意義，對我也不公平。它們是針對東西方兩個不同的文學市場打造的作品。裘帕無疑是個了不起的作家，她寫的移民文學，是一幅一幅既貢獻給美國，也貢獻給印度的畫像。我呢，我的目標讀者本來就不包括像你這樣的一個猶太老人，你又憑什麼對專門為中國設計，並且只在那裡出售的產品指指點點，批評它不符合你的美學要求？

我猜啊，之所以我的小說引起你注目，並令你忿然，是因為我把老房東太太寫成猶太裔，冒犯你了吧？她還跟你一個年紀呢。你無可避免地對號入座，卻不滿意我給她塑造的形象（顯然你更願意把自己想像成裘帕筆下的老房東），便寫來這信，佯裝「論道」，實則是要向我抗議、還藉此嘲諷我與踐踏我的作品，以宣洩你這不可理喻的惱怒！

是的，信就這麼寫吧。你閉上眼睛歡快地想像內奧米氣極敗壞的樣子。看在牆上那攝像頭眼中，你嘴角上揚，像個使詐得逞的勝利者。奇怪的是，內奧米在浮動著一層薄光的幽暗中浮出，愈漸清晰，你才看清楚了她竟有幾分像你寫的老房東太太。這麼說不對，因為你在寫那小說時，分明沒去模擬她的長相。裘帕已經提供了個現成的，而你為了避免引起讀者的注意和過多的聯想（或許會有人以為兩位老太太是姊妹倆），刻意不多對她的外觀著墨，然而此刻你卻看見了這人物如在感光相紙中顯影。她個子矮小，穿著裘帕寫的一襲老款白衣黑裙，右手捆著你寫的潔淨手絹；雪白蓬鬆的短髮卻是內奧米的，像剛燙過一樣。她胸前垂著一副帶鍊子的粗框眼鏡；左手拿著你寫給她的信，指甲豔紅如玫瑰花瓣……她們都在凝視你，面容不一，眼睛卻都眨也不眨，多像三個靠在一起，角度終究稍稍不同的攝像頭。

你甩了甩頭，奮力要把腦中的影象甩開。她們沒有消散，你只好睜開眼睛。就那一瞬，只來得及瞥見冬日在窗外悄無聲息地掀起白花花的裙襬，這房間當著你的面暗沉下來。

●

我不是為了批評中國文化，或是為了打擊中國移民而給你寫這信的。我自己就是移民後裔，而且向來只支持民主黨，當然不會仇視移民。再說，對於中國文化，我向來只有景仰而已。那是世上最古老的文明之一，就和印度文明一樣古老。更何況，我的前病人（那位從台灣來的太太）還經常向我灌輸：「你們猶太人和我們中國人有太多相似之處了。」

「是嗎？有哪些相似的呢？」我每次都打趣問她。

「這是世界上最聰明的兩個民族！」她每次都這麼回答。

「都擅於理財！」

「沒有別的民族比我們更務實了。」

「都有很重的家庭觀念！」

「所以總是招人眼紅、被人誤解，遭受排擠。」這是她丈夫說的。他總是等到他太太屈起第三或第四根手指，瞪大著眼睛苦苦思索時，才沒頭沒腦地添上這一句，使得在場所有人臉上的笑馬上鬆垮下來。

「都在歷史上吃了太多苦。」他再補一句。

我寫這信，本意是要為裘帕．拉希莉抱不平。我希望能讓你醒覺，你使的這點小聰明可是嚴重地損毀了人家的作品。對於我來說，真正的問題不在於你能不能不問自取，把別人的小說拿來改寫成另一個版本（台灣來的前病人對我說這種生產模式尋常得很，就叫「山寨」），而是這樣做是否能產生新的價值，或給原來的作品增加新的向度和意義。顯然你沒有做到這點，讓我覺得這種生產小說的方法特別不可接受。可在給你寫信的過程中，我想到這事情並非完全沒有可喜之處，畢竟是因為遇上你的作品，我才會翻開裘帕的書，再讀了一遍〈第三和最後一塊大陸〉。

這應該是我人生中最後一次讀它了。因為有你的作品做觀照，我像是戴上了一副特製的眼鏡，終於真正地、前所未有地看清楚這小說裡的各種巧妙，以及那些沉落在細枝末節裡的好。譬如說孟加拉青年主動提議要每天晚上給老太太熱湯，老太太的女兒叫他打消這念頭，說：「那百分百會要了她的命。」——這一句話，不就呼應了斜放在小圓桌旁的那一根隨手可及卻滿積灰塵的手杖？

我可太喜歡這位房東太太了。我完全可以理解她骨子裡的那股頑強的精神，我甚至懷疑她可能讀過《意志的力量》。那是小時候父親第一次帶我到書店，讓我自己作主選的書。作者的名字我忘了，只記得他是個衛理公會派的牧師（註❹）。

原諒我投注了許多想像，硬是把自己與這位老房東連結起來。這完全是不由自主的。上個星期，我的弟弟去世了。他比我遲出生八年，是家裡唯一的男孩。五、六年前我的姊姊逝於病榻，這弟弟已經不太能行走了，仍然坐著輪椅從聖菲過來參加喪禮，那是我和他最後一次見面。其實在過去幾年，我的許多親戚和老朋友，儘管歲數沒我大，都逐一離開了。我對此心裡早有準備，即便是去年伊麗莎白二世逝世，我還喜孜孜地在電話裡對弟弟大喊「你聽說了吧？英女皇死了！死了！她才活到九十六歲！」

至於弟弟是怎麼應答的，我記不起來了，也可能我們倆誰都沒聽真切對方說什麼。

直至接到弟弟的死訊，知道他已不在人世，我才忽然意識到在這世上我已經沒有「同代人」了。自從我的先生死後，這還是頭一回我感覺到這世界的清冷，像是自己落了單，成為被時代遺棄的人。這感受太可怕了，即便這房子裡總有訪客上門，兒孫們總是圍著我，朝我的耳朵大聲說話，而我環顧他們的笑臉，耳裡的聲音忽大忽小，心底只覺得自己像溺水似的，已經不屬於眼前的情境。

幸好這時候遇上你的小說，它領我回到裘帕的書裡，讓我再一次走進那一棟在林蔭道上的灰白色房子。老房東太太還在屋裡，她說，鎖上門。我多高興能看見她啊！她是我在世間最後一個同輩人和對話者，而且她將長久地活著。在我終於也追隨我所思念的人而去以後，人們還可以推開這扇門（記得鎖上），一次一次看她對著一個衣著傳統、姿容莊重的印度少婦大聲宣告——這是個完美的女士！

這幾日我在打點自己的後事了，算是提前處理遺物吧。這屋裡的寶貝物事可多了，當中還真有韋奇伍德的東西，就是幾件經典藍加浮雕器皿，還加上孫媳婦婚前第一次來拜訪時帶給我的一套中國咖啡具，可美呢，說是叫「西湖藍」，那是我見過的最溫婉高貴的藍色了。就為這個，我打算把櫃子裡珍藏了六十年的古馳竹節包留給她。這東西，我的大女兒可是覬覦許久了。

打點這些東西可是粗重活兒，都是上門來的墨西哥幫傭替我做的。她把我以前執業時用的打字機找出來，問我這要留給誰。那是一台Lettera。老東西雖然笨重，遠不及新事物便捷，卻總是比較可靠。我端詳它一陣，忽然就來了興致，想要聽聽它敲打的聲音。此刻你讀的這封信便是這樣來的。衷心希望你在讀它的時候，也能感受到這台老機器的勁道，一字一句都鏗鏘有力。

最後，你的郵寄地址是我的孫媳婦替我弄來的。她最有辦法了，而且行動力十分驚人。她跟我孫兒結婚好幾年了，至今還經常以卓越的辦事能力與超強的人脈震懾大家——兩年前新冠疫情最嚴重的時候，家人為我慶祝一百零一歲生日，她送來的禮物可稀罕了。那是一大包家庭裝二十四捲衛生紙！還居然是我向來在用的牌子！這事情，直到今天還讓親友家人們津津樂道——儘管她有支持共和黨的傾向，還曾替川普說過好話，但我還是覺出她有著可貴的品質。只是啊，無論如何，我沒有把你這小說裡的祕密告訴她。我不會說的。正如我至死也不會對她說，她送來的那一套「西湖藍」其實頗有些瑕疵，說不定是仿冒品。

就這樣吧。祝你新年快樂。

你從房間裡出來，已經過了下午五點。冬日陽光短缺，即便有冬令時調整，房子裡已有許多局部顯得日光配額不足。你走下樓，在幽暗的樓道裡碰見一個垂頭喪氣的婦人，一雙浮腫的倦眼讓她看來有如水族箱裡養的生無可戀的魚。你沒見過她這麼委頓的模樣，分明就在昨天，她的一則訪談在朋友圈裡廣發，配圖裡的人神采奕奕，標題稱她乘風破浪的姊姊。

你回到廚房，正好丈夫打開前門走進客廳。他看見你坐在中島那裡的高腳椅上，支肘托腮，像在守著一艘觸礁了開不動的船。他向你走來，順手亮燈，問你怎麼啦，又斜睨一眼你手中的信。你說沒事。他說怎會沒事你古古怪怪的，有點嚇人。又問你手上拿著什麼，看著像打字機打的文件，好古老。

「是個小說。」你說著把信半摺，摁在島台上。「我好端端的，怎麼說我嚇著你了？」

他當然察覺你目光游移，也一定知道被你壓在手掌下的不是一篇小說。但他遲疑良久，看樣子像是把一句話放在腦子裡做了一百款詞句重組，又像在尋思該不該從你手上奪過那封信，又該怎樣奪？最終他嘆一口氣，說你寫作別太投入了，傷腦子。說完提起放下了的公事包，瞄你一眼再轉身走開。經過你身旁時他稍微放緩腳步。

「你自己看看家裡這下午的監控錄影，看看嚇人不。」

你咬著牙不語，心臟裡像有一隻野物被囚，噗通噗通亂跳。直至丈夫走到房子另一頭，聽到關門的聲響，你知道他在書房裡了。你移開手掌，多希望這由頭到尾是一個幻象，或者這信會因為被釋放了而變成一隻白鴿飛走，但它沒有。你沉吟一陣，見它動也不動，便忍不住打開它，在頭頂上那攝像頭的注視下，默默把它讀完。

ps：昨日我向孫媳婦查詢「山寨」一詞。她略顯警戒，拿起手機來搜了一下，跟我解釋說這個詞並非簡單地指抄襲。「它指的是一種帶有反權威和反主流的精神，也帶有狂歡性、解構性、反智性以及後現代表徵的大眾文化現象。」——當然，我沒聽明白。

您誠摯的，
內奧米・弗里德曼

註❶：Rachel Anne Maddow，美國電視主持人，時事評論員和作家。MSNBC頻道晚間節目主持人，也是美國第一位公開自己是同性戀的黃金時段新聞主播。
註❷：指挪威畫家愛德華・孟克名作《吶喊》（又譯《尖叫》）中的人物。
註❸：一種常見的美式餐廳，通常吃的是漢堡、薯條、派和飲料等簡餐，分量比較大。
註❹：*Power of Will*，一九〇三年出版。作者弗蘭克・哈多克（1853-1915）為美國新思想運動代表人物之一，既是牧師也是暢銷書作家。

——原載二〇二三年六月十一～十六日《聯合報》副刊

一九七一年出生於馬來西亞怡保。曾多次贏得馬來西亞花踪文學獎、台灣《聯合報》與時報等各項文學獎。二〇一六年獲頒南洋華文文學獎；二〇二二年獲第十七屆馬華文學獎。過去兩年憑長篇小說《流俗地》獲得中國大陸北京大學王默仁—周安儀世界華文文學獎、單向街書店文學獎年度優秀青年作家獎等等。已出版長篇小說《告別的年代》與《流俗地》；短篇小說集《野菩薩》以及散文集《暫停鍵》等十餘部。

感官的模具——施雅文

我在打工換宿網站看到一則貼文：一間陶瓷工作室在徵人，位於東河鄉。宿舍就在都蘭山麓，途中會經過一座紅色大橋，離工藝聚落騎車只要十五分鐘就到了。儘管醫生建議我應該等到療程告一段落，我已經迫不及待乘夜車出發。莒光號列車搖啊搖，我靠著車窗搖搖晃晃地做夢，醒來時還記得細節，我把那個夢抄寫在手心。氣象預報說今天會起霧，然而台東的天空藍得像色紙，風是鹹的。

上工第一天。我的位子靠窗，每天下午三點鐘陽光會照進工作室裡，在背部印出圍裙繫帶的曬痕。我發現只要我的雙手夠穩，就能用這道光線當尺，在瓷器表面拉出一道水平的金色釉線。從窗口看出去，聚落外頭有一條水泥砌成的排水道，覆滿嫩綠浮萍，村裡的小孩子都知道可以拿對切的寶特瓶綁在樹枝上，來這裡釣蝌蚪。他們給我看釣到的東西。灰色尾巴在小小的手心裡游動，滑不溜丟的。有些孩子會抓起蝌蚪甩在柏油路上，那聲音悶悶的，輕得像一滴水落在地面。

工作室裡到處擺著一模一樣的杯子、茶壺和碗盤，泥土胚體從長桌到地面排成一列綿延的序列，它們剛脫模，靜候陰乾。倉儲貨架上是日本料理店用來烤魚的那種土炭爐、釀酒甕、花盆、存錢筒……工作室接單生產，訂單量小而多樣化，做好的陶瓷器皿一部分由百貨公司收購或轉賣五金批發，一部分銷國外，有時這裡也充當教室，接待附近糖廠駐村的藝術家。今天遇到的每個學徒都告訴我：「在這裡如果你有任何疑問，就找阿蘇。」

我在的這個班，主要負責陶土模具的翻製與注漿。

每日工時六小時，每週排休一天，其他不外乎是些例行瑣事，澆花餵魚，打掃大通鋪，把工作間整個擦過一遍，順道更換神龕供品。那個神龕安在工作室裡靠近天花板的角落，檜木雕成，沒有塗色或漆，看起來像個不起眼的小櫥櫃，兩盞蓮花燈不分晝夜籠罩著陰幽紅光。我從來就搞不懂那裡面拜的是什麼。

阿蘇從紙箱裡拿出一件示範鑄模用的樣本，讓新來的學徒們輪流傳遞。那是一個老式機械翻頁鐘，廉價的塑料表面布滿塵埃，瑞士廠機芯已停止運轉。我把玩著手裡的鐘。正面平滑無奇，背面有三環小刻度的旋鈕用於調整時間，一些深淺不一的凹槽通往時鐘內部。

環繞著時鐘這個原型本體，阿蘇開始製作一片片可拆解的石膏模具：她把鐘放在平台上，用掌心多肉的地方把矮土牆輕輕靠攏在周圍，使土和原型的接壤處毫無縫隙，接著在外邊架木板和木工F夾，從上方俯瞰很像一座有雙城牆的大壩。準備就緒後，她起身取水，將調好的石膏緩緩注入土牆之間，直到完全淹沒鐘體。等候石膏硬化的過程中，她要我們把整個手掌放上去——石膏竟是熱的，還在持續升溫，感覺溫度略高於發燒的額頭。她在石膏表面用鑿刀刻出一枚枚卡榫，拿橡膠槌輕敲脫模，修整模面並組裝回原處；然後再次重複上述流程。阿蘇說「卡榫」的用途是對齊、組合模具，使每一片石膏模可以像拼圖那樣拆開，我想起過來工作室路上看到的一排鹿仔樹，陽光穿過那些深裂的掌狀樹葉，也像一幅拼圖，風將圖形隨機吹散，每片光影皆以無法解釋的角度彼此嵌合、交集。

至此，模具的翻製階段結束，陶瓷注漿成型的階段才要開始。

阿蘇走到一個長形工作區域，看起來像牛隻飲水槽。她用乾瘦的指節拉起一根塑膠管，轉開龍頭，液態的乳白色隨即從管線汩汩湧出。我注意到她的左手不是很靈活，拿重物時抖得厲害，活卻幹得十分俐落。從我所在的位置看過去，不知道為什麼，她的雙手彷彿籠罩在霧中難以辨識。應該是工作間充滿粉塵和濕氣的緣故。

隨後，阿蘇在模具裡澆注瓷漿，靜置一段時間，再倒出來——在這短暫的時間裡，石膏會吸附多餘水分，溶液藉由毛細現象向四方滲透，泥漿便在模具內形成一層中空的薄壁，像蟬蛻下透光的殼。她說在顯微鏡底下，平滑而縝密的石膏模具實際上是多孔的。

阿蘇讓我們拆開在水槽邊晾曬的一對對石膏模，取出柔軟未乾的雛胚，抹去分模線，後續的窯燒和施釉程序則交由另一班負責。我戰戰兢兢地打開胚體。我看見模具內部的兩個面類似鏡像，乳白色溶液沿著一條條隱匿的路徑流淌，形成樹狀支架，當中那些蜿蜒的管道以毫米為單位，像一座繁複完整的蟻巢。

「這是時鐘的模具，這是時間的模具……」阿蘇的聲音時遠時近，像霧中汽笛。

此刻我面前有兩個時鐘，其中一個是泥土製成的、看不見數字，另一個壞了。我不確定當中哪一個較偏離現實。

她接續說道，模具取決於原型的樣貌，因此每一組模具的鑄造方式與結構都不同。直到課程快結束，我才拿出筆記本恍惚地寫下阿蘇說的話：有時一套母模完成之後，為了不傷害到最初版本並進行批量複製，會以這套母模為範本去製作模具的模具；如有必要，再根據輪廓精度、加工目的、數量與成本等需求，進一步翻製模具的模具的模具。若輔以異材質模組之間的開模限制，結合金屬鋼材、樹脂射出、橡膠、皂蠟等翻模條件交叉計算，模具製作的方法可以是無限的。

阿蘇嘴裡叼著菸，說在動輒幾千個模具一字排開以利作業的大工廠裡，大部分時候，光看模具就想猜出原型是什麼，得像抽鬼牌一樣碰碰運氣。

所以一匹馬的模具並不會讓人聯想起一匹馬，而是一朵睡蓮；一套下午茶杯碟的模具看起來像比畫著飛鳥的手影遊戲；當一把茶壺的模具高達二十四片，那些茶道的儀式特質便從它身上抹去——它成為蠍子的尾部、一對屈膝而眠的戀人、猛獁象頭骨剖面和一顆敞開的心臟。

接下來阿蘇還說了些什麼，我沒聽清楚。第一天收工，手臂痠得抬不起來了。

阿蘇有一頭灰髮，無分四季穿著同一套灰色連身工作服。一開始我以為阿蘇上了年紀，然後才注意到她總是覆蓋一身土和石膏，難以看出實際的歲數與髮色。瘦小而毫不起眼，她讓人想起地攤賣的醬油壺，拿一杯水倒進去反彈響起的回音都是鈍的。

由於被分配到的職務關係，我必須學習和阿蘇做同樣的事，了解她是怎麼做到的。我默默觀察她，試著模擬她的每一個手勢，為了看得更清楚，我站上缺一隻腳的椅子，但她老是被人群擋住。偶爾我會挑一個離她不遠的座位工作，吹著口哨搬運貨物，裝作若無其事，無奈她的雙手總是在忙碌，總是一片灰色，看不清楚。我懷疑阿蘇不擅長（或者不在意）該如何教導他人。印象中，工作時阿蘇話不多，我猜想一部分原因是這項職業向來無法以言語傳達，而相較於用言語闡述想法，這個人更習慣用雙手思考。

自從住在這裡以來，做那個夢的頻率似乎提高了。

每到深夜，夢境的開場總是很相似：我看見一個人趴伏在桌上發出均勻的鼾聲，一隻手掌向上攤開，中央有塊淡淡的疤痕。一隻螞蟻在疤痕上爬。螞蟻走走停停，彷彿步行在濃霧裡，那片燒傷的掌紋無邊無際蔓延，有如皮膚裡的迷宮。室內光線很暗，無法看清那人的臉龐。我注意到牆上掛鐘的指針，它們並非一格一格推進，而是像漣漪紋理那樣搖搖晃晃。我隨即明白自己正身處夢中。

睜開雙眼，窗外天還沒亮。

到底阿蘇手心有沒有燒傷留下的痕跡？我不禁把日常生活中遇見的每個人，與我夢中的畫面作比對。

只要阿蘇在附近，斷裂的就會連接在一起，過熱的會冷卻下來，枯萎的不知何時開花結果，午睡的則會被吵醒。她嗓門粗，說一句話吐一口菸。跟她在一起，我常被嗆得猛咳嗽，二手菸對我的症狀實在不是個好主意。我們跟著她參觀工作室各個房間，然而有幾扇門永遠是上鎖的，外人無法進入，只有阿蘇自己有鑰匙。我用髮夾成功打開了幾扇門，等其他學徒離開後可以再回來安靜做一陣子，用用那台平日永遠排不到我的拉胚機。但不是每扇門都行得通。有些鎖相當複雜。

鐵花村市集收攤後，我和學徒N騎車到海邊吹風。這是她跟我講的事。

N比我早七年來到這個城鎮，那時候，她輪班的工作內容與我大同小異。清早騎車經過那條紅色大橋，一進工作室開窗讓空氣流通、餵孔雀魚、打著哈欠給那些要死不活的鹿角蕨澆水，在大夥來之前把桌椅擦一遍，然後坐定開工。

每天，N爬上搖搖欲墜的梯子擦拭那個神龕，把盛隔夜甜餅的碟子放到陽台上，等黑壓壓的螞蟻饜足地連成一條線離開，再拿回來。聽說這裡供奉的神明愛呷甜。如果不放甜的，窯就燒不成，陶器拿出來就裂。

神龕左右立兩盞紅燈，中央擺著一個相當普通的壺。窄口凸肚，高度不超過手掌，沒有上釉的白瓷胚體薄得透光。N每天擦拭它，但心裡有一種感覺，那個壺的形狀並非總是一致。一開始N以為是錯覺。每天阿蘇會給神龕供一杯小米酒，關於壺的事卻從沒提過。

N想出一個辦法。

這天，N一如往常最早到達工作室。榕樹鬚根在走廊外沙沙飄蕩，N架梯子爬到天花板，繞著壺身小心地綁上一根頭髮——黑色長髮，她自己的頭髮。壺背面再黏一顆飯粒固定。這樣遠看也看不出異樣，況且阿蘇老花眼。

隔天，N掃除時就特別留意那根頭髮，沒有任何變化。一天，兩天，三天，一週過去，什麼也沒發生。沒多久，她就把這件事拋諸腦後，開始關心起那些蓄著陰鬱落腮鬍的駐村藝術家和後院一窩剛出生的狗崽。

幾個星期後的一次颱風天，N折回工作室拿外套。一扇窗戶沒有關緊，她穿過黑暗裡倒放的桌椅，鎖上插銷，轉頭就看見那根頭髮斷了。N伸長手臂，繞到壺背面摸索。飯粒還黏在原處，證明那根頭髮確實是她當初綁上去的，只是斷的方式有點不自然。不像分叉斷裂，也不是利器剪斷——斷口處微微捲曲，是繃斷的。

壺的直徑改變了。光滑硬質的表面看上去毫無生氣，差異相當細微，但確實存在。那個壺會膨脹，彷彿在呼吸。此刻N蹲在梯子頂端，汗濕的雙手握緊那個小小的壺抵著紅光，像握著一顆蛋觀察內部的胎動。

壺底極淺，內部卻一片漆黑。N把耳朵貼近壺口，聽見海浪聲，聽了一陣子才意識到是自己的心跳。

那天起，N周遭開始發生一些事。

早晨N對著鏡子刷牙，看見手上有一條細線。一根長髮綁在她的手腕上，髮絲是白色的，近乎透明。

N急著出門，扯斷頭髮就隨手扔了，直到騎車過橋時她才又想起來。N髮色全黑，學徒們大多剪短髮或染金，阿蘇像燒過的灰色木炭，周圍沒有人是這種髮色。她暗忖，會不會是什麼無聊的惡作劇？但N獨居，夜晚門窗上鎖，不會有人進到屋裡來，更遑論她在睡夢中自己綁的。N慣用右手，單手反綁另一隻手很難。

白頭髮陸陸續續出現在不同地點，每次都是牢牢在某個東西上打一個細小的結，每次都只有一根。

總會有頭髮綁在N新買的牙刷上，綁在剛燒好的馬克杯握把，腳踏車後視鏡，田裡拔起的蘿蔔，狗崽的後腿，暗戀對象的椅背……甚至N剛穿的滲血的耳洞。某次午睡醒來是繫在她的舌頭上。

這些現象以N為軸心顯現，將所有相關的事物暗中聯繫在一起，這類事情微不足道，無關緊要，整個工作室似乎只有她注意到。工作到一半不經意抬起眼，頭髮就繫在那裡，隨風飄揚。

大多數時候N並不以為意，只是扯下來隨手扔掉，畢竟也不是什麼會干擾日常生活的事。

日子一天天過去，來到這間工作室之後我幾乎忘記以前的事。單純地專注在勞動、進食和睡眠中，將日子等分為一次又一次呼吸。看著海，日子就過得特別快。

梅雨季臨近，雨水從屋簷整面地落下，大夥都在嘆氣這批貨要等好一陣子才會乾透了，接著開始討論連假要不要回家，沒回去的一群人會去烤肉，泡泡野溪溫泉。

學徒們忙進忙出把棚子底下還沒乾的陶器搬進工作室，N的眼鏡和誰的肩膀撞在一塊，掉在地上，從鼻撐的地方斷成兩截。大夥都圍過來看，N吼著小心別踩到啊，零件太小用膠帶黏了又斷，但工不能停下來。一條野狗懶洋洋地趴在阿蘇腳邊望著我們，有一下沒一下啃著自己的後腿。我想起工藝聚落裡有金工組，就帶著鏡架過去，借用那邊的微型電焊機和金屬填料，當場焊好。N高興得連聲道謝，順口問起我以前是在做什麼的，這麼會焊眼鏡，以後斷掉都拿來給我焊。

我愣了一下，笑答，「以前在眼鏡行工作。」我沒告訴她的是，檢查他人雙眼的散光軸度、水晶體是否混濁、眼壓及視覺機能跟我念的科系並沒有任何關聯。我大學念當代陶藝創作，藝術和土一樣不能當飯吃呀，這領域的教職缺又一位難求，經親友介紹誤打誤撞進入這行，一幹就是幾十年。

不知道從何時開始，我過於關注他人的眼睛，卻忘了自己的雙手在想什麼。

那天幫最後一組客人驗完光，我趕去醫院做健康檢查，剛照完胸部X光從放射室出來，正專心和外套上一排扣錯位置的鈕扣搏鬥。一位戴眼鏡的醫生低頭在診斷書寫字。反光使鏡片上面抗藍光塗層的剝落更加明顯，大概是常用白袍等粗織品擦拭造成的，從鼻梁滑落的鏡架角度也應該調整一下。醫生用筆桿指著牆上兩張並排的負片顯影。

我的肺部在X光片下是灰色的，左右對稱，胸腔上半部淺淺地向內凹陷，看起來像飄過一片乳白色薄霧。

醫生對我說，「我們在你的肺部發現一些陰影。」

我凝視兩張負片，比較健康的肺與我的肺之間的不同點。得知這個消息並沒有讓我感覺那麼糟，部分是因為那些鈕扣。我告訴醫生自己平常沒有吸菸的習慣，「白肺、肺花、毛玻璃，這類症狀有許多俗稱，描述的是同一件事，」醫生繼續道，不排除是吸二手菸或新冠發炎癒合後遺留的舊疤痕組織，幸虧發現得早，不必過度擔心，但仍需要安排斷層掃描做進一步檢查。

傍晚下雨，我離開醫院時已經晚了，抄了近路。

我撐傘穿過公園，繞過沙坑和溜滑梯，想著其他事情。天色漸漸暗下來，雨打在傘面傳來陣陣規律的節奏。我筆直走進草叢，跨過底矮的欄杆，踩進繡球花圃，忽然，我聽到一聲尖叫。

那是一種細而微弱的呼喚，伴隨著碎裂聲響，幾乎溶在雨裡。

但我知道聲音從哪裡來。我抬起腳，泥地上有幾片破碎的蝸牛殼，一攤淡淡的草綠色黏液和其他看不清原狀的事物沾在鞋底，隨即被雨水沖刷乾淨。一些情緒掠過我的腦海（蝸牛尖叫嗎？牠們的聲帶在哪裡？），那個窄小的螺旋狀空間曾經在那兒，在那片模糊當中，我無法分辨哪些是孵育新生的地方，哪些是思考與做夢的地方。

雨持續落在傘上，落在略顯透明的殼上。距離我的鞋印幾公分遠處有株蒲公英，每一根細小的絨毛都完好無傷。

雨愈下愈大。

回到家，我站在門口掏出鑰匙，站在這個從玄關就能一眼看穿的單人套房前。在這扇門外，我的工作就是說話，一進到這扇門裡我便不再說話。我感覺這個租來的房間像月曆，每天我拿出鑰匙重複開關門的動作，翻開撕下、翻開撕下，任憑一頁頁被撕下的空間飄落地面，一本撕完就換下一本。我平躺在床上，滑開手機沉進去，瀏覽種種發生在世界上使人開懷、沮喪或無動於衷的事物。

那天我辭掉工作，退掉租屋，用繳交違約金剩下的錢買一張到台東的單程票。

阿蘇在做鹿仔樹果醬。她說，「土會記住每個手勢與動作，然後在窯裡將它再現出來。」她在臉盆裡清洗一丸丸長得像啦啦隊彩球的鮮橘色果實，我坐在地上修胚，偶爾瞇眼盯著她瞧。阿蘇的雙手浸沒在水裡，水的折射使手掌的輪廓晃蕩變形，她的雙手似乎變得龐大。

午休時我打算用土捏幾隻狗，給村裡的小孩玩。我拿吃剩的雞骨頭引誘野狗要牠們坐在我面前當模特兒，漫不經心地捏著尖尖的泥耳朵，捏出一隻狗，兩隻狗，三隻狗……我的模特兒老是亂動，土很快就用完了，但最後一隻泥狗還少一條腿。我在橘色塑膠桶裡找到不少土，捏出一條結實的狗腿子，仔細用泥漿接上去。

然而幾天後，燒出來的東西卻出乎我意料。

我的狗兒們有模有樣，除了最後那隻。它的後腿變得有幾分像鳥。泥塑的腿部線條很陌生，整個從接合處斷裂，這隻古怪的鳥似乎想從格格不入的整體飛走。

我懊惱地拿給阿蘇看。阿蘇在後院，正用修胚刀刮下鹿仔樹的柱狀果肉，放在小瓦斯爐上熬煮。她拿大湯勺在深鍋裡攪拌，撒一把糖，鍋裡滾燙的褐色黏液變得更加濃稠。她摘了幾片不知名的樹葉嗅聞，丟進鍋裡。

阿蘇抽著菸，默默檢視我的狗，我從她顫顫巍巍的手上接過大湯勺繼續攪拌。她的雙眼在煙霧裡閃爍。過了一會兒，她指著斷裂的腿問：這團土從哪裡來的？

我想起那個橘色塑膠桶，學徒用過的廢土和邊角料都混合收集在那裡。阿蘇說，某個人大概曾經用這些土做練習，捏成一顆球、一隻鳥或其他形體，然後又放回去。

兩條野狗經過，狗頭擱在桌邊瞪著大鍋。「沒有人知道一團土過去經歷過什麼。」一當果醬拉起長而柔韌的絲，阿蘇像是自言自語地說：當一個人拿起一團土，試圖揉捏，他的故事就會被保留在土裡。每個手勢、力道、施力的方向被記錄下來，人們腦海中在想的事情使泥土的分子發生細微變化，這些過程是不可視的，但指紋已留在土壤深處，如海水般不著痕跡地密合。透過火，這些記憶與軌跡會再次活過來。有時那股能量大到使鉸鏈門內部產生爆炸，摧毀數個月的心血，若深究原因，常只是一顆氣泡或一滴密封在土器裡未乾的汗水，畢竟在這道門裡，沒有一件事是確定的。所以做陶的人常說，土擁有自己的記憶。

香氣漸濃，野狗們開始躁動，桌邊的口水已積成一灘小湖泊。偶爾阿蘇的袖子滑落下來，她的上臂沒辦法抬高，我幫她重新捲好袖子，不被果漿沾到。

阿蘇舀起一勺果醬放進嘴裡，點點頭露出缺牙的笑容，我們把瓦斯爐和鍋子收進來。我沒多想就去握鐵鍋，手心的肉燙得發白，當下我並不覺得痛，好像手裡被挖去一片空白。

「這個會留疤痕喔。」阿蘇叨念著，嚼了些涼涼的葉子給我敷上，幫我包裹紗布。

天黑後，蚊子逐漸聚集過來，我們把做好的果醬裝進玻璃瓶，阿蘇叫我邊收邊吃。鹿仔樹種籽在我嘴裡像火花嗶嗶剝剝爆開，酸味刮舌。說也奇怪，吃過果醬後我們周圍就連一隻蚊子也不敢近身。

關掉工作室所有的燈之前，阿蘇看向我緩緩說道，「晚上睡覺把房間的窗戶打開，讓空氣流通。霧進來，就會好得快。」她用竹節蟲似的細長手指摸摸我的額頭。

這天夜裡我回到家躺在床上，三伏天已近尾聲，天氣卻異常燠熱。我感覺昏昏沉沉，大概是發燒的關係，或肺裡那片陰影正輕輕飄移。我在黑暗中摸索尋找水杯。

冷氣嗡嗡的運轉聲不知道什麼時候停了，屋裡一點風也沒有。我發燙的額頭抵著窗戶，玻璃表面凝結的水珠流進眼睛裡，我抹抹眼皮，推開窗戶。

窗外大霧瀰漫，簾子冉冉飄動，濃霧圍繞著屋後的樟樹林，一切都是乳白色的。乳白色的霧與水氣隨著一陣涼風流進屋裡，那種感覺真舒服。

我想到淋浴間沖涼，或出去走走平息不安。躺在漆黑的床上，就會持續聽見遠處窯裡那批瓷器的迸裂聲。這種時刻出門到哪裡都不會撞見別人。

我走在霧中的紅色大橋上。

沒有像平日那樣騎車，僅靠月光依稀照看腳下的路，距離感較白天略微模糊。我感到身後有人跟蹤，透過水坑倒影發亮的斜度，我看見霧跟著我走。早該料到的，這座小鎮多雨，氣候都是活的，從氣象預報就能看出一些端倪。

我穿過斑馬線停在一棟陌生的房子前。霧卻沒有停下來，二樓的窗戶忘了關，一團霧就從那裡進去。

我看著霧穿過細長鑰匙孔進入這棟房屋的玄關，一階階爬上樓梯，無聲地注入每個房間，填滿家具之間的空隙。即使是站在房子外面，我仍可以感覺到霧與水氣在黑暗裡流動的走向，彷彿我是它們的一分子。

乳白的霧經過客廳，注入一個又一個茶杯，流進空蕩蕩的茶壺，再以圓柱體的形式從壺嘴流出來。當濃霧滲透多孔的金屬篩網時就化為雨絲，滑過刀尖時被切分成兩半，又緩緩聚攏在一塊。有人正閉著雙眼摸索遺失的枕頭，它便趁人們不注意鑽進被窩，一點一點潛入床鋪底下更深層的暗處，那裡堆積著陳年灰塵與夢境，它在蜘蛛網中凝結成露珠，形成一串帶有徵兆與暗示的晶亮圖騰，然後無影無蹤蒸發。

海濱風大，冷空氣使喉頭發癢，我站在屋外矮牆邊忍住咳嗽，怕吵醒睡覺的人。夜風卻「碰」一聲打開大門，將整幢房子敞開，從中挪出一個個霧的胚體，它們是這幢房子的凹模——這些霧造的空間懸浮在黑暗中，呈朦朧的乳白色，沒有絲毫消散跡象。當中我一眼即可看穿房間的格局與陳設，那些沙發、電視機、流理台待洗的碗盤、衣櫥裡一件起皺的襯衫……餐桌與椅腳紛紛在倉皇中彼此靠近，想裝作熟識卻已然太遲。每個家具在夜幕裡占據一塊空出的位置，維持著物與物之間隱密的距離，即使它們已從空間中被抽離。一條野狗驚得對空長嚎。

交通號誌燈亮起，斑馬線空無一人。這次，我跟著霧走。

乳白色的霧順著蟻巢似的巷弄、街區、下水道管線移動，滲透一幢幢建築物，由遠而近逐步向整個城鎮擴散。如同氣象預報告知的那樣，夜霧從山頂聚攏，從海上過來，它來得如此悠悠蕩蕩幾乎是帶著溫情地覆蓋這座小鎮，封閉港口與天空。然而在這個時間點我無法叫醒任何一個人，無法告訴他們：枕頭是掉到床底下。

這座靠海城鎮的模型懸在自身之上，像一顆浮在鹽水裡的蛋，或半夢半醒的靈魂偶然顯現在軀殼上方。當風吹過，街景與地貌便產生些許變化：我瀏覽著招牌輪廓、一座座靜止的噴泉、精巧的公園與廣場，像觀看兩張並排對稱的白色畫片尋找難以察覺的不同點。

巴掌那麼大的蛾停在行道樹上，張開翅膀上的眼瞳恐嚇我向左轉。我經過都蘭郵局，在派出所拐彎，向海邊走去。

路旁種植一排水茄苳，樹蔭垂著一串串遮藏在熱帶闊葉間的花穗簾幕，帶狀生長的雄蕊盤繞陰影處，有如蟒蛇骨骼，待行人走過樹下時纏住他們的脖子。不曉得是誰把掉在地上的花排成一顆心。

我邊走邊抬頭看，學狗那樣翕動著鼻孔，嗅聞這種只在夜間出沒的氣息。偶爾被落下來的果實打到，像肩膀被誰輕拍。與花朵給人的印象相反，香氣沒有什麼特別之處，聞起來像月光或口哨聲，讓人想打噴嚏。

我深呼吸，試著拆解這種氣味。

霧混合著花粉進入身體，我感覺冰涼空氣沿著氣管發炎的腺體脈絡緩緩擴散開來，抵達柔軟的肺葉，它浸潤一顆顆果實狀的濾泡與腫瘤並持續向外擴張，直到充滿整個胸腔……當霧流動時，我的身體能明確感覺到整個進程，即使是最微不足道的湧動。

我慢慢吐氣，霧就隨著吐納離開這個身軀，回到大氣之中，在夜空下再度形塑出一對完整的肺臟。

肺部的胚體模型懸浮在高處，在太平洋的上升氣流中載浮載沉。其腔室近乎透明，重疊之處呈乳白色，拂曉微弱的光線即可穿透。我端詳著內部結構，每個霧造的卡榫、管道以及那些由微風打磨的倒角。我的肺葉在我面前一片片舒展，樹狀的支氣管網絡向天空延伸，嘗試連結曠野中距離最遙遠的星體。

胸膜壁的紋理隨著呼吸平緩地升起、下降，然後再次升起，再次下降。我的肺部成對地在黑暗裡搏動、震顫，各司所職運作而沒有猶豫，就好像它們仍存在我體內。

我伸出手，先是輕輕碰觸、搔刮它，然後就鼓足勇氣把整條手臂放入這個器官之中，讓手指在氣候間穿行、移動，感受因寒冷產生的灼熱感與搔癢。

我忍不住想著或許這一切只是場實驗，或許在月球宏觀的獨眼下，這座小鎮和我的身體都只是一個模具，霧則是一種流動而清醒的媒介，我卻在無意間目睹了整個鑄模的過程。假設肉體是模具，那麼靈魂必定是某種適合澆鑄的物質——某種流淌的、不定的、全然自由的樣態，能傾注於各式各樣的模具與部件之中，在其間漫遊。

穿透霧，我看見遠方海上搖曳的燈火，一艘艘漁船即將啟航。

清晨的光亮逐漸升起，霧盤據在山巒凹陷處，海風正帶走它們，彷彿整座中央山脈都在向上蒸騰。我觀察著這一切。我明白，很快地這個霧的胚體將不再屬於我。不久它將被蒸發並返回大氣圈，前往陽光照耀不到的地方，如同每個生命最初與最終的氣息，間接觸動下一輪遼闊的週期循環。

我不知道那個地方在何處，但早晨當海風吹拂時，我可以隱約感覺到。皮膚會感覺到變化，那些關於泥土與空氣的變化，當雨打在聚落的鐵皮屋頂，打在蝸牛殼上，當陽光沿著背部悄然移動。有些語言只有皮膚聽得見。

今天台東的天空依舊藍得像色紙。小鎮的孩子們已經坐在屋頂上，雙手在空中無憂無慮揮舞，要把天空摺成一架紙飛機向前射出去。

本文獲二〇二三年後山文學獎短篇小說類第一名

生於台灣，史特拉斯堡高等裝置藝術學院碩士，為法國文化部藝文補助計畫獲獎者，旅法十二年取得法國籍，曾獲雲林文學獎，長篇小說《謎山》獲一一二年度文化部青年創作補助，短篇小說《感官的模具》獲一一二年度後山文學獎首獎。

網站：

facebook.com/yawen.shih.9/

instagram.com/window_chair/

cargocollective.com/shihyawen

一坪的森林線——伊森

初次見到她，是在那巨大落地窗能俯看夜景的會員休息室，一整座城市踩在腳底，彷彿站在食物鏈的頂端，風會自己吹過來那般颯然飄逸。她應該是剛結束有氧運動，再從蒸氣烤箱出來，獨自一人坐在角落冷卻，腦袋放空哼著桃樂絲的那首歌。

有些歌寫來只能用聽的，你自己唱常常會變成悲劇。例如三大男高音的〈公主徹夜未眠〉，披頭四保羅麥卡尼的〈Yesterday〉以及小紅莓主唱桃樂絲所有的歌；即使是天后王菲翻唱過的〈夢中人〉，你也只能說她唱出自己的味道，無法還原桃樂絲的神韻。那是他第一次聽到有人可以活生生唱出那種高亢纏綿又頹廢的歌調，那首歌叫〈死在陽光裡〉，當她反覆低吟dying in the sun, dying in the sun, dying in the sun…的時候，勾人魂魄的蠱惑魔力簡直使他窒息。

他推測她一邊的大腿股二頭肌應該是受過傷或有缺陷的，做愛的時候若採取狗爬式，她的骨盆不穩定，導致雙腿肌肉用力的方式不對稱；也許就是因為這樣不對稱，意外平衡他天生偏右的陰莖，進而達成一種令人滿足的契合，最後兩人經常同時在這個姿勢達到高潮。至於她的大腿為什麼有缺陷，這不是一個該問的問題，就像她為什麼改名字，不問才是一種禮節。

她的名字叫陳婕妤，他推測這決計不是爸媽取的名字。有幾年女生開始流行用這漢代後宮妾室的封號做名字，陳婕妤林婕妤黃婕妤張婕妤成為一股風潮；就像他自己叫做林志豪，也是出生那幾年父母流行取這樣的名字，網路上志豪隨便一搜就好幾萬人。以志豪認識的女人來說，陳婕妤的年紀比他認識所有叫婕妤的女人都還大，所以他猜她是改的。改或不改，兩人的名字在這兩百多萬人的都市叢林裡都沒有鑑別度。每次做完後，志豪習慣性拿起衛生紙，幫婕妤擦掉愛液，她喜歡他這個像是禮儀的行為，而他總是凝視著她股間的那三顆小痣，那讓他想起小時候唯一有興趣的自然課，它們的排列方式就像星座盤上獵戶座的腰帶，星雲的位置更恰巧就是那黑色門戶。

他們彼此從不問對方是否已婚，是否有孩子。志豪知道婕妤應該是有（或有過）孩子的，下腹部那道粉紅色淺淺的帝王切開痕跡消不掉，當然他們不提，這畢竟是成人的禮節。他們不談自己，但當兩人汗水淋漓躺在床上時，可以撫摸彼此的體溫，男人與女人很多時候僅是為了共享片刻的體溫，才會抱在一起。他們談些無傷大雅的話題，例如天氣，例如都市傳說，例如婕妤摸著志豪的胸口，指著胸腹腔交接處說道：「肝臟的英文叫Liver，奇怪Live這動詞後面加了r後，為什麼不是活著的人？也許把肝臟切掉，人也就掛了，所以英文會這樣用。」她繼續說故事：「有個城市叫做Liverpool，你就叫它肝臟池吧。市徽是一對鳥，叫做Liver Bird，我不知要翻成肝臟鳥還是活命鳥。母鳥面對著出海港，公鳥面對著市區，傳說要是這對鳥飛走了，城市就會毀滅。結果那鳥的雕像，被綁上了鐵鏈，市民用這招不讓牠們飛離肝臟池。肝臟池的兩支足球隊徽都用過活命鳥，贏過不少冠軍，足球跟鳥，在那城市最後都變成一種迷信。」

志豪說：「我們這邊不太踢足球，也沒什麼雕像，不知道有沒有市鳥？」

婕妤道：「足球真的是一種很無聊的運動哪！你看他們十幾個人，氣喘吁吁跑了兩個小時常常還得不到一分，好浪費生命。」

「兩隊各十一人，總共二十二人，而且一場只有九十分鐘啦……」他接話道。她聳肩不置可否，他明白她應該連越位都看不懂，於是轉移話題：「要是有市鳥的話，應該要選鳳頭蒼鷹。」婕妤揚眉抬頭問道：「鳳頭蒼鷹是什麼鳥？長什麼樣子？」

志豪拿起手機，開啟一個直播網站，轉為全螢幕。視野內只有一個偌大的鳥巢，裡面坐著兩隻白絨絨的黑面雛鳥，尚未發育的翅膀掛在圓嘟嘟的身體上，像貼著兩片裝飾品那般滑稽。母鳥在巢邊鷹步走跳，叼啄整理著不知名的鳥屍，餵食那兩團絨毛玩具。

「這是什麼？」婕妤眼睛一亮，盯著螢幕。

「這是猛禽協會架設的攝影鏡頭，在大安森林公園的某棵樹上。」

「他們在吃什麼？」婕妤又問，興趣盎然。

「公鳥負責獵捕拔毛，再帶回巢。大部分是斑鳩鴿類麻雀的小型鳥，也有青蛙壁虎或老鼠。幾乎什麼都吃，猛禽是食物鏈的頂端。」

「那母鳥呢？」

「專職育嬰，妳現在看到就是母鳥。」

「她腳上有打一個環！」「猛禽協會監控用的，黃色編號N二號。黃N2，所以母鳥媽媽綽號叫做黃恩蕁。」志豪答道，婕妤笑了出來。

志豪撫摸著她的裸體，看著婕妤的側面，她的眼神閃出光芒。所有人一生下來，瞳孔都是清澈的，對世界所有的事物充滿好奇心。然而在生命中某個時間點，你會被偷走或烙印上某些東西，一旦經過這道工序，你會帶著這個印記繼續活下去，但你再也不是原來那個你，瞳孔的光芒也會逐漸黯淡。年長的婕妤，不知道多年前是哪個少年奪走她少女的瞳孔光采，當然取走志豪瞳孔光采的，也不知道是多少年前的哪一個她，成年的大家彼此不會過問，這也是一種禮節。

這個晚上在看到黃恩蕁餵食幼鳥的瞬間，婕妤的眼神突然恢復了光芒，那種對世界充滿好奇希望的光采。

婕妤笑問：「他們一家就住在市中心？」

志豪笑道：「對，就地合法的違章建築，沒有人敢動他們。」

「噗！還在寸土寸金的大安區，你知道這一坪多少錢嗎？」

「對喔，郵遞區號106，還森林景觀第一排！」兩個人都笑開了。

也許正在看直播的數萬人，都見到了鳳頭蒼鷹一家原始無瑕的生物本能：築巢孵蛋，狩獵生吞，餵食幼雛，那一坪的森林線內，爸爸媽媽與兩個小孩構成了一個完整的巢。在都市叢林中睜開眼，只服膺自然律，沒有社會約定俗成的潛規則，那樣的畫面讓大家都暫時找回瞳孔的光芒，甚至達到一種昇華療癒。

婕妤馬上就成了黃恩萼女士的鐵粉，每天起床打開手機第一件事就是連上直播鏡頭，收看鳳媽一家的實境秀。鳳頭蒼鷹過著日出而作，日落而息的自然生活，而城市裡又有多少人過這種作息。有時候晚起了，沒看到早餐時段，她就傳訊息問志豪：「早餐吃了什麼？」志豪答道：「吃了鼠條喔！」她繼續問：「那大寶跟二寶分別的進食量呢？」簡直比自己的孩子還關心。公鷹不住在巢裡，孤鳥一隻在外打獵，得到獵物就丟回巢讓黃恩萼處理。公鷹沒有打上腳環，沒有編號，婕妤問：「每年都是同一隻公鳥嗎？」志豪答道：「不確定，但是大家腦補認為是同一隻，還幫他取了名字叫廣志。」認定每年都是同一隻廣志，才能符合觀眾期待的一家人設定。

幫公鳥取廣志這個名字的鳥友，不但是個蠟筆小新迷，還是個理想主義者。動畫裡的廣志，在東京近郊的春日部市擁有前庭後院的獨棟住宅，每天通勤到東京都心的霞關上班，肩上有管理職的頭銜，回家薪水全交給強勢的老婆美冴，自己只拿零用錢，雖然小新調侃他還背著三十二年的房貸與車貸，但廣志簡直就是男人的典範，一頭雄糾糾的公蒼鷹。

他們兩人向來小心，LINE傳完經常就收回，更從不留下曖昧的痕跡，訊息都隱藏在運動的話題裡。例如「今天預計推舉二十，三個循環，晚上八點後史密斯機人應該比較少吧？」「八點半之後會更少喔！」解碼讀為「我今天狀態不錯，可以來個三次，約八點可以嗎？」

「八點半比較好。」如今有了賞鳥這共同的話題，兩人甚至把LINE的代號改成鳳媽與廣志。鳳媽：「媽媽今天想吃珠頸斑鳩。」廣志：「粉鳥等著給媽媽吃！」鳳媽：「不知道可不可以抓到蛇。」廣志：「下午也許可以。」

志豪見過婕妤在健身房運動的樣子，當然他會假裝不認識她，只露出陽光般的笑容與潔白的牙齒，就像一般的健身教練看到一般的會員那樣。但是當他看到她在做橋臀，恥骨一上一下出力，胸口跟著起伏吸吐氣的時候，他無法不聯想到包在瑜伽褲內，獵戶座腰帶那三顆痣以及黑色的星雲，那個他進出無數次的深淵，接著不可遏抑地勃起。他喜歡婕妤的體態，輕熟的豐腴，不病態減重追求六塊肌，肉毒蘋果臉也不過分亂打，初老皺紋或一兩絲白髮讓他感到真實與安心。她知道自己要什麼，不似小女生那樣裝矜持，她懂得用各種姿勢取悅自己，當她騎乘在他身上時，扭盡各種角度找尋刺激點，靜靜地生吞活食，就像鳳頭蒼鷹一樣，他愛死這種感覺，更怕自己成癮。

志豪不知道現實生活上有幾個廣志，他知道自己是不會也無法成為廣志的。健身房教練這工作有保存期限，做得一年是一年，偶爾他也兼一些外快。例如集合地點會在某個靜僻小巷口的便利商店，通常會是週末，找他出來的是當兵同梯的小蔡。小蔡不是個老實人，但不針對志豪，他信口開河是幾分先天，再加上後天訓練出來的。

「今天是什麼劇本？」

「屋主股票套牢需要變現。」小蔡說道，旁邊還跟著一個他帶來的女子小唯，接著小蔡花了十分鐘順了順劇本。那棟大樓位在六米巷內，是一個非常尷尬的寬度，一邊還畫了紅線（當然遵不遵守見仁見智），賣點是新加坡式建築，一樓鏤空成停車場，二到八樓一層一戶，總共七個停車位。志豪與小唯偽裝成一對年輕夫妻，小蔡已經帶看屋客先上樓了，他們隔了十分鐘才由小蔡的學弟帶上去。

「一層一戶，這很少見啊。」志豪轉頭對小唯說，他稍微提高音調，確定小蔡帶看的客人能聽到。「對啊，電梯還直通停車格。」小唯也跟著說。小蔡告誡過，一層一戶沒有管委會很麻煩，那停車出口只有一個，一進巷子就會被違停擋到，還要自己追垃圾車，這些缺點絕對不能提。「這個落地窗我喜歡。」「好像還看得到一〇一。」「這樣跨年就可以在家看了。」兩人一搭一唱，就像舞台劇演員，演出幾乎現場就要出價簽約的樣子。當然他們最後連斡旋金都沒下，更不會簽約，事後小蔡會給他們一人一千塊，作為這場合法詐騙的車馬費，對於開價三千八百萬的房子來說，找個十組臨演都算不上零頭。那天初次見面的志豪與小唯兩人還看對眼，一起走到房仲對客人宣稱就在旁邊（但Google map畫出實際距離有六百七十八公尺遠）的捷運站，搭車離開找了個旅館休息，脫了衣服繼續演了兩個小時夫妻。

也不過就是兩小時速食而已，日常的社交活動。然後他會回到自己過河後的租屋處，不會比鳳媽黃恩萼家那一坪森林線還大的棲身地，一張單人床一個活動衣櫃，連書桌都沒有，沒有家人等候，當然也沒有嗷嗷待哺的幼鳥。志豪躺在床上，看著天花板輕鋼架上的汙漬，那汙漬有點像澳洲地圖，他偶爾會想趁著年齡上限沒到前，去澳洲打工度假。澳洲應該是遼闊的大陸，大到有沙漠，然後他想到在繪本裡看過一種遇到敵人眼睛會噴血的沙漠蜥蜴，一口氣會噴掉全身四分之一的血，噴到自己都貧血了還逃不掉。如果真的去了澳洲之後，回來的日子會有什麼改變他想不出來，但至少那個像澳洲地圖的汙漬每晚讓他有個可以想像的目標，想像自己可以飛離這個房間、這個城市或這個島。小隔間總是傳來壁癌的霉味與鄰板間的噪音，他不確定下次見面叫不叫得出小唯的名字，他只記得她的刺青，要拉開內褲後才能看到那像蛇還是蜥蜴的圖案。他不討厭刺青也不嫌那圖案醜，而是它藏在馬甲線的陰毛旁，要翻開內褲才能看到，這件事的本質就像買了顆火龍果，回家剝開發現裡面被蟲蛀掉一樣令他反胃。他放著手機直播，擱在床頭，天黑了，晝出夜伏的鳳媽與大寶二寶，正安詳睡著。他的心情跟著沉靜下來，想像他們也許白天還吃了蜥蜴，會不會死前眼睛還噴了血。

婕妤在市區有個一房一廳的小套房，就在捷運共構上面。市區內這樣的大樓越來越多，因為單價貴，建商隔成很多戶，每個單位面積也不會超過十來坪。有的建案還只賣地上權，意思是你只能買這個空間五十年，不是每個人都接受這樣的觀念，每個買家的人似乎都確信自己五十年後還會活著，有房有土斯有財，才不會雲夢幻滅。交通便捷的共構戶數多面積小，住客來去經常是生面孔，極適合幽會。志豪不知道婕妤是租的還是買的，他當然不會過問，這是他認定不能問的界線，他只要有入門磁扣就好了。房內沒有什麼盥洗衣物，她不長住在這裡，這不是她真正的家。小套房裝潢成北歐風，清簡的木製家具，二十五樓的視野，能夠在這樣的格子裡有個棲身之所，有種飛上都市叢林食物鏈上端的夢幻，他想。

他們總是分別抵達這個小房間，於是總有一個人，等著另外一個人，製造出一種回家的錯覺。他們會分別帶著各種食物，帶回巢兩人分著吃，為了接下來的肉體交纏儲存體力。他們不了解彼此的生活私事、家庭脈絡，但盯著對方身體的時間又比自己照鏡子還久，他們維持著這樣既親密卻又陌生的關係。玩到累了，就停下來吞食滿桌美食，婕妤在吃肉羹的時候會下意識念成肉跟，發燒會念成發騷，志豪知道她分不出ㄥ與ㄣ，ㄕ跟ㄙ，說話的語調雖然努力校正過，也許還上過正音捲舌班，但還是能聽出她不經意間洩漏的語尾上揚音。說話的腔調很難養成，硬要說的話是氣質的一種，他在健身房見過無數女人，他知道她的身分證字號應該不是A開頭，她從不講一句台語，刻意遮掩自己的出身。在台北路上挺胸走著的，那些朝五晚九的女子，通常不出生在台北，就像天外飛來的鳳頭蒼鷹，志豪覺得這個城市的光華，有大部分是由她們的落羽所堆疊出來的。唯一能夠照出真身的時期是春節過年，當她們不得不應家族枷鎖的召喚飛離，當這座城市在寒流中佇立，孤寂到無法塞車的時候。志豪不確定他們的關係是否能維持到過年，當然他也不在乎婕妤是否為台北女子，畢竟他自己也是過境的一員，至於最後成為留鳥還是候鳥，他還不知道。他上網查過婕妤講的故事，肝臟池是一個真實存在的城市，中文翻譯成利物浦，披頭四保羅．麥卡尼與約翰．藍儂的故鄉。於是除了澳洲，英國也成了他遙想的彼岸。

他趴著在她身上，玩弄著她那一兩根已經變白的恥毛，那毛藏在她自己看不到的角度，除非用鏡子。他商請她唱歌，當然是桃樂絲的歌，她講話有口音，但唱起英文歌卻沒有不協調，但也許是他只能分辨台灣腔的國語，愛爾蘭腔與美國腔他也無法細分，他著迷的是那委靡又清澈的調調。曲畢，志豪突然講起蜥蜴的故事：「妳知道外國的沙漠有種蜥蜴，遇到敵人時眼睛會噴血。」

「為什麼？」婕妤問。

「這樣敵人就會嚇到，牠可以趁機逃走，跟煙霧彈一樣的效果。」

「血裡面有毒嗎？」「沒有，所以能夠逃走的機率也不大。」

「哈！這個能力還真是殘念。」她說。

就是殘念。畫著蜥蜴的那繪本叫做《殘念的生物事典》，是一個健身房日本會員的小女兒翻給他看的，他繼續道：「一次還要噴上四分之一的血量，整條血線灑在空中！」

「真假？」她道。

「還沒逃掉，自己就先貧血暈倒了，然後狼或老鷹被噴得莫名其妙，還是氣得把牠一口吃掉。」說完兩個人哈哈大笑。

「有夠殘念。」

志豪腦中浮現出那日語繪本的內容，畫了許多演化上缺陷到好笑甚至荒謬的生物，小女生仔細翻譯原文給他聽：比如說非洲有種猴子，陰囊會隨著年紀變成意義不明的天藍色（小女生咯咯笑著）。小食蟻獸長著跟熊一樣的花紋，站起來威嚇卻完全沒效果（還很可愛）。翻車魚一次下三億個蛋，但是能夠長到成魚的只有兩尾（夭折率99.99%）。貓熊吃竹子只是因為無聊，竹子本身完全沒有營養。無尾熊經常懶散遲緩，是因為主食尤加利葉含毒，需要用睡眠來排除……

那麼婕妤的缺憾在哪裡？生理上不對稱的雙腿反而對他來說是可愛點，那他自己的遺憾點又在哪裡？

志豪不喜歡戴套，但通常為了禮貌他會戴上。不喜戴套的理由不是為了追求刺激，而是他抱持一線希望，或者已經完全不抱希望，兩種極端。他在老家很早就結過一次婚，也離過一次婚，原因是檢驗出精蟲稀少，對手又想要小孩，於是他被及早放生。他正值青年又是運動員，但是他一晚上能射十次也沒有意義，射出來的精液本來就沒用，如果還要費功夫套起來，他覺得自己也可以被畫入那繪本了。婕妤向來也不要求他戴套，不知道是吃了避孕藥，還是不怕懷孕，甚至追求懷孕。如果是後者，那真是殘念又遺憾了，志豪想。

「黃恩萼女士一定覺得我們人類很奇怪。」她說。

「哪裡奇怪？」志豪看著母子鳥的直播畫面，頭沒抬起來。

「我們沒有交配期，隨時可以做，動物要到交配期繁殖季才會做。」

「我是不知道蒼鷹一次交尾要多久啦，但是鴿子很快。」他想起鄉下很多人養賽鴿，於是馬上搜尋影片給婕妤看。

「蛤，親一親跳上去，三秒就結束了！牠們一定覺得我們兩人在浪費卡洛里。」她捧腹笑道。

「哈哈。」他跟著乾笑兩聲。是的，我們還無法授精成功，輸給鴿子的三秒鐘，完全是一種遺憾的行為。

「你有看過狗交配嗎？」婕妤突然問。

志豪瞇著眼睛笑笑點頭，只有出生在台北以外的人才看得到流浪狗，更別說活生生的狗爬式。台北人愛乾淨，眼不見為淨，野狗不是被收養就是被抓到收容所，十二夜後銷毀。

「你知道最後會變成什麼姿勢嗎？」她問。

「屁股對屁股。」他說。

「對，會翻過來！」她巧笑倩兮道：「要不要試試？」

「幹，會斷掉啦！」他笑罵。接著他們繼續交纏，當然最後翻不過來，喘叫聲結束在那個兩人都滿意的半殘狗爬式。

那幾個禮拜小蔡主攻一戶國宅，當年配給軍退人士的。依當年退伍軍階配，將官大一些，校級就小多了。最初一戶不到三、四百萬，三十年後，一戶喊到四千多萬，整個社區對外一律宣稱是將軍戶，畢竟沒有上士戶上校戶這種名詞，聽起來也不夠威猛。劇本是第三代屋主繼承，急著回溫哥華，要求買方一定要在月中簽約，不然她就不賣了。另外房子只能晚上看，白天屋主要用屋，不方便帶看。國宅還是國宅，但改了名字，叫個某某新城或某某花園，這樣就好聽。志豪帶著手電筒（要假裝看得仔細），這次演劇夥伴是個男孩。內褲裡有刺青的女孩被分到另外一組（她叫什麼名字來著？）總共七、八個人分成三組，集合在社區附近的公園。志豪跟男孩第二組上去，門口已經擺滿鞋子了。他未進門先瞄一眼樓梯間，放滿了鞋櫃與腳踏車，看來管委會呈現放任狀態。一層六戶，對門一戶貼了神愛世人，一戶擺了香爐，不用滿天就有神佛。進門後格局畸零，一套半的浴室都沒對外窗，陽台已經被外推，梁柱橫在一個壓迫的角度。

十幾個人熙熙攘攘間，他見到一對穿著整齊的夫妻，小蔡正隨侍在側。先生雖然微微皺著眉頭，但舉止得體，太太反而是嫌東嫌西，這組是真正看屋的買方。志豪拉著男孩，做他打工應做的事：「你看，這裡可以隔成你的房間，你自己可以有一個廁所。」那小孩呆滯盯著，眼神完全沒有光芒，也許已經有什麼東西從他生命中奪走光芒了。接著志豪對著窗戶看出去說：「你看，那對面就是國中。」然後他轉頭對小蔡的房仲學弟問：「確定是這個學區沒錯吧？」那學弟馬上接話，是是是，確認沒錯，這學區很搶手的，先生。

這戶住宅給人一種時間暫停的定格感。他看大小知道是校級戶，衛浴改建成殘障用，便盆也是特製的，看擺設，實際住的只有上校與印傭。上校在這屋子裡走時絕對是寂寞的，最後幾年有人寫信給上校嗎？上校神智還清楚嗎？這個房子沒有兒孫住過的痕跡，上校走的那天時間暫停，餐桌上一本印尼文雜誌，幾個水電雜費的信封袋，廚房的瓦斯爐上留了兩個小鍋，好像印傭出個門買菜馬上就回來的感覺。當然上校過世後她就被轉介到另外一個老人家中，等待另外一場死亡。屋主第三代繼承是真，趕著去加拿大是假，逼買家月中簽約急著要現金是真，只能晚上看屋的原因是假，不想讓買家看出來天花板漏水是真。真真假假，好的謊言要參雜一些事實更有信服力，小蔡說的。

賣房子那屋主一定是真正的台北女子吧，他想。賣完之後住哪裡，她肯定有別的巢，如果搬離還會搬回來嗎？婕妤說肝臟鳥飛走了，城市會毀滅，這個城市的人口一直在減少，卻永遠不缺新鮮肝臟，但他們能築巢在哪裡？內褲裡藏有刺青的女孩對志豪露出挑逗的眼神，似乎念念不忘他的肉體，志豪指著男孩，示意要送小孩演員離開，匆匆下樓遁走。國宅的電梯換過新的，是小蔡話術的賣點之一，新電梯對照著斑駁老牆有種滑稽的反差。到了一樓電梯門打開，迎面另一家房仲正要帶一對夫妻上樓，大家禮貌性點頭。志豪打了照面，詫異了三秒忍住沒叫出聲，那對夫妻的太太就是婕妤；她雙眼瞪大，也吃了一驚，雙方人馬在電梯門一開一合間迅速交錯。她是買方？還是跟我一樣是臨演？旁邊那個是她真老公還是演員？還是別的床上伴侶？

志豪離開時開了小蔡的寶馬，除了裝身分，也要送演員小孩回家，而目的地那區的城市是他所不熟悉的。今天他還需要一小時的游泳訓練，健身房的高階會員們報了兩個月後的花蓮鐵人三項，他作為護航教練，比賽時要一路保母到終點線。查了網路地圖，附近有個室內游泳池，看時間勉強能在關門前游完，只是能停車的位置稍遠。他怕手機錢包丟在陌生泳池內，於是只帶著車鑰匙跟泳具，從皮夾裡抽出兩張一百塊紙鈔就下車了。就算買張臨時券超過一百，兩百塊也足夠了，他想。果然一張游泳券要一百一十元，他慶幸自己抓了兩張紙鈔，走回停車場一來一回的時間就夠他游好幾趟。下水輕鬆熱身後，他游了五趟計時的四百公尺，池水隨著他轉身噴濺，全身的毛細孔都熱開了，最後再衝刺幾趟五十公尺，結束今天的訓練。上岸來頭髮還半濕，已經飢腸轆轆，左近剛好是個夜市食物街，他心想夜漸漸深了，這時喝個熱湯最恰當，身上還有餘金九十塊錢整，街口走下去，片片招牌花紅爛漫。

從下水開始，他的心思就無法拋開婕妤的事，每一下划手，每一個轉身都在想，到底她是什麼人，當然下次見面他不會問，但兩人無意間在那小房間外有了交集，即使是一瞬間，他心中生出一種不平衡感。他在夜市裡眼光默默讀著：牛肉麵一百七十、羊肉羹一百三十、海產粥九十五……他不禁越走越遠，越走越慌。小時候，他是個很膽小的孩子，即使是吃一碗十五塊的滷肉飯，他總是要先給老闆錢，才敢安心坐下來吃。他深怕吃完再付錢，要是吃的過程中，口袋裡的錢不見了怎麼辦？藥燉羊肉九十五，藥燉排骨八十五，排骨羹一百，廣東粥九十，他手伸到口袋裡緊捏那幾個銅板，深怕它們飛走，掏出手掌一看都捏出痕了。整條街走完，他手上銅板可以買得起的只有藥燉排骨跟廣東粥，他想起藥燉排骨的味道，感到一陣噁心，瞬間覺得街上所有人都在看他，就像他正裸體走過這條街那般不堪。他發現自己正在盜汗，有種換氣過度的缺氧，於是他坐在便利商店前的台階上，智慧型手錶顯示的心跳，比剛剛游三千公尺時還快。

他想打電話給小蔡說自己迷路了，但手機與錢包都放在車上，又想起小蔡正在誘買家出價，晚上要定錨，根本無暇顧他。清風徐來的舒服夜晚，他卻坐在地上大口喘氣，彷彿他正在被吞噬，被獵食者活生生一條一條咬下他身上如希臘雕像般的肌肉。他能逃走嗎？那壓迫感就像空氣一樣環繞他全身，又有誰可以逃脫空氣呢？他的眼睛能噴血嗎，噴出血又有什麼用？老鷹與狼只會覺得被噴得莫名其妙，再露出嫌惡的表情將他一口吞下。也不知道喘了多久，心臟才恢復到每分鐘九十以下的跳動，能夠問路走回游泳池，再找到小蔡的寶馬。幾天後小蔡請一桌吃飯，口沫橫飛講著如何把賣家的底價4188萬壓下，促買家的3850萬加碼，最後以3980萬成交，過程十幾個來回，多麼驚心動魄。志豪想起那晚的夜市，小蔡隨便一個價錢上下，不知道能讓他喝上幾年的熱湯；當然小蔡自己也沒房子，對他來說只是工作上的數字遊戲，就像斬人到麻木的納粹或日軍一般，人命只是數字。

他們依然約在那北歐風裝潢的小套房，不談彼此的事，彷彿那天沒發生過似的，這樣是最好的。婕妤開了直播精華回看，正播到黃恩萼雙翅擋雨，最經典溫馨的鳳媽晴雨傘畫面。兩羽幼雛從白絨絨的小雞，一天天變大，長成黑白相間的青少年，恩萼媽媽幫幼鳥整理羽毛，哥哥（腳環編號紅26）貼心讓食給妹妹（紅C6），C6可愛不斷的啾啾叫聲，以及甚少出現在螢幕中專職閃電送餐的超級獵人廣志爸爸。羽翼漸豐體格漸大的兩幼鳥與黃恩萼站在一起，這一坪的森林小家已經顯得侷促。

「妳知道國王企鵝的幼鳥身材比父母還大嗎？」他搜尋了影片給她看。畫面上一隻像鳥的禽類，直立呆滯地站著，像被弄髒那樣，毛髮灰棕，一身散亂，體格不成比例的大。最妙的是比牠小隻的成年國王企鵝，還一直從嘴裡吐出東西抬頭餵牠。

「這在搞什麼笑？」她笑著說。

「國王企鵝的幼雛有一半過不了冬。」

「真是遺憾。」她說：「希望我們家哥哥26與妹妹C6都能平安長大，順利飛出巢。」

然後把畫面切回森林公園黃恩蕁一家的即時直播。

「妳再唱一次那歌給我聽。」志豪請求道，像是一個年紀小很多的弟弟的要求。「你真是聽不膩。」她說：「明明小紅莓還有很多歌的，還有你的年紀怎麼會喜歡這麼老的歌？」他曾經住過一個前租客留下滿房間英文CD的地方，但是他沒解釋，只繼續道：「他們的歌詞反戰反毒支持環保，主唱卻酗酒溺死在浴缸裡，也是種殘念。」「死了才能成為永恆。」她說：「桃樂絲醉死了就永遠不會變老了。」「希望你不會變老，是她的歌詞，她早就唱過了。」志豪默默道。

然後婕妤哼起那首他最愛聽的〈死在陽光裡〉，他躺在她的肚子上，手指摸著獵戶座那三顆痣，閉起了眼睛，歌聲輕柔纏綿，就像他第一次聽到她唱那樣：「你記得我們曾說過的那些事嗎／憶起往事我感到緊張／我怎麼會讓事情搞得這麼糟／我怎會讓事情搞成這樣／就像死在陽光裡／像死在陽光裡／像死在陽光裡／就像死在……」

妹妹紅C6短短兩個月的生命中，撐過了滴蟲感染，但離巢後不久就撞死在六月十八號；媽媽黃恩蕁過幾天死在盛夏來臨前一天的六月三十號，來年再也無法直播演出，死因是最常見的車禍。至於母女倆是否都死在陽光下，無法確定。

那是個週末，夏季的豔陽炙熱。志豪到建國花市買了花，走到對面的大安森林公園，明明是如此的寸土寸金，卻還要蓋一個人造公園；明明是嚮往森林，卻不願住在真正的森林裡，人真是矛盾。他不知道大安黃家巢的確切位置，只好在林間陽光下漫步，找到一個沒人的角落，跪在地上將花一支一支排在草坪上。他不知道看直播的觀眾，有幾個人會像他這樣走到公園裡，尋找那一坪的森林，總之他覺得不實際走一趟，心中會有個坎過不去。

「你來了。」樹蔭下傳來一個熟悉的女聲，那個熟悉的歌聲。他回頭仰看，婕妤站在他身後，他沒有約她，他們不會約在室外見面，但他見到她只是遲疑幾秒，卻沒有特別意外的感覺。

「妳也來了。」志豪答道。「妳覺得我們要幫黃恩萼立個雕像嗎？」他問。

「署名可以寫大安女王。」她接著說：「還要綁上鏈條，別讓她飛走。」

「他們不會准的，他們連小綠人都沒取過名字。」他回答。

兩個人站起身，沒有目的沿著信義路走下去，也許城市東邊遠遠的那座尖塔，吸引著他們無意識走過去。志豪想起以前的澳洲主管，她的名字叫潔西，是個男女通用的英文名。他有印象的不是她全身包含陰毛在內的金色體毛，而是她見到台北街景後的第一個問題：「小綠人叫什麼名字？」小綠人叫什麼名字？志豪答不出來，潔西說，要取了名字才會活過來。「叫志豪，跟我一樣，志豪是我們這邊常用的名字，就像英文的John或Michael。」如果當時他能這麼回答就好了。可惜小綠人還是小綠人，不會有「建國信義志豪二十秒跑最快，忠孝新生志豪一分半最龜速」這種都市傳說。

潔西說得沒錯，要取名字才會活過來。黃恩蓴如果沒有名字，就跟每天路邊的往生貓狗一樣，沒有人會記得。因為潔西，志豪才認識澳洲，知道什麼叫打工度假。因為日本小女生，他才知道這麼多遺憾生物。因為婕妤，他才對英國對利物浦產生憧憬。他努力考了七、八張證照，假掰學英文，即使分不出愛爾蘭腔與美國腔，他也要留在這城市裡的私人俱樂部，只有這裡的女人，食物鏈頂端的猛禽類，才能讓他長見識，有憧憬與幻想。

兩人越走越離開那森林，越離開房價的蛋黃區，然而信義路一整條路的建築，依然沒有一格適合志豪能住進去的。

「那天你去看房子。」她說。

「嗯。」他不知道怎麼解釋，只好點頭。

「你有兒子？」

「嗯。」一個謊總要靠另外一個謊來圓。

「我也好想要兒子。」難怪她不戴套，志豪覺得殘念又遺憾，他們做愛的時間可能超過一場足球賽，就像她說的一樣，最後成為一種無意義的運動。

他們有一搭沒一搭講著話，兩人沒有牽手，也從未牽過手。他知道她會唱小紅莓的英文歌，他知道她會講肝臟鳥的故事，他知道她一腳不平衡，私處有三顆痣，也熟悉她高潮的叫聲；現在他多知道了她買得起房子，也想要兒子。天氣很熱，但是他感到背脊瘦瘦涼涼的。走不到幾站捷運的距離，一〇一大樓矗立在眼前，這是個沒有台北人的地標，至少沒有台北人會特別出門，花錢上去觀景台，或是在底下擺姿勢拍照。大概就走到這裡，分別搭捷運離開吧，他想。

面前幾個中年大媽正在用手機拍照，一人嚷嚷要調整美肌模式，一人半跪在地上鏡頭才能收入全景。一個頂著捲髮，胖到看不出是懷孕還是純胖的女人突然叫道：「啊，妳不是陳淑芬！」她尖叫：「妳們看，是陳淑芬耶！」接著她們簇擁過來，將婕妤及志豪團團包圍。

「我張雅婷啦，妳看，林怡君跟蔡秋月都來了！」潔西說得沒錯，要取名字才會活過來。名字就像咒語，婕妤大可微笑搖頭，講一聲妳們認錯人轉身就走，但也許這名字她小時候真的用太久，無意識被下了制約，她應了之後就被定身釘住在原地，動彈不得，一輩子的履歷全部活過來了。

「我們草寮高中幾個人辦迷你同學會，上來台北玩啦！」

「哇噻！妳變得好漂亮。」

「這妳兒子，真是帥帥壯壯。」

「不，這我同事。」她臉上一陣青一陣白。

「對歐，妳以前有個女兒。」

「妳老公還在旅行社上班嗎？」

「啊妳不是搬到板橋？你們台北真大，真漂亮，妳帶我們走一走。」

最美的風景本來就是人，志豪再聽下去，會比當場把她剝光，翻出獵戶座那三顆痣還難堪。他的演技久經訓練，微微鞠躬道：「協理，那妳們慢慢聊，我先去處理您交代的事情了。」接著他露出潔白的牙齒，爽朗的笑容，就像一般健身教練對會員那樣，退身離開。

利物浦的守護鳥如果飛離，城市會滅亡；黃恩葶母女不在了，明年會有新的蒼鷹入住那一坪的森林線嗎？他依然只是個抱著普通缺憾的普通人，就像滿街跑卻沒有名字的小綠人，滿街的志豪。他伸手捏了捏口袋裡的鑰匙磁扣，想著下次去那小套房時，磁扣是不是還能用；也說不定那套房只是建商臨時搭建的樣品屋，已經拆了，就像他們從來就不算認識過彼此那般。

他這麼想著，緩緩走下捷運站，直到被地面吞噬。

本文獲二〇二三年第二十五屆台北文學獎小說組首獎

師大附中畢業，現職民航機師，偶以寫作自娛。曾入選《九歌年度散文選》。

離島——陳建佐

扛頭籤（註❶）的俊傑摔倒了。

稍稍出乎意料，但也在合理範圍，這次頭籤抓的是青乩（註❷），拉著四駕（註❸）剛點完戲要踅頭回來帆布棚子下，左搖右晃，俊傑忽地左膝一軟，外側踝骨觸地，像去年颱風來時狂風暴雨中，靠近山豬溝仔那裡的邊坡土石一樣轟然倒地，視覺駭人，但俊傑卻一聲不吭，像沒事一樣猛然站起。

其他扛轎的少年家跟著伸直了膝蓋，眾人接續而來的驚呼才是真的吵鬧，周圍親族趕緊圍了上來，但俊傑大喝一聲，揮舞空出來的那隻手像把長劍舞空，畫出無人敢更進一步的半圓區域，他不願被幫助，勉勉強強踏穩腳步，撐起身子，硬是將四駕拉回大紅長桌前。

沒有人攔得了他，他現在不是俊傑，是大元帥。

大元帥是早先時候姓黃仔（註❹）裡面的老乩童，有修為的，幾十年前過世後不久託夢說要立神尊，一起擺在大廳奉拜，相較於主祀大聖爺這幾年時常賭氣，大元帥祂算是常來的，只是每次來就先一陣霹靂啪啦數落大家的不是，沒給過好臉色，古早時代大家怕得要死，但久而久之，罵也就這樣，時代在進步，不信的早不信了，留下來的也漸漸習以為常。

紅布棚下幾張供桌合併，豬頭、香腸、白斬雞、魷魚仔、各式水果、魚丸貢丸等一拖拉庫供品延伸到兩三公尺外的五尊神像前，幾乎快溢出桌緣之外，神像分前後兩排擺在另一張神明桌上，尊尊披著金黃華麗外褂，臉龐黑燻，正中間開基那尊大聖爺寸尺不大，身著金戰甲，踮腳抬膝，手握純金打造的細長金箍棒，另一隻手掌上擺，架在通紅猴臉前，雙眼炯炯有神，觀音媽廟（註❺）旁那間南天宮便是這尊分靈出去的，小琉球第一尊，祖先從唐山抱來以後就再也沒有回去，說好聽一點是落地生根，實際上則是神主牌以外的族譜、符仔簿什麼的早就因為家族成員之間的紛爭全都火化燒去了，想回去也回不去。

與神尊遙望的大元帥目光沒有多作停留，雙手插進香爐敬香裡，抽出，將整個臉抹得一團黑，眾人再次圍上前，這次旁人的情緒不同，喊著「這燒啦！莫按啦！莫按啦！」但祂雙目圓睜像兩顆銅鑼安在臉上，用力拍了一下桌子，再一次將十指插進燃燒的香灰中，重複抹上臉頰和鼻梁。

青乩沒有受禁（註❻），沒辦法說話，只能靠肢體語言演示，但在場所有人都能感受到熊熊怒氣，這幾年各柱（註❼）之間的那些紛紛擾擾越演越烈，大聖爺前腳剛走，脾氣本來就糟的大元帥馬上就降駕下來，三月初三，就算是一年只一次的搬戲答謝，也一樣不給好臉色看。

旁人將敬香端了起來，埋進大元帥的寬闊鼻尖，祂深深吸了好幾口氣之後用力甩頭，發出陣陣低鳴，圍在桌旁的其中一個POLO衫老人抱著桶木屑，掌心旋開紅蓋子，塑膠湯匙舀出一勺木屑倒在桌上抹平，等大元帥在上頭畫字指示。

靠近牆邊一排塑膠椅坐滿外面來的人，家內事處理完才輪到他們，他們也沒說什麼，幾個低頭滑著手機，幾個就只是靜靜地看，靜靜地等，身為班導師的華陽也摻在人群之中，百忙之中藉運動名義的短暫偷閒，來看看曾認真說要拜他為師學習武術的徒弟柏丞。

大元帥並不在意他們，稍稍瞄了一眼鋪好的木屑，沒有準備動作，忽地左手拉動左肩頭鐱，指向棚子下方一個戴眼鏡的女人，右手食指中指併攏劍指，肱肘外擴，引著她塞進圍觀人群之中。

「來啦！大元帥leh叫妳！」

「我？」

「tioh啦！」

「緊過來！」

人牆破開一道縫隙，不等女人站定，大元帥粗黑手指隨即在木屑上舞動，先寫了個「車」，拿細木條的藍POLO衫男人靠在桌邊，動動手腕迅速抹去，他姑且算是桌頭（註❽），這幾年來都由他負責，剛剛大聖爺跳的時候也是他負責問事，負責應對。

手指繼續抹畫，龍飛鳳舞，大元帥再寫了個「闢」字。

眾人七嘴八舌了起來，問她還有沒有在騎車的，叫她這幾天去檢查一下機車的，騎慢一點的，叫朋友載的，要多注意安全大元帥都說了，要她趕快跟大元帥道謝的，最近小心一點，不要太晚回家，下班就不要在外面luā-luā-sô，沒事就好kha早tò厝，她說好好好，她會注意，微笑露出牙齒，一步一步退出人牆之外。

下一位，頭籖改換方位，指向了人牆中的另一個中年婦女，換她嚇了一大跳，出乎意料一般說著「我喔？」但和剛剛不同，大元帥又拉了她弟弟來，兩個四、五十歲的中年人像國中生被叫去學務處乖乖站定一樣，蓬鬆俗麗鬈髮和滿頭白短鋼刷並排，大元帥似乎比一開始還更憤怒，先在細木屑上寫了個大大的「寵」字，接著用力拍下。

碰！

大家肩頭同時一震，彼此眼神交流了一下，心知肚明，有人叫了坐在一旁的柏丞，他剛跳完大聖爺，退之前還一腳踢翻了神明桌，kui面青恂恂，手中轉來捏去的小罐瓶裝水隨手擺在一旁，從塑膠凳上搖搖晃晃站起，塞進爸爸和姑姑之間。

明明是青春期，這幾年卻都沒有再抽高了，大元帥比柏丞整整高了一顆半的頭，祂先使勁拍了下桌面，指尖提起戳在柏丞胸口，連戳三下，勁力一下比一下大，柏丞臉色凝重，挺著胸默默承受，他知道大元帥要說什麼，圍在一旁的人都知道是什麼事情。

沒有人戳破，頭籖指向了柏丞他爸，爸爸有些支支吾吾，他平時就憨慢講話，這時更顯侷促，架在桌上的左右手手指來回撓動，「bô啦，這má這leh時代……囡仔tō大漢啊，阮就好好ah用講ê，囡仔攏大漢啊……」

爸爸的音量越來越小，就和平常一樣懦弱，大元帥不領情，在細木條抹去的木屑堆上重複寫了另一個大大的「寵」字，一筆一筆畫開木屑直觸桌面，怒目瞪視。

柏丞頭犁犁，不敢和大元帥的視線對上，但稍微偷抬起的雙眼正好捕捉到大廳旁拱門下一隻剛竄進的貓，橘色虎斑，柏丞認得這隻，常駐在三合院周遭討魚肉之類的剩菜剩飯吃，牠還有幾隻好朋友，平常都躺在屋頂上睡覺，可今天人一多便全躲得不見蹤影。

那隻橘貓的眼珠圓滾滾，像兩顆玻璃珠仔，透光映照周圍扭曲影像，柏丞忍不住盯著牠看，而貓眼彷彿有種魔力似的，暫時將他抽離現場，抽離這個難以忍受的難堪場合。

●

都是她害的。

柏丞想起丟下他和爸爸而去的那個越南查某，他的視線隨著橘貓移動到側邊廂房，一併想起了磚造拱門後廚房裡牆上的灶跤媽，幾片木板鑲進牆裡，上頭擺了塊字跡歪歪斜斜的神主牌，前方銅綠小爐子插香，他以前總搆不太到，要其他大人幫忙把燃著輕煙的兩炷細香插進鋪底香灰裡，每天進廚房的第一要事，拜完才能吃飯。

灶跤媽是阿公的妹妹，還沒出嫁就生病過世了，不能結大牌（註❾），她走的時候虛歲二十九，不能慶祝的年歲，偷偷摸摸低調過活但還是出事了的年紀，柏丞沒見過她，從小到大也很少聽其他人談論到她，連她長怎樣都不知道，家裡甚至沒有半張她的照片，柏丞只記得阿公在世時說過她小妹年輕時偌媠多偌媠，偌濟人leh講親成，可惜沒那個命出嫁，沒那個命享福。

出嫁就是享福？那越南女人怎麼就不繼續享了？柏丞沒有在情緒湧上來之前細想過這些問題，他只是覺得這位他沒見過的姑婆很親切，不知道為什麼，就像是有人看照著他一樣，代替另一雙他沒有印象的眼睛，小時候爸爸出門工作，他就自己一個待在廚房中央的飯桌旁玩車車，不用擔心在外面跌倒受傷，也不會被附近的小孩笑說家裡沒大人。

他從那時候就稍微有靈感了，有好幾次都看到門邊的矮戶橂（註⑩）旁有雙纖瘦女人的白腿閃過，穿著露出腳趾頭的鞋，長布料蓋到小腿肚上方，但僅此而已，看不清腰間以上的部分，更遑論臉蛋長相，但他知道那是她，是自己人，所以一點也不害怕。

聽說人死後年歲便不會再增長，這樣合情合理，但在最美麗的年紀過世也只能當作某種慰藉，輩分上柏丞要叫她姑婆……和過世的阿公相差快四十歲的年輕姑婆？有種說不出的荒謬。

荒謬倒也無所謂，和那個姓阮的越南查某比起來，柏丞更希望能再多知道一些姑婆的事情，他慢慢在長大，而姑婆還是停留在那個美麗的瞬間，他的思緒忽然又回到了那個姓阮的，她也會老嗎？說實在的他早就忘記很多事情，只記得她某一天就忽然消失了，等他意識到接下來的人生再也見不到她時，他不由自主告訴自己必須要恨她，可是她和姑婆卻又有莫名相似的地方，柏丞說不上來，有時候她們會像某種特效濾鏡，或是舊照片的曝光技巧之類的重疊在一起，既是她們，卻也不是她們。

迷茫且衝動的年紀。柏丞不想在這個時間點想那些難以向旁人啟齒的事，仇恨與思戀，他不太知道該怎麼表達，但在神明面前沒有祕密，他趕緊拉回思緒，雙眼回到前方，黏著在手指僵硬固定的桌緣邊，周遭大人們正拚命替他緩頰，他深吸了口氣，小聲地說「我知影家己m著啊。」聲音含在嘴裡，他的頭還是沒有抬起。

然後勒？這意義在哪裡？

他的老師華陽三不五時的耳提面命他早就聽煩了，大聖爺之前說什麼華陽是他好幾世的老師，所以柏丞一看到華陽就怕，就想要逃，他默默想說這什麼狗屁道理？他也才幾歲，一天到晚這個也不行那個也不能，只因為大聖爺說他天賦異稟？有沒有乩童法師這方面的天賦也不是柏丞自己能決定的，憑什麼因為他有這方面的能力，就要限制他一堆？

他只是想要跟別人過一樣的生活而已。

腳步踏差啥人無，他的朋友像是俊傑他們，每天放學就去游泳，游完泳晚上騎機車去海邊釣魚，也沒有人管他們，哪間廟裡需要tàu腳手他們就去扛四駕或抓手輦（註⓫），不用修行，不用受禁，不用在意什麼可以吃什麼不能吃，哪裡可以去哪裡不能去，多好啊！那為什麼他就不行？

他很久很久以前就想要逃得遠遠的了。

所以那天的意外才會發生。他爸在相埔那裡做了一整天水電，回家洗完澡早早就先睡了，剛好晚上明進仔邀他去家裡聊聊天，明進仔比他大一歲，是之前熟識的學長，過港（註⓬）讀高職讀不到半年就休學，跟這邊的師傅學油油漆，晚上沒事做就三五個閒著沒事的同學朋友找來喇個屁話、玩個傳說對決、有時候抽菸喝個幾罐啤酒，他以前就常往那裡跑，但那天比較不一樣，明進仔說要不要開車去海邊放鞭炮，說什麼從東港買了八千塊的炮，保證大管保證漂亮的，柏丞也沒有多想，拿了爸那台小發財的鑰匙從正門出去，約好十五分鐘後明進仔家出來那個巷口見，時間充裕，還可以去7-11買罐生活泡沫綠茶。

一切就像以往一樣順利，他把座位往前移，打開遠燈，離合器一拉一放，吸管插進鋁箔包，沿著沒什麼人車的上杉路往肚仔坪方向開，轉過幾個彎就到了，明進仔站在靠路邊的小轎車旁抽菸，菸頭彈到另一側草叢，抬起眼和車頭大燈四目相交。

瞬間車門玻璃碎裂、後照鏡斷成兩截、小發財頭燈爆開……接下來的事大家心知肚明。

碰！

●

柏丞肩頭一震，心神被巨響拉回大桌邊，大元帥仍怒氣沖沖，前後左右唯唯諾諾不敢多說什麼，只有那個藍POLO衫的老男人駝著背，三七步靠在桌緣，嘴裡念著「好啦好啦，m免對囡仔人hiah-nih受氣……」搭配細長木條在木屑上擺啊擺的，有恃無恐。

是幫自己講話沒錯，但柏丞對他一點好感也沒有，剛才柏丞跳大聖爺的時候，就是那個老男人氣走大聖爺的，大聖爺一退，柏丞馬上就聽左右低聲碎語，說大聖爺會生氣是因為那個老男人的緣故，他在腦中拼拼湊湊，畫面輕而易舉浮了出來：

「Lán大聖爺公吼，早時已經有kā佛祖稟過，講Lán大廳ê厝頂beh重翻新，幾啦十年bô換啊，趁最近天氣好緊換換ê。」

「我m知這件代誌，佛祖這馬bô ti遮，我再去問佛祖確認。」

「祢哪有可能m知？」

大聖爺本來脾氣就不好，聽見那老男人如此回應，先是愣了一下，旋即指著他的鼻子破口大罵，「我tō kah你講我bô遇著佛祖，你是聽bô？」

「哪有可能bô遇著？」

「啥物bô可能？bô你去佛祖hiah kah跋？」

「跋啥物？我的意思m是按呢……」

好像仗著自己的桌頭身分，老男人和大聖爺一來一往吵吵鬧鬧，uan kha後來大聖爺右腳猛然一抬，三五公斤重的神明桌整個騰空離地，重摔在一旁，祂自己則向後一躺，退。

人是要跟神明爭什麼勒？柏丞再次睜開眼時，腦中浮現的第一個想法就是這句話。

他的腳不會痛，但也沒什麼值得高興的，他們明明不算是大家族，一直以來卻紛爭不斷，搶著持分土地所有權的、把持著家內佛（註⓭）廟事的、年輕一輩相互比較互相利用的……太多事情混雜在一起，他無法繼續思考下去，身邊各種聲音湧了進來，他回過神，大元帥的注意力已經移往他處，跟兩旁要來大楷毛筆以及充當朱砂的紅墨，拿了疊金紙扔在木屑上，提筆左捺右撇，灌注神力——下！就像胡亂書寫一般，筆毛分叉左右抹搽，完全無法辨識字跡，但靈感強烈的柏丞卻被震得腦袋發疼，倒抽了好大一口氣，擺在廳內神桌上的鯊魚劍跟刺球都被拿來了，周圍的人開始躁動，「hiah明年迎王才會用著，這má敢bē siunn早？」、「莫講 hiah 濟啦！緊去物件tshuân來。」、「膠帶sūn-suà theh來。」、「按呢包起來歹看欲死啊……」、「莫插喙啦！」、「大元帥你莫受氣莫受氣！」、「koh有啥物欲用ê?」、「好好好趁今仔做伙用用ê，以後就免煩惱。」……

人多口雜，莫衷一是和過往一樣，柏丞抓準時機趁亂後退摸了出來，逃進戲棚和紅布棚中間斜插出去的小路，回頭一望，帆布棚子下人群擠成一團，那些說著話的大人們似乎全都忘了他的存在，原本該重重處置的，這次卻莫名其妙不痛不癢，沒有痛打一頓，沒有罰跪，沒有洗門風，沒有揞桌關（註⑭），他倒退走，藏進另一塊隔絕嘈雜的小空地上，大桶生鏽金爐擺在懸崖邊，下方灰白珊瑚礁岩間叢林蔓生，從空地看不見錯落其中的墓埔，但大概十幾公尺外大珊瑚礁岩高高凸起，翠綠植被纏繞，岩石側邊聽說原本要蓋廟，給大聖爺的廟，但事與願違，地權喬不攏，人心聚不密，下次可能要等百八年之後。

穿過珊瑚礁岩下方的柏油路上有群遊覽客，坐在租來的紅色機車上有說有笑，他們在竹子頂端分岔出的空間後方時隱時現，柏丞忽然看到其中有張後座的側臉像極了某個他小時候見過的越南女人，及肩髮絲隨風飄逸，他不太願意想起那個棄他而去的混帳，恨與愛鮮明深刻，視線卻又直愣愣隨著對方移動。

有多久沒有見到那個……柏丞收起最後一個罵人詞彙，神明欽定的好日還是先別胡亂咒罵，屋頂忽然一陣貓叫，是剛剛在廊中漫步的橘色虎斑，雙眼圓滾滾看向三合院的右護龍，護龍外還有間小廳平時供著祖先牌位，此時冷冷清清，人全都聚到了戲台前的大紅棚子下了。

他跟著轉過頭，那雙纖瘦白腿忽地出現在簷下，穿著露出腳趾頭的跟鞋，長旗袍蓋到小腿肚上方，柏丞沿著曲線晃動視線，猛然抬起，僅只短暫一瞬，他似乎終於見著了她的臉。

「喵咿——」

來不及多想，貓叫聲高亢尖銳卻又綿長，驚嚇循聲回頭，映入眼中的更遠處是海，寬廣碧藍，一望無際的海。

●

「suah hōo 你 suan 去。」

「嗯。」柏丞一時不知道該回應什麼，華陽迎面朝他走來已是好幾分鐘後的事了，雖然總是下意識想逃離，但跟著華陽卻又好像能從中得到什麼，倒不是功利的那種，他沒有適當的詞彙來形容，不是相濡以沫那種共生關係，也不是那種上對下的階級，不過這些都不是重點，這陣子他不只一次覺得華陽煩，每次都只想要敬而遠之。

暫時找不到其他的路可以退開，總會有這麼一天，柏丞想，總會有哪裡都逃不掉的時候，他還不夠大，沒辦法真的搭船逃到本島那邊去想辦法討生活，而且說到底，家裡的阿嬤跟爸還有姑姑，之後也都需要他吧？

囡仔性。他又想到華陽常掛在嘴邊的一個詞，每每跟他姑姑或爸爸談話時就會提到，柏丞腦袋轉得快，知道這個詞半是幫他一路以來的所作所為開脫，半是一種來自於長輩的輕蔑，他知道不完全是，但他想解釋成輕蔑，哪怕只有一點點，自從那個越南女人一聲不吭地走了之後，他就發現自己有了分辨別人是否看輕自己的能力，他的鼻子嗅得出來，有時候只要一個瞬間，他就能辨別得清清楚楚。

所以他必須想辦法變強，變得不被別人看不起。

在國中跟這座小島上要得到同儕的尊敬並不難，他偷帶菸酒去學校、跑過港在左大腿上刺了顆日本般若鬼頭、廣澤尊王十三太保那裡的朋友需要支援他隨傳隨到，但他也不是真的熱愛做這些事，這只是必經過程，很多時候他都比其他同年紀的人更認真投入，不只花時間給外面的兄弟，家裡面爸爸做水電需要幫忙看頭看尾時他絕對盡忠職守，行動不便的阿嬤想要有人陪著聊天看電視他也不嫌煩，姑姑要他幫忙從市場扛東西回家時他也不曾真的抱怨過……

可華陽不一樣。柏丞早就不把學校那些迂腐的老不死放在眼裡，他們眼裡除了控制學生跟當狗邀功以外，只會透過各種命令的手段來逼別人服從，柏丞根本不屑被他們看得起，但是華陽是大聖爺指定的老師，而且他也知道華陽看到的未來比他遠很多，不管怎麼想，柏丞自己都站不住腳。

可是即便如此，很多時候他都只覺得煩躁，只想要隨便虛應故事就好，那些大人口中的東西真的有那麼重要嗎？他不可置否。

「恁遐ê老歲仔實在是吼……」華陽話沒說完，他總是這樣。

「我 mā bô 法度。」

柏丞聳聳肩，他忽然有點想抽菸，菸藏在Nike的小腰包夾層，腰包掛在布棚下神明桌那裡，現在如果去拿肯定是最壞的決定，況且華陽也在，不可能讓他這麼理所當然。

「嗯，足 chōe 代誌本來 tō 足 piànn 改變。」

「嗯。」

「上重要 ê 是 ài 站 hó 穩。」

「嗯？」柏丞不太懂華陽想要表達什麼，站穩是什麼意思？但華陽早就轉過身往戲台方向走去，忽然省去了長篇說教，柏丞有些不適應，這是他今天第二次躲過大難，難不成是大聖爺有在默默相助？

俊傑——現在應該稱作大元帥——領著眾人從三合院側邊的門出現，要到廂房祖先牌位那裡擺回刺球跟鯊魚劍，柏丞他爸也在人群之中，伸手招呼他過去，像平常帶他去工作那樣。

柏丞這時才突然又想起了他得跟華陽提一下剛剛好像看到了姑婆的事，姑婆突然現身是想要告訴他什麼嗎？還是只是來看看他？是跟那個他不想提起的越南女人有關嗎？祂的表情是欣慰的意思嗎？還是祂也要離開了？

華陽已繞過轉角不見蹤影，等一下找到他不只要說這個，還要報告一堆事情，要交代他爸小發財撞壞之後的修理情形，他答應之後每個禮拜有幾天要幫忙他爸做水電的事，學校那邊誰那天又雞雞掰掰說了什麼……還有很多想要分享的事情，剛剛都沒機會講。

「柏丞仔緊來喔！來 tàu 腳手！」

「好啦！」

柏丞往他爸的方向抬起腳步，雖然前方還是一片混亂，但他感覺應該很快就要結束了。逃不逃好像也沒有那麼迫切了。

註❶：指扛神轎時的第一位代表，通常是面向神轎時的左手邊最前方那位（也就是從神轎往外看的右手邊第一位），若有神明降駕，大多優先降在此位身上。

註❷：指沒有受過訓練的乩童。

註❸：又稱四輦，是四人扛的小型神轎，多為儀式進行時的輔助工具。

註❹：小琉球天台（天福村）附近的黃姓聚落。

註❺：小琉球信仰中心碧雲寺的別稱，主祀觀音佛祖。

註❻：又稱坐禁，是成為乩童的訓練儀式，傳統為身處暗房中四十九天不與外界接觸，期間由神明、老乩童或法師傳授各項技能。

註❼：指同一家族內部的不同分支。

註❽：負責在乩童或四駕旁解釋神明意旨的角色。

註❾：未出嫁便過世的家族女性不能進到家族的神主牌位中，但因其女性身分，並不屬於原家族，卻也未進到其他家族，必須另外奉祀。

註⓾：即門檻，門下所設的橫木。
註⓫：以私人或家族崇拜為主，於一般家族廳堂與祖先共同供奉的神佛。
註⓬：傳統神明降駕時的懲罰信徒案例，將受罰信眾的頭塞進神明桌下的斜邊支架中。
註⓭：以私人或家族崇拜為主，於一般家族廳堂與祖先共同供奉的神佛。
註⓮：傳統神明降駕時的懲罰信徒案例，將受罰信眾的頭塞進神明桌下的斜邊支架中。

本文獲二〇二三年屏東文學獎短篇小說組首獎

小琉球混東港人，現居台南，不是在廟裡就是在海邊，曾獲教育部文藝創作獎、高雄青年文學獎首獎、屏東文學獎首獎，短篇作品皆刊載於《皇冠雜誌》，二〇二三年末出版民俗相關小說《外方》。還在試圖成為小說家的路上，目標是將民俗、科幻與自然環境議題融合在一起。

附錄

一一二年年度小說紀事線上版

邱怡瑄

九　歌　文　庫　　1　4　2　7

九歌 112 年小說選
Collected Short Stories 2023

國家圖書館出版品預行編目（CIP）資料

九歌小說選 . 112 年 / 黃崇凱主編 . -- 初版 . -- 臺北市 :
九歌出版社有限公司 , 2024.03
　面；　公分 . -- (九歌文庫 ; 1427)
ISBN 978-986-450-657-6(平裝)
863.57　　113000897

主　　編 —— 黃崇凱
執行編輯 —— 張晶惠
創 辦 人 —— 蔡文甫
發 行 人 —— 蔡澤玉
出　　版 —— 九歌出版社有限公司
台北市 105 八德路 3 段 12 巷 57 弄 40 號
電話／02-25776564・傳真／02-25789205
郵政劃撥／0112295-1

九歌文學網　www.chiuko.com.tw

印　　刷 —— 晨捷印製股份有限公司
法律顧問 —— 龍躍天律師 ・ 蕭雄淋律師 ・ 董安丹律師
初　　版 —— 2024 年 3 月
定　　價 —— 450 元
書　　號 —— F1427
I S B N —— 978-986-450-657-6
9789864506453 (PDF)
9789864506460 (EPUB)

本書榮獲 台北市文化局 Department of Cultural Affairs Taipei City Government 贊助